Nach ihrem letzten Abenteuer hat die Rentnerin Walli Schimmel ihrem Sohn, dem Polizisten Wolfi, hoch und heilig versprochen, sich fortan aus den Ermittlungen rauszuhalten. Aber damit sind natürlich nur echte Fälle gemeint. Die Ermittlung zu Wolfis neuester Beziehung oder auch »Secret Affair« schließt das natürlich nicht mit ein. Und Walli würde alles dafür geben zu erfahren, warum ihr Sohn sich seit einiger Zeit so seltsam verhält. Aber auch der nächste richtige Ermittlungsfall lässt nicht lange auf sich warten, und Walli bleibt gar nichts anderes übrig, als zu helfen. Schließlich geht es um Leben und Tod, und so was konnte sie ja vorher nicht wissen!

*Über die Autorin*

Romina Angeli, geboren 1984 in Kempten, arbeitet seit 2006 als selbstständige Fotografin. Vorbild für Walli Schimmel ist ihre eigene Oma, von der sie vieles gelernt hat, unter anderem das Leben mit Humor zu nehmen und Spezialitäten der Allgäuer Küche zuzubereiten. Heute lebt sie mit Mann und Tochter in der Nähe von Kempten und schreibt in den frühen Morgenstunden.

*Lieferbare Titel*

Die letzte Pille bringt den Tod (Ein Allgäu-Krimi 1)
Wenn der Tod die Glocken läutet (Ein Allgäu-Krimi 2)

Romina Angeli

# WENN DER TOD DIE GLOCKEN LÄUTET

Ein Allgäu-Krimi

Roman

HarperCollins

1. Auflage 2023
Originalausgabe

Umschlaggestaltung von Zero Werbeagentur, München
Umschlagabbildungen unter der Verwendung von Shutterstock
Gesetzt aus der Minion
Druck und Bindung von CPI books GmbH, Leck
ISBN 978-3-365-00317-6
www.harpercollins.de

Klimaneutral
Druckprodukt
ClimatePartner.com/15109-2009-1001

MIX
Papier
FSC FSC® C083411

*Das Beste in mir, ich habe es von dir!*
*Du hast mich geprägt, gehegt und gepflegt.*
*Mir das Leben erklärt und nie deine Hilfe verwehrt.*
*Bist stets mein Kompass, der selbstlos an meiner Seite steht und*
*bis heute mit mir durch alle Höhen und Tiefen geht.*
*Du bist meine persönliche Superheldin! Liebe MAMA,*
*ich bin unendlich dankbar, dass es dich gibt.*
*Deine Romina*

# HIMMEL ODER HÖLLE

»Unser Schöpfer, der Herrgott und Allmächtige, schenkt Trost all jenen, die getröstet werden müssen. Hoffnung für all die, die bereits aufgegeben haben, und Rettung für diejenigen, die bereits verloren scheinen«, predigt der Pfarrer Hockl während seiner allsonntäglichen Messe lautstark durchs Mikrofon und reckt zur Veranschaulichung seines Vortrages die Hände gen Himmel, als würde er darauf warten, jetzt und in diesem Moment hinaufzufahren zu unserem gepriesenen Herrn. »Ich erzähle euch nun eine kleine Geschichte«, schwadroniert er weiter. »Vor langer Zeit geriet ein kleines Frachtschiff vor der südaustralischen Küste plötzlich in Seenot, als wie aus dem Nichts ein unerwartetes Unwetter heranzog. Wellen, bis zu fünfzehn Meter hoch, brachen über das kleine Boot herein. Das Schlimme war, sie hatten Getreide an Bord, und als das Wasser in den Schiffsbauch drang, quoll das Korn auf. Irgendwann konnten die Außenwände des Schiffs dem großen Druck nicht mehr standhalten und drohten zu zerbersten. Alle Hoffnung auf Rettung war dahin. Der Crew war bewusst, sie waren verloren, doch dann erschien ihnen Paulus, der Apostel. Paulus verlor nie die Hoffnung, egal wie aussichtslos die Situation erschien …«

»Wolfgang!«, zische ich und rüttele meinen Sohn, der neben mir mit hängendem Schädel zusammengesunken in der vordersten Bank hockt und friedlich vor sich hin schlummert, an der Schulter. »Wach auf. Sofort! Ich habe gleich meinen großen Auftritt, Herrschaftszeiten.« Dass das monotone Gerede vom ehrwürdigen Hockl oft einlullend auf seine Anhängerschaft wirkt, ist nix Neues. Mindestens in jeder dritten Reihe gibt es einen, der beseelt vor sich hin schnauft, was nicht selten schon mal in ein lautes Schnarchen übergegangen ist und dann des Öfteren zu handfesten Streitigkeiten unter Eheleuten oder zwischen Eltern und ihren Nachkommen geführt hat. Ich gebe es zu, mir sind das eine oder andere Mal auch schon die Gucken zugefallen, während der Hockl am Altar über uns gepredigt hat. Aber heute, heute darf der Wolfi unter keinen Umständen den Gottesdienst verpennen, schließlich habe ich gleich ganz offiziell meinen ersten Auftritt und performe das erste Mal live vor Publikum und bin schon jetzt ein hibbeliges Nervenbündel.

Nachdem der Mord an unserem Jäger im letzten Sommer durch meine Wenigkeit aufgeklärt werden konnte und ich gerade so noch einmal mit dem Leben davongekommen bin, hatte ich dem Wolfi und der Friedl versprechen müssen, mir einen weniger aufregenden Zeitvertreib zu suchen, als mich in die Mordermittlungen meines Sohnes einzumischen. Der sich übrigens seit geraumer Zeit sogar Oberkommissar bei der Kemptener Polizei schimpfen darf. Ich muss zugeben, ich bin nicht mehr die Jüngste, und Ermittlungen in einem Mordfall können durchaus anstrengend werden. Besonders dann, wenn man von einem psychisch gestörten Mörder gekidnappt und in einem Säurefass rückstandslos aufgelöst werden soll. Darum habe ich auch eingelenkt und im hiesigen Kirchenchor angeheuert. Bei den Landfrauen habe ich übrigens auch schon ein paarmal vorbeigeschaut. Ich hatte der Friedl ihr ständiges Gebettel satt, und so habe ich mich brav gefügt und im Stuhlkreis Platz genommen, während die Berta Breitmeier, meine Busenfeindin Nummer eins in Burglbach, ihren neuesten Dorftratsch in der Runde verbreitet hat. Den Zettel für die offizielle Anmeldung bei den Landfrauen habe ich noch nicht abgegeben. Da will ich mir noch ein bisschen Bedenkzeit einräumen beziehungsweise das Anmeldeformular juristisch vorab prüfen lassen. Nicht dass am Schluss herauskommt, dass ich meine Seele an die Landfrauenvereinigung von Burglbach verkauft habe. Einmal Landfrau, immer Landfrau. Solche sittenwidrigen Gebaren kennt man ja schließlich von der italienischen Mafia oder diversen Sekten, auf die ich aus Angst vor Racheakten nicht näher eingehen will. Landfrau auf Lebenszeit, das würde nämlich nie und nimmer für mich infrage kommen. Mitglied ja, aber eben nur so lange, bis der Wolfi endlich Ruhe gibt.

Ehrlich gesagt war ich gezwungen, mir neben meinen Hobbyermittlungen eine weitere Ablenkung zu suchen, denn in unserem elendigen Kaff ist seit einer Ewigkeit auch nichts Spannendes mehr passiert. Da ist sogar der sonntägliche Gottesdienst unter dem Hockl ein richtiges Highlight. Tagein, tagaus immer dasselbe. Außer einem geknackten Kaugummiautomaten im vergangenen Herbst, wo ich stark annehme, dass das die Kids aus der Westsiedlung waren, die die kleine Sichtscheibe aus Plastik mit einem Feuerzeug bearbeitet haben, um an den süßen Inhalt des Kastens zu gelangen, ist nur ein einziger gestohlener Rasenmäher gemeldet worden. Und da bin ich mir nicht mal sicher, ob der Mogl Heribert nicht selbst etwas mit dem Verschwinden seiner Gartenmaschine zu tun hat, um von der Versicherung abzukassieren. Die Breitmeierin hat da nämlich letzte Woche beim Bäcker Biggl so was angedeutet. Ach, egal. Burglbach ist eben ein elendiges Kaff am Rand vom Nirgendwo. Eben da, wo der Fuchs dem Hasen Gute Nacht sagt, ohne diesen zu verspeisen. Der Wolfi freut sich über mein neuerliches Engagement im Dorf, hat mir aber geraten, im Chor erst einmal den Ball flach zu halten, bevor ich gleich das Dirigentenamt übernehme, das schließlich schon seit dreiundzwanzig Jahren fest in der Hand von der Fetzer Heidi liegt. Das merkt man auch, denn die Lieder, die sie auswählt, sind von vorgestern. Hier muss unbedingt ein frischer Wind rein, das ist klar, aber bis jetzt sträubt die Heidi sich noch vehement gegen meine Idee, das Image des Chors mit einem moderneren Sound etwas aufzupolieren. All meine gut gemeinten Tipps und Anregungen, ein paar fetzigere Lieder ins Repertoire aufzunehmen, so in Richtung *Sister Act*, sind bei der Fetzer Heidi ausnahmslos auf taube Ohren gestoßen. Aber ich bin guter Dinge, dass ich das über kurz oder lang durchsetzen werde.

Gleich nach der ersten Gesangsstunde wusste ich bereits, dass der Sopran genau das Richtige für mich ist. Und jetzt ist es endlich so weit. Die Ministranten läuten die Glöckchen. Unser Zeichen, dass die Predigt endlich ein Ende hat und wir uns zum Lobgesang aufstellen. Ich bin schon richtig aufgeregt, denn ich habe mir eine Überraschung überlegt, die Fetzer Heidi wird Augen beziehungsweise gleich Ohren machen. Mein erstes Solo, und dann noch vor ganz Burglbach. Ich habe richtig Lampenfieber, aber das haben wohl viele große Künstler.

Nachdem sich unsere Formation vor dem Altar in Position gebracht hat, die Friedl steht links neben mir, beginnt der Organist Oliver mit seinem Stakkato. Die zahllosen Pailletten auf meinem Kleid flimmern im Licht, das durch die Kirchenfenster hereinfällt und die gesamte Gemeinde in ein buntes Lichtermeer taucht. Discostimmung in der St.-Bonifatius-Kirche von Burglbach. Als die hohen und eindrucksvollen Töne der Orgelpfeifen durch unser Gotteshaus schallen, überkommt mich Gänsehaut, denn die Atmosphäre ist einfach überwältigend, und wir setzen zum ersten Vers der Lobpreisung unseres Barmherzigen an. Der Wolfi horcht aufmerksam zu, das sehe ich auf Anhieb, als ich zu ihm hinüberschiele und er, mit über eins achtzig, aus der Masse neben den Kids in vorderster Reihe deutlich heraussticht. Neben ihm sitzt sein Onkel Wigald, also mein Bruder, der seit über einer halben Stunde mit dem Kopf im Nacken dasitzt und mit offenem Mund das goldene Fresko an der Decke bestaunt. Ein schönes Gefühl, die beiden verbleibenden Männer in meinem Leben heute an meinem großen Tag dabeizuhaben. Voller Inbrunst schmettern wir die Töne in das Kirchenschiff und nähern uns Zeile für Zeile dem Höhepunkt des Liedes. Meinem Überraschungssolo. Wüsste die Heidi, dass ich unseren Organisten dazu überredet, na gut, sagen wir bestochen habe, einen kleinen musikalischen Schlenker vom »Kyrie« zu »Oh happy day« einzubauen, ihr würde glatt der Dirigentenstab aus der Hand fallen.

Gerade als ich mit einem Schritt nach vorn aus der Masse heraustrete, Präsenz ist einfach alles im Showbusiness, beginnen die Kirchenglocken im Turm wie wild zu läuten und verpatzen mir so meinen großen Auftritt. Das lautstarke Gebimmel übertüncht sogar die Orgel vom Oliver, den ich mit Handzeichen dazu anweise, härter in die Tasten zu hauen. Doch auch das bringt nichts, das Schellen ist einfach zu laut. Unsere Dirigentin bricht ab, und wir verstummen brav auf ihr Handzeichen hin. Es scheint fast so, als würde der Herrgott mit seinem unangebrachten Glockenspiel versuchen, meinen Soloauftritt in letzter Sekunde zu verhindern, was in meinen Augen eine ziemliche Frechheit darstellt. Der Pfarrer Hockl plappert irritiert etwas Unverständliches ins Mikrofon, und auch sein Gerede wird vom donnernden Glockenschlag einfach verschluckt. So leicht lasse ich mir mein Solo aber nicht verderben, da kennt der Allmächtige mich aber schlecht, denke ich mir wütend, und so trete ich an unseren Priester heran, der immer noch wie Falschgeld vorm Altar herumsteht und sich unsicher umguckt.

»Ausstellen! Wo kann man das Gebimmel denn ausschalten?«, schreie ich.

»Der Mesner!«, brüllt er, zuckt hilflos mit den Schultern und zeigt auf die kleine Tür, die vom Altarraum abgeht und in die Sakristei führt. Einige Burglbacher halten sich bereits die Hände über die Ohren, und ein paar der Kinder flitzen wie wild gewordene Zombies durch den Gang des Kirchenhauses, als ich vom Altar aus auf die Menge schaue. Nur der Wolfi und der Wigald sitzen immer noch wie angewurzelt an Ort und Stelle in der Kinderbank ganz vorn und schauen sich das Spektakel um sich herum ungerührt an.

»Kruzifix, wo ist denn der Mesner?« Mit einem Achselzucken zeigt mir der Pfarrer, dass er keine Ahnung hat, wo sein Kirchendiener abgeblieben ist.

»In einem Gotteshaus flucht man nicht, das sollten Sie aber wissen, Herrschaftszeiten«, maßregelt er mich.

»Also ehrlich, man braucht ja wohl nicht päpstlicher sein als der Papst«, erwidere ich und ernte einen vernichtenden Blick. Auf dem Hockl seine Missbilligung kann ich jetzt jedenfalls nicht eingehen. Das ohrenbetäubende Läuten muss aufhören, und zwar sofort. Und wenn der Kirchendiener gerade eben abgängig ist – wer weiß, wo der sich gerade herumtreibt –, muss ich halt für Abhilfe sorgen, wenn sich sonst niemand verantwortlich fühlt und auf die Idee kommt, das lautstarke Gebimmel endlich abzudrehen. Immerhin habe ich Tage, nein, sogar Wochen, für meinen Auftritt geprobt und mir fest vorgenommen, mein Solo hier und heute der Menge zu präsentieren. Koste es, was es wolle! Stunden habe ich dafür in der Tiefgarage meiner Villa Kunterbunt gestanden und meine Arie gegen die Betonwände geschmettert. Der Klang dort unten ist nämlich erstklassig und lässt meine Stimme glockenklar erklingen. Jedes Mal habe ich von meinem eigenen Gesang Gänsehaut oder, wie die Friedl es in ihrem Allgäuer Dialekt nennen würde, Hennabrupfa bekommen.

Ich greife nach unserem Pfaffen und ziehe ihn an seiner Stola hinter mir her und hinein in die Katakomben unserer St.-Bonifatius-Kapelle. Die Sakristei ist klein, und durch die verzierten Bleiglasfenster dringt auch nur wenig Licht ins Innere. In dem winzigen quadratischen Raum steht neben einem kleinen Tischlein nur ein altertümlicher Holzstuhl sowie in der Ecke ein kleines Waschbecken mit einem Spiegel darüber.

»Wo ist der Ausschalter?«, rufe ich und schaue mich suchend um.

»Da drinnen, denk ich«, ruft der Hockl und öffnet einen unscheinbaren Metallkasten, der neben einer weiteren schmalen Tür an der Wand hängt und aussieht wie ein stinknormaler Stromkasten, den jeder von uns zu Hause hat. So unscheinbar der Kasten äußerlich wirkt, darin verbirgt sich die reinste Schaltzentrale, stelle ich fest, als ich die Metalllade öffne. Ich will nicht übertreiben, aber das müssen an die dreißig Knöpfe sein. Einige davon blinken rot auf, und ich schaue ratlos zu unserem Gottesmann herüber.

»Welcher ist denn der richtige?«, schreie ich gegen den

ohrenbetäubenden Lärm an, und er zuckt nur wieder nichts wissend mit den Schultern.

»Da kenne ich mich nicht aus. Das macht immer der Xare.«

»Das kann ja sein, aber der Xaver ist im Moment nicht da, also …?«

»Die Einweisung vom Glockenbauer in die neue Anlage hat nur er absolviert. Da war ich auf der Jugendfreizeit …«, ruft unser Hochwürden und schaut dabei unschuldig drein.

»Männer und Technik!« Ich entschließe mich kurzerhand dazu, jeden der Knöpfe und sogar den Hebel an der Seite einfach einmal auszuprobieren. Irgendeiner wird schon der richtige sein, denke ich mir und frage mich, wer in Gottes Namen so blöd war und vergessen hat, dieses Schaltgewusel ordnungsgemäß zu beschriften. Im Handumdrehen wäre es dann nämlich still, und ganz Burglbach würde nicht am heiligen Sonntag vom tosenden Glockenschlag beschallt werden. »Was sollen denn da nur die Atheisten von uns denken?«, rufe ich dem Hockl zu, doch der scheint nicht verstanden zu haben, was ich meine. »Jetzt spinnen die wieder, die g'spinnerten Katholiken.« Ja, ihr habt richtig gehört. Seit gut zweieinhalb Jahren haben sich auch ein paar auswärtige Atheisten in unserem Dorf niedergelassen. Im Neubaugebiet, hinter der Schule, gibt es nun einen Haufen Uneingeborene. Und ich prophezeie euch, sollte das laute Gebimmel nicht sogleich aufhören, kommt noch mindestens eine gebürtige Burglbacherin zur Glaubensabstinenz hinzu, Zement!

Ich drücke sämtliche Schalter, und mehrfach geht das Licht im Kirchenraum an und wieder aus, wie bei der eindrucksvollen Lasershow in unserer damaligen Dorfdisco, dem »Schlager Garten«, zu seinen besten Zeiten. Doch das metallische Dröhnen der Glocken hört einfach nicht auf.

»Wir müssen da rauf!«, rufe ich und zeige mit dem Finger gen Zimmerdecke.

»Kommen Sie, da geht's lang«, krakeelt er, und diesmal ist der Pfarrer Hockl derjenige, der mich hinter sich her schleift. Er öffnet die kleine Holztür, die ins Treppenhaus führt, und die stickig warme Luft, die uns entgegenschlägt, ist nur halb so unangenehm wie das immer noch lauter werdende Läuten des massiven Gusswerks. Bei jedem Schlag pocht mein Herz, und meine Trommelfelle drohen von dem tosenden Krach zu zerbersten. Noch eine Etage, denke ich erschöpft, als ich atemlos innehalte und den Teppich aus toten Fliegen unter mir bemerke, die scharenweise am Boden liegen und bei jedem Glockenschlag in Schwingung geraten und leblos über den Beton tanzen.

»Igitt, warum hat's hier so viele Leichen?«, schreie ich dem Hockl zu, der um einiges fitter scheint und mittlerweile einen ganzen Stufenabsatz Vorsprung hat. Beim letzten Absatz bleibt er aber plötzlich wie angewurzelt stehen, legt seinen Kopf in den Nacken und starrt in die Höhe. Als ich mich die letzten Stufen entlang des Metallgeländers nach oben hieve, sehe ich es auch: den kerzengerade hängenden Leichnam, um dessen Hals das Ende eines dicken Seils gewickelt ist. Bei jedem Glockenschlag wird der Leichnam mehrere Meter wie eine Puppe in die Höhe gerissen und Kopf voraus gegen die Kante der Kirchturmglocke gedonnert. Natürlich ist der Schädel des Toten nicht für diesen ohrenbetäubenden Lärm verantwortlich, das übernimmt der dicke Schlegel im Inneren des gusseisernen Monstrums, der rhythmisch gegen die Innenseite des Gongs schwingt. Doch das bizarre Bild, wie der leblose Körper fast schon metaphorisch wieder und wieder versucht, in den Himmel aufzufahren, ist kaum auszuhalten. Es scheint fast so, als könnte der Herrgott sich nicht so richtig entscheiden, ob er den Toten ins Paradies schicken oder ins Fegefeuer verbannen will, denn jedes Mal, wenn der tote Körper am Scheitelpunkt gegen das Eisen donnert, zieht ihn das Gegengewicht der Glocke wieder ruckartig nach unten.

»Xare, Sakradi! Komm da runter, Zefix, sofort!«, brüllt der Hockl aufgebracht, als er aus seiner Starre erwacht und versucht, nach dem Hosenbein des Mesners zu greifen, als dieser gerade wieder auf dem Weg nach oben an uns vorbeirauscht. Ist unser Ehrwürden jetzt etwa völlig übergeschnappt?, frage ich mich und kann gerade noch seine Hand zurückhalten, bevor er auch noch von der unbändigen Kraft des Gegenzugs nach oben gerissen wird. Als der Hockl in seinem wallenden Gewand neben mir und kreidebleich zu schwanken beginnt, schalte ich blitzschnell und drücke den Gottesmann zu Boden. Einen weiteren Toten kann ich hier und jetzt nämlich überhaupt nicht gebrauchen. Eine Leiche pro Tag reicht vollkommen, würde ich meinen und schaue in das blauviolett angelaufene Gesicht des toten Mesners, der gerade wieder an uns vorbeifährt.

An der gegenüberliegenden Wandseite entdecke ich plötzlich den baugleichen grauen Kasten, an dem ich mich schon erfolglos in der Sakristei versucht habe.

»Sie bleiben da sitzen und rühren sich nicht vom Fleck, verstanden?«, schreie ich dem blassen Priester zu, der verwirrt zu mir aufschaut und mich anglotzt, als hätte er gerade eine sakrale Erscheinung. Sein kaum sichtbares Nicken signalisiert mir, dass er begriffen hat. Die Kirchenglocke schlägt unterdessen unbarmherzig weiter und lässt das Metallgitter unter mir beben wie die neue Hyperschallvibrationsplatte im Fitnessstudio, bei der mein gesamter Mageninhalt regelmäßig auf links gedreht wird. Ich hangele mich vorsichtig an dem Stahlgeländer entlang, um auf die Rückseite des quadratischen Rundlaufs zu gelangen. Bevor ich den Kasten aufreiße, fürchte ich bereits, ein ähnliches Knopfsammelsurium wie in der Sakristei vorzufinden. Doch als ich die Lade zur Seite hin öffne, bin ich überrascht, als sich nur ein einziger großer roter Notschalter darin befindet. Mit einem Schlag hat sich's ausgebimmelt. Zwar hallt der letzte Gongschlag wie Nachwehen sekundenlang durch den Turm, doch dann kehrt endlich Ruhe ein. Ich fühle mich wie nach einem Konzert, nachdem ich zwei Stunden lang von zigtausend Dezibel beschallt wurde. In meinen Ohren herrscht Totenstille, könnte man im wahrsten Sinne des Wortes behaupten. Auch der Mesner hält endlich inne, kommt direkt in Augenhöhe vor mir zum Stehen und starrt mich mit hervorgequollenen Augäpfeln an. Ich dachte eigentlich, dass der tote Jäger im letzten Jahr mit seinem zerschossenen Hackfleischgesicht das Schlimmste war, das ich je gesehen habe, doch das dunkelviolett gefärbte Antlitz des Mesners mit den blutunterlaufenen und hervorgetretenen Augen, die aussehen, als könnten sie jeden Moment platzen und mich von oben bis unten mit schleimiger Masse besudeln, ist wirklich ein Anblick des Grauens. Auch die dick angeschwollene blaue Zunge, die ihm seitlich aus dem Mund ragt, geht mir durch Mark und Bein, und ich bin mir sicher, selbst Hollywood könnte diesen entsetzlichen Anblick in einer neuen Horrorverfilmung nicht besser nachstellen.

# ERDNUSSFLIPS AM HEILIGEN SONNTAG

»Was ist denn hier los, Mama? Was hast du gemacht?«, ruft der Wolfi außer Atem und hält sich am Geländer des Stufenabsatzes fest. Offensichtlich ist mein Junge noch weniger in Form als ich, was ich mit einem Hauch von Genugtuung zur Kenntnis nehme. Schließlich war es der Wolfi, der mir erst vor ein paar Wochen vorgehalten hat, dass ich in meinem Alter dringend etwas mehr Sport treiben müsste, als nur im Fitnessstudio mit den jungen Mädels über die »lateste« Mode zu quasseln und die Trainingszeit lediglich auf dem Rüttelboard abzusitzen. Ob das eine Anspielung auf meine Figur sei, wollte ich von ihm wissen, was er vehement verneinte und angeblich nur auf den gesundheitlichen Aspekt hinweisen wollte. Als ich ihm dann vorgeworfen habe, dass er sich doch mit haufenweise ungesundem Zeug vollstopft und mittlerweile eine Kugel vor sich herschiebt, als würde er kurz vor der Niederkunft stehen, hat er mir doch dann tatsächlich übel genommen, und wir haben geschlagene drei Tage kein einziges Wort mehr miteinander geredet.

»Wie, was ich gemacht habe?«, frage ich und schaue verdutzt vom Wolfi zum Xare, der mich mit seinem toten Blick immer noch taxiert, als würde er mich gleich aufspießen. »Gar nix! Ich bin …«

»Der hing schon hier, als wir heraufgekommen sind«, mischt sich der Pater plötzlich ein und erhebt sich, ohne den Blick auch nur eine Millisekunde von seinem toten Diener abzuwenden. Leichenblass wie er in seinem Priestergewand da an der Brüstung lehnt, beginnt er nun hektisch, ein Kreuzzeichen nach dem anderen in die Luft zu zeichnen, und murmelt wie im Wahn irgendwelche unverständlichen Stoßgebete herunter.

»Ich rufe jetzt Verstärkung. Niemand langt was an, dass das klar is?«, meint der Wolfi und zückt sein Telefon. »Servus, Michl, der Wolfi am Apparat. Du, ich brauch Verstärkung. Schaut ganz so aus, als hätt sich hier einer aufgeknüpft. Naa, den Sanka kannst dir sparen, da ist nix mehr zu machen. Ich glaub zwar, dass des eine ganz klare Kiste ist, schaut für mich nach Suizid aus, aber ruf trotzdem mal den Trutschlik an. Sonntag hin oder her, das ist mir doch wurscht. Die Spusi auch, jep. Sicher ist sicher. Meine Rede, Freddy! Kirchturm Burglbach. Servus.«

»Ich wusste gar nicht, dass du hellsehen kannst.«

»Wieso hellsehen?«, fragt er verwirrt und stupft den toten Xare mit der Spitze eines Kugelschreibers an, den er aus der Innentasche seines Blousons fischt.

»Jesses, der ist ja maushi«, kreischt plötzlich eine schrille Stimme hinter uns, und der Wolfi und ich fahren erschrocken herum. Die Breitmeierin, gefolgt von ihrem debilen Äffchen, steht unerwartet auf der obersten Stufe und spickt schwer schnaufend an uns vorbei. »Rüdiger, schau«, japst sie und zeigt mit dem Finger auf den Gehängten, der sich durch Wolfis Stupser wie in Zeitlupe um die eigene Achse dreht. Es scheint fast so, als würde der Xare sich uns ein letztes Mal und von jeder nur erdenklichen Seite präsentieren wollen.

»Verflucht noch mal, was fällt euch eigentlich ein, schleicht's euch, aber zackig!«, herrscht mein Sohn, der Polizeioberkommissar, die Berta und deren Anhang an, und ich muss sagen, sein scharfer Ton gefällt mir. Vor allem, wenn dieser einmal ausnahmsweise nicht mir gilt, denn davon, dass ich Leine ziehen soll, hat der Wolfi mit keiner Silbe was erwähnt. Nur unter Protest drehen die beiden ab und stiefeln Etage für Etage wieder hinab, und wäre unsere Zusammenkunft hier oben nicht einem so schrecklich traurigen Anlass geschuldet, ich würde den Wolfi für seinen Schneid feiern. Aus Pietätsgründen verzichte ich aber darauf, bei ihm abzuklatschen. Apropos Pietät, was macht eigentlich unser Hochwürden?

»Darf ich auch?«, stammelt er kaum hörbar, nickt in Richtung Treppenabsatz und faltet fast schon flehend seine Hände.

»Natürlich, Hochwürden. Bleiben's aber unbedingt in der Nähe, ge. Einer meiner Kollegen wird Sie …«, der Wolfi schaut erneut zum hängenden Leichnam, »… später noch zum Xaver befragen müssen.«

»Verstehe, mhm …«, erwidert der Hockl monoton und wendet sich zum Gehen.

»Eines noch, Ehrwürden. Können Sie dafür sorgen, dass außer meinen Kollegen niemand sonst hier oben aufkreuzt?«

»Aber sicher, Wolfgang, das werde ich«, verspricht er pflichtbewusst und stapft ohne einen weiteren Kommentar und ohne sich noch einmal zu uns umzudrehen davon.

»So, und jetzt zu dir, Mama. Wie bist du überhaupt hier heraufgekommen?«

»Zu Fuß, Wolfi.«

»Zefix, du weißt ganz genau, was ich meine.«

»In einem Gotteshaus flucht man nicht!«

»Mamaaa!«

»Schon gut, reg dich nicht auf, ich will's ja nur gesagt haben …«

»Also?«

»Zusammen mit dem Hockl habe ich versucht, das Gebimmel unten in der Sakristei abzudrehen.«

»Und?«

»Hat nicht funktioniert.«

»Und dann?«

»Herrschaftszeiten, Wolfgang. Und dann und dann und dann. Dann sind wir hier raufgestiegen. Denselben Weg wie du übrigens, bevor du fragst, welchen Weg wir genommen haben, und et voilà …«, ich zeige auf den Toten am Galgen, »… haben wir den Xare hier gefunden.«

»Hat er da noch gelebt?«

»Er war schon lila.«

»Okay, gut.«

»Nix ist gut. Ich weiß nicht, was eine Leiche Gutes an sich haben soll.«

»Ich wollte nur sichergehen, dass du und der Hockl nicht wegen unterlassener Hilfeleistung belangt werden könnt.«

»Wie bitte?«, rufe ich empört und glaube mich verhört zu haben.

»Beruhig dich, Mama. Die Frage muss ich stellen. Gehört zum Prozedere einer jeden guten Ermittlung. Wobei, Ermittlungen braucht's wohl hier wahrscheinlich eher nicht. Sieht ganz so aus, als hätte der Gute hier den Freitod gewählt.«

Als die Verstärkung endlich eintrifft, wird es zunehmend voll hier oben, und ich bin gezwungen, der Spusi und dem Trutschlik von der Gerichtsmedizin Platz zu machen. Dass ich mich als Zeugin nicht weitläufig vom Fundort der Leiche entfernen soll, muss man mir natürlich nicht zweimal sagen, und so stehe ich jetzt einen Treppenabsatz tiefer und beobachte die Arbeiten an dem leblosen Mesner von da. Nachdem Dutzende Fotos aus jeder nur erdenklichen Perspektive geschossen wurden, wird unser Mesner, der Xaver Allgaier, wie er mit bürgerlichem Namen hieß, vom Strick genommen und auf einer weißen Plastikplane vorsichtig abgelegt. Glücklicherweise verfügt der Trutschlik über einen eindrucksvollen Bariton, der an den Wänden des Kirchturms widerhallt und gut hörbar bis zu mir herunterdringt. So verpasse ich auch kein einziges Detail der Leichenschau, die er aufmerksam und gewissenhaft in sein kleines Aufnahmegerät spricht. Ich erfahre, dass es an den Händen keine sichtbaren Hinweise auf Kratzspuren gibt, die Leichenstarre noch nicht vollends ausgeprägt ist und am Hemdkragen vom Xare die obersten zwei Knöpfe fehlen. Warum die letzte Information überhaupt von Bedeutung sein soll, kapier ich zwar nicht ganz, aber kurz darauf wird auch schon ein Beamter von der Spurensicherung abbestellt, um im Glockenschacht danach zu suchen.

»Frau Schimmel? Simone Bayerl mein Name. Ihr Sohn schickt mich, um Ihre Aussage zu protokollieren.«

»Was, jetzt? Aber …«

»Ja, dafür bin ich da«, antwortet die junge Kadettin und hält mir ihren Notizblock vor die Nase.

»Das passt mir im Moment aber überhaupt nicht«, antworte ich gestresst und verpasse vielleicht gerade elementare Informationen vom toten Xaver, die der Rechtsmediziner in sein Tonband spricht. »Fangen Sie beim Pfarrer Hockl an. Sein Gedächtnis ist wie ein Sieb. Und wir beide wollen doch nicht, dass am Schluss seine Aussage noch große Lücken aufweist und damit wertlos wird, oder?«, flunkere ich und hoffe, die eifrige Polizistin macht sich endlich vom Acker.

»Ehm …«, stammelt sie etwas unsicher und schaut den Treppenabsatz hinauf, als würde im Anblick des Leichnams die Antwort liegen.

»Ich will Ihnen nicht dreinreden, aber was glauben Sie, wie der Oberkommissar Schimmel das finden würde, wenn herauskommt, dass Sie bei der Zeugenbefragung unnötig Zeit verplempert haben?«, flüstere ich und zwinkere ihr verschwörerisch zu.

»Okay, vielen Dank für den Tipp, Frau Schimmel«, bedankt

sie sich ebenfalls flüsternd und sucht, Gott sei Dank, endlich das Weite.

Hoffentlich habe ich jetzt nichts Wichtiges verpasst, wenn man schon mal ungestört an einem Leichenfundort herumlungern kann. Der Pathologe hat wohl gerade die Köpertemperatur gemessen, denn er hält auf seinem Tonband fest, dass der Körper vom Xare noch nicht vollständig erkaltet ist, was in Anbetracht der hier herrschenden Temperaturen wohl auch kaum möglich ist. Hatte ich schon erwähnt, dass ich hier in meinem Glitzerfummel aus Polyester fast zerfließe und mir vorkomme, als würde ich in einem überdimensionalen Dörrautomaten stecken? Kein Wunder, dass die toten Fliegen bei jedem Schritt unter mir knirschen wie krosse Erdnussflips, die ich so gern abends vor der Glotze verspeise. Die Totenstarre sei auch noch nicht sehr weit fortgeschritten, referiert er weiter, und ich lausche gespannt seinen Schilderungen. Lediglich der Kiefer und die oberen Extremitäten seien bis jetzt, es ist gerade erst einmal kurz nach elf, von der Muskelstarre betroffen.

»Die Verletzung am Hinterkopf gefällt mir nicht«, erklärt der Chef der Gerichtsmedizin. »Die muss ich mir in der Patho noch mal genauer anschauen.«

»Die kommt doch sicherlich von der Glockenkante hier, schau mal, da klebt noch das Blut dran«, höre ich den Wolfi.

»Wie gesagt, das muss ich mir in der Gerichtsmedizin noch mal genauer anschauen. Es sieht zwar alles nach Suizid aus, aber ausschließen kann ich im Moment noch gar nichts, erst wenn der Körper vollständig untersucht wurde.«

»Kannst du denn wenigstens schon den Todeszeitpunkt bestimmen, Trutschi?«, höre ich meinen Sohn ungeduldig fragen.

»Nenn mich nicht so.«

»Wie?«

»Trutschi, Wolfgang. Nenn mich nicht Trutschi.«

»Okay, dann Jochen Knochen? Jochen, der Mann mit den Knochen«, unkt der Wolfi in seinem pubertären Leichtsinn, und obwohl ich die zwei Mannsbilder von hier unten aus kaum sehen kann, muss ich allein vom Zuhören ihres dummen Geschwätzes kichern. »Spaß beiseite. Also, Jochen, Todeszeitpunkt war wann?«

»Wolfgang, wie lange kennen wir uns jetzt?«

»So an die sieben Jahre bestimmt.«

»Und in all diesen Jahren, habe ich mich da schon jemals voreilig auf einen genauen Todeszeitpunkt festgelegt?« »Dann eben unvoreilig ungefähr?«, mosert der Wolfi retour. »Du machst mich fertig. Wie hält das deine Neue nur mit dir aus?«

Von was redet der Trutschlik da? Welche Neue? Als der Wolfi antwortet, dengelt plötzlich ein Mitarbeiter von der Spurensicherung mit seinem silbernen Metallkoffer gegen das Treppengeländer und verursacht einen riesigen Lärm im gesamten Turm.

»… Schätzungsweise vor zwei bis vier Stunden. Nachdem hier drinnen aber eine Bullenhitze herrscht, können es auch gut bis zu sechs Stunden sein. Frag mich noch mal, wenn ich meine Untersuchungen und die Labortests abgeschlossen habe«, höre ich den Jochen Knochen nun sagen.

»Also … heute Abend?«

»Wolfgang, welcher Tag ist heute?«

»Sonntag!«

»Genau, und was mache ich an Sonntagabenden?«

»Die Bundesliga einmal nicht schauen? Mensch, Trutschi, Sonntag hin oder her, ich kannte den Xare. Der Kerl hat drei Kinder, und die werden Fragen haben.«

»Verstehe«, erwidert der Chefpathologe der Kemptner Rechtsmedizin. »Aber alles zu seiner Zeit. Ich habe noch drei Leichen in der Warteschleife. Dein Toter hier muss also noch ein bisschen warten, bis er an der Reihe ist. Und es heißt, er *hatte* drei Kinder. Präteritum, Wolfgang! Grundschulwissen dritte Klasse.«

»Klugscheißer!«

»Hey, das habe ich jetzt aber nicht gehört!«, goschelt der Trutschlik und lacht dabei.

Als der Leichnam zum Abtransport auf eine Bahre gehoben wird, wird mir erst bewusst, dass drei Burglbacher Kinder an diesem Sonntag von Halbwaisen zu Vollwaisen geworden sind. Als die Bärbel, dem Xaver seine Frau und Mutter der drei gemeinsamen Kinder, vor ein paar Jahren starb, war das ein schwerer Schlag für die ganze Familie, die etwas außerhalb von Burglbach einen landwirtschaftlichen Milchviehbetrieb führt. Die Bärbel liegt nicht weit von Adalberts Grab entfernt, denke ich traurig und werde, als ich an meinen verstorbenen Ehemann denke, plötzlich ganz sentimental.

»Du bist noch da? Alles in Ordnung, Mama?«, fragt der Wolfi mit besorgter Stimme und berührt mich sanft an der Schulter, als er die paar Stufen zu mir herunterkommt. »Ich habe gerade an den Papa denken müssen«, sage ich etwas bedrückt und blinzle eine aufkommende Träne beiseite. Dass der Adalbert, mein geliebter Göttergatte und einziger Seelenverwandter in diesem Universum, jetzt schon über fünf Jahre tot ist, ist für mich immer noch schwer zu begreifen. Wie müssen sich denn dann nur die Allgaier-Kinder fühlen, wenn nach der Mama nun auch noch der Papa dahingeschieden ist?

»Kann ich was für dich tun?«, unterbricht der Wolfi meine Gedanken.

»Geht schon, danke.«

»Hat die Simone deine Aussage schon aufgenommen?«

»Die Neue, meinst du? Ja, ähm, nein. Die musste dringend weg«, antworte ich und habe schon ein schlechtes Gewissen, der jungen Polizeianwärterin in den Rücken zu fallen. »Sie ist unten beim Hockl, um ihn zuerst zu befragen«, füge ich schuldbewusst hinzu.

»Alles klar, ich hab hier jetzt noch ein bisschen zu tun«, sagt er, schaut verträumt auf sein Telefon und lächelt irgendwie abwesend, was ich angesichts der menschlichen Tragödie hier im Turm überaus unangebracht finde.

»Wolfgang?«

»Äh, ja. Also sobald die Simone deine Aussage notiert hat,

kannst du gehen. Wir sehen uns dann später daheim«, sagt er verwirrt und wendet sich bereits wieder den Stufen zu, die zur Empore der Kirchenglocke und dem Fundort der Leiche führen.

»Gut, mach ich. Ach, Wolfi, weißt du schon, warum der Xaver sich das Leben genommen hat?«

»Nein«, meint er einsilbig, und ich stapfe die Stufen hinab, die ich kaum zwei Stunden zuvor noch so unbedarft hinaufgeklettert bin.

Nachdem ich in der kleinen Sakristei brav meine Aussage bei der Simone gemacht habe und anschließend aus dem Seitenausgang hinaustrete, steht immer noch die halbe schaulustige Gemeinde versammelt vor unserer St.-Bonifatius-Kirche und plappert wild durcheinander.

»Da ist sie. Walliii, hier …«, schreit die Breitmeierin und fuchtelt wild mit ihren Händen hinter dem polizeilichen Absperrband, das die aufgebrachte Menge im Zaum halten soll. »Sag schon, Walli, wer ist der Tote, der sich in unserem heiligen Kirchturm erhängt hat?«, schreit sie, und ihre schrille Stimme überschlägt sich schier vor Sensationsgier.

»Genau, sag schon. Wir wollen es auch wissen!«, ruft die Cilli Hanebichler, meine Busenfeindin Nummer zwei, seitlich hinter dem breiten Kreuz der Breitmeierin hervor. »Sagt mal, habt ihr überhaupt keinen Anstand?«

»Aha, die feine Dame, die ausschaut, als würde sie irgendwo

über den roten Teppich flanieren, hält sich wohl wieder mal für was Besseres«, kommentiert die Berta, und die Menge grölt. Gerade als mir wieder einfällt, warum ich die Burglbacher Bagage so hasse, braust die Friedl in ihrem Goggomobil heran, bremst, dass die Reifen ihrer Kiste nur so quietschen, und kommt direkt vor dem Haupteingang der St. Bonifatius zum Stehen.

»Walli, steig ein!«, ruft sie mit dem Wigald auf der Rückbank aus dem heruntergekurbelten Fenster und winkt mich hektisch zu sich herüber. Dankbar nutze ich ihr Angebot und hüpfe in ihr grünes Froschmobil.

»Gib Gas!«, schreie ich, als ich die tobende Berta mit ihrer »silly« Cilli im Rückspiegel entdecke, wie sie auf die Fahrbahn treten und uns füßisch verfolgen.

# BISIWASSER UND CO.

»Tee?«

»Nein.«

»Kaffee?«

»Bitte nicht.«

»Walli!«

»Einen laktosefreien Cappuccino mit Milchschaumberg würde ich nehmen.«

Mit schüttelndem Kopf – warum sie das macht, ich weiß es auch nicht – stellt die Friedl sich an den Herd und setzt Wasser auf. Nachdem wir den Wigald zurück ins Wohnheim gefahren haben, war mir nach Gesellschaft.

»Jetz erzähl endlich, was war denn da in da Kirch bloß los?«, fragt sie und stellt zwei wirklich unästhetische Kaffeebecher vor mich auf den Tisch. »Herrgott, von dem lauta G'läut bi i ja fascht d'ohrad worra«, mault sie und bereitet, ungeachtet meiner Vorlieben, den Trichter für einen stinknormalen Filterkaffee vor, den ich gleich nach Tee auch auf den Tod nicht ausstehen kann. Eigentlich würde ich an dieser Stelle längst protestieren, doch heute, nach dem hässlichen Fund unseres toten Mesners, ist mir jegliche Lust an einer Diskussion zuwider, und ich werde mir ohne den geringsten Widerstand Friedls gebrühtes Bisiwasser zu Leibe führen.

»Unser Mesner hat sich im Turm das Leben genommen«, sage ich betroffen und rühre in einer Dauerschleife das bittere Gebräu in dem orangefarbenen Werbebecher des örtlichen Bauhofs um.

»Was, da Xare? Den Xare von d'Bärbel, moinsch du?«

»Ja, Friedl, genau den. Als ich mit dem Hockl den Turm rauf bin, um endlich den Krach abzudrehen, haben wir ihn entdeckt.«

»Heilige Mutter Gottes, des ka doch it woahr sei!«, ruft sie ungläubig und zeichnet ein Kreuzzeichen in die Luft. »Mei, wisser denn die Kind' scho B'scheid?«, fragt sie trübsinnig, und ich zucke ahnungslos mit den Schultern.

»Das übernimmt sicherlich der Wolfi«, beruhige ich sie. »Die Bärbel … Die hast du doch näher gekannt, nicht wahr?«

»Ja, scho.« Sie seufzt und erzählt, dass sie gemeinsam mit der Frau vom Xaver für jegliche Dorfveranstaltungen die Kuchen gebacken und diese dann mit ihr zusammen am Standl an die Besucher verkauft habe. »Die Bärbel isch so jämmerlich ei'ganger. Des war it mit azuseher. Di Kind … Mei, was müsser denn di Kind no als ertrager«, jammert sie und hält bestürzt die Hände vors Gesicht. Einen Moment lang herrscht Stille, weil niemand so recht weiß, was man zu diesem traurigen Familiendrama sagen soll. »D' Xare hot doch erscht letzsch Johr, die eu, wie hoißt se no glei … Sina war's, glaub, kennaglernt«, unterbricht die Friedl unser Schweigen und kruschtelt in dem Zeitungsstapel herum, der auf einem der orangefarbenen Plastikstühle neben ihr liegt.

»Was, der Xare hatte wieder eine neue Partnerin?«, frage ich überrascht, und sie berichtet mir, was sie über die Allgaiers weiß. So hat der Xaver vor knapp einem Jahr eben diese Sina während seines Rehaaufenthalts an der Ostsee kennengelernt. Das deutlich jüngere Fräulein soll in der Kurklinik als Physiotherapeutin tätig und dafür zuständig gewesen sein, dem Xaver seine von der harten Arbeit auf dem Bauernhof lädierten Bandscheiben wieder in Schwung zu bringen. Als ich anmerke, dass diese Sina ganz offensichtlich auch noch etwas ganz anderes bei unserem bäuerlichen Witwer in Schwung gebracht hat, winkt die Friedl entsetzt ab. Über so heikle Themen spekuliere sie nicht, lässt sie empört verlauten und stützt vorwurfsvoll ihre Hände in die Hüften. Bei so was kennt die Friedl einfach keinen Spaß und legt immer noch ein pubertäres Verhalten an den Tag. Sobald ein Thema nur den Hauch einer anzüglichen Note bekommt, läuft sie knallrot an und sucht nicht selten das Weite. Als ich ihr, nur um sie zu ärgern, das letzte Mal eine Szene aus *Fifty Shades of Grey* vorgelesen habe, hat sie mir das Buch aus der Hand gerissen, damit gedroht, mir den Mund mit Seife auszuwaschen und das Schundwerk in den Scheiterhaufen beziehungsweise in ihren Holzofen zu werfen, sollte ich weiter daraus zitieren. Dass die Friedl mit dem Fritz verheiratet war und tatsächlich zwei Töchter geboren hat, ist kaum zu glauben. Tut sie doch immer so, als wären ihre beiden Schwangerschaften mit der Empfängnis der heiligen

Maria Muttergottes gleichzusetzen. Bevor meine jungfräuliche Freundin also noch rotsieht, muss ich schnell das Thema wechseln, denn als ich erwähne, der Xaver, Witwer und Mitte fünfzig, hätte mit der deutlich jüngeren Sina ganz offensichtlich seinen zweiten Frühling erlebt, hält sie sich doch glatt die Ohren zu und stimmt ein Lied der Kastelruther Spatzen an. Ihr Verhalten ist wirklich amüsant, und erst nachdem ich ihr mit Händen und Füßen signalisiere, dass der Inhalt unseres Gesprächs nicht weiter in eine unkeusche Richtung abdriftet, ist sie gewillt weiterzuerzählen. Viel wisse sie aber nicht über die neue Frau des Bauers, nur dass sie eine Pferdenärrin sei und mit ihren Ponys auf dem Allgaier-Hof seit ein paar Monaten Reitunterricht anbiete. Als ich wissen will, warum ich die Sina noch nie im Dorf gesehen, geschweige denn am Sonntag zum Gottesdienst wahrgenommen habe, erwähnt sie, dass die Mecklenburg-Vorpommerin bekennende Atheistin sei und mit den katholischen Bräuchen nichts anfangen könne. Wie passt denn das, bitte schön, zusammen? Der Xaver und seine Bärbel waren seit Jahrzenten beide engagierte Gottesdiener und haben ihr Amt als Mesner im Dorf sehr ernst genommen. Nach ihrer kirchlichen Trauung Anfang der Neunziger haben die beiden jedes ihrer drei Kinder standesgemäß in der St.-Bonifatius-Kirche vom Hockl höchstpersönlich taufen lassen und treu im christlichen Glauben erzogen.

»I woiß itta, was mit dem Kerle plötzlich los war! Der war wie aus'gwechselt. Verschosser bis über beide Ohra war der«, sagt sie und scheint endlich gefunden zu haben, wonach sie in dem Zeitungshaufen gesucht hat. »Schau her, des isch se«, meint sie, legt mir das Burglbacher Dorfblättle vor und tippt auf die quadratische Annonce neben der Werbeanzeige der Metzgerei Schweinsberger, die ihre Blut- und Leberwurstwaren zum Schleuderpreis anbietet. Eine blonde, hübsche junge Frau lehnt lächelnd an einem Pferd und wirbt für Reitunterricht auf dem Hof der Allgaiers.

»Interessant«, meine ich und bin mir sicher, dieses ansehnliche Fräulein noch nie vorher im Dorf bemerkt zu haben. »Der Xare hatte aber einen sehr guten Geschmack, das muss man ihm lassen«, sage ich, und der Friedl ihr Gesichtsausdruck verfinstert sich abermals. Sie läuft zum Küchenbüfett und kommt mit einer Flasche Willi zurück, füllt die beiden Stamperl bis zum Rand und hebt das Glas. »Proscht, Walli!« Der Schnaps brennt zwar wie die Hölle, neutralisiert aber das grässliche Gebräu, das die Friedl Kaffee nennt.

Als es vor der Küchentür plötzlich poltert und Kindergeschrei ertönt, müssen wir schlagartig unser Gespräch beenden. Meine Freundin hatte ganz vergessen, die vorbereiteten Krautkrapfen, die seit heute Morgen im Römertopf nur darauf warten, verschlungen zu werden, pünktlich ins Rohr zu schieben. »Bleibsch du zum Essa?«, fragt sie, und ich zögere zwar nur den Hauch einer Sekunde, meine Entscheidung muss aber wohlüberlegt sein. Denn seit der Alok-Henry und die Babuna-Rosa regelmäßig um den runden Esstisch der Friedl sitzen, ist zwischen uns, also dem Alok und mir, der Futterneid ausgebrochen. Erinnert ihr euch noch an das Dinoschnitzeldesaster? Es war wirklich eine Farce, wie ich als Gast auf dem Moosbachhof das kleine, in Dinoform gepresste Fleischteil auf meinem eigenen Teller bis aufs Blut verteidigen musste, weil ein gewisses kleines egoistisches Monster nicht einsehen wollte, dass ich als Gast Prioritätenstatus genieße.

»Also wenn du so fragst, warum eigentlich nicht!«, antworte ich hungrig, und mir läuft bereits das Wasser im Mund zusammen.

Es duftet herrlich nach Speck und Sauerkraut, und in weiser Voraussicht habe ich mir schon bevor die Friedl den riesigen Bräter überhaupt auf den Tisch stellt, die Schöpfkelle geschnappt und mich zur heutigen Chefschöpferin ernannt. Das heißt, ich teile die einzelnen Portionen ein, und alle Mann am Tisch hören auf mein Kommando, lasse ich meine Mitesser wissen. »Sobald ich das Handzeichen gebe, dürft ihr loslegen«, verkünde ich zufrieden und lade mir zuallererst eine deftige Portion auf meinen Teller. Der Alok-Henry ist mit den neuen, von mir vorgegebenen Tischregeln sichtlich überfordert und protestiert, indem er mit seiner imaginären Handfeuerwaffe mehrmals hintereinander auf mich zielt und lautstarke Schussgeräusche abgibt.

»Babette, kannst du dein Kind bitte einmal abstellen?«, frage ich und schaue sie eindringlich an.

»Also Walli, mein Kind ist doch keine Maschine«, motzt das Muttertier empört und rammt verständnislos ihre Gabel in das gerollte Nudelwerk vor ihr, obwohl ich dazu die Erlaubnis noch gar nicht erteilt hatte. Wie soll der Bub auch lernen, sich an gewisse Regeln zu halten, wenn die eigene Mutter sich über jegliche Erziehungsmaßnahmen hinwegsetzt, denke ich mir und erkenne, dass die Ursache, also quasi die Wurzel des Problems, die Friedl und ihre damalige antiautoritäre Erziehung ist. Wäre die Babette nämlich mit strenger und konsequenter Hand geführt worden, würde ich von ihrem Balg nicht zum wiederholten Male sinnbildlich hingerichtet werden.

»Alok-Henry. Jetzat isch's aber guat!«, meint die Friedl beschwichtigend wie ein Schiedsrichter auf dem Schlachtfeld und schiebt sachte seine zuckenden Hände zurück auf den Tisch. Ich hätte den Querulanten bereits in Ketten gelegt und geknebelt. Laut aussprechen darf ich meine Idee aber nicht. »Lasst's es euch schmegga«, wünscht nun die Friedl uns, sichtlich angespannt, einen guten Appetit, da habe ich bereits einen halben der knusprigen Krautkrapfen verspeist und schöpfe mir gleich noch einmal nach. Mit der Babuna-Rosa komme ich besser klar, denke ich, als ich das kleine niedliche Mädchen mit den lustigen Pippi-Langstrumpf-Zöpfchen neben mir beobachte. Weder zielt sie mit schwerem Geschoss auf mich, noch neidet sie mir die Filetstücke der Friedl'schen Küche. Die kleine Maus sitzt einfach nur da, spielt mit den Händen im Sauerkraut herum und läuft plötzlich irgendwie rot an. »Babette, mit ihr stimmt was nicht«, sage ich und schaue besorgt zur Babuna-Rosa herunter.

»Alles gut. Sie hat's gleich«, meint die zweifache Mutter entspannt und steckt sich eilig ein Salatblatt in den Mund, während der Schädel ihrer kleinen Tochter sich mehr und mehr verfärbt. »Rosa ist rot!«, schreit ihr Bruder, zeigt mit der Gabelspitze auf seine Schwester, die auf ihrem Hochstuhl unruhig umherwippt und gurrende Geräusche von sich gibt. Das kleine Mädchen hat sichtlich Probleme. Welcher Art, ist mir ein Rätsel, aber gesund ist das sicherlich nicht.

»Mei, jed's Mol beim Essa, Herrschaftszeiten«, motzt die Friedl urplötzlich, springt auf und kippt die Fenster.

»Da kann sie doch nix dafür, Mama«, stänkert die Babette verständnislos und hebt das kleine Mädchen aus ihrem Sitz.

Als sich die Stinkwolke wie ein Atompilz in der kleinen Wohnküche über uns ausbreitet, verschlägt es mir buchstäblich den Atem. Nie zuvor habe ich einen ähnlich ätzenden und beißenden Geruch in meinem Riechkolben vernommen. Nicht einmal der Chemikaliencocktail aus dem verlassenen Militärbunker von letztem Jahr ist mit diesem penetranten Geruch zu vergleichen. Während ich würgend über der Spüle hänge und Angst habe, mein Mittagessen unfreiwillig zur Rückgabe zu geben, legt die Babette das Mädchen auf dem Kanapee neben dem Kachelofen ab, wechselt die bis obenhin gefüllte Windel, schmeißt den stinkenden Mull in den Müll und verfrachtet die Babuna-Rosa kommentarlos zurück in ihren Kindersitz. Als wäre nichts gewesen, isst die Familie Moosbach-Bakaah seelenruhig weiter, was für mich und meinen empfindlichen Magen ein Ding der Unmöglichkeit ist.

»Rosa Stinki gemacht!«, ruft das kleine Mädchen sichtlich stolz und feiert sich mit erhobenen Händen für ihr schlecht getimtes Geschäft.

»Walli, s'hot no an Nachdisch, wenn'd magscht«, ruft die Friedl, die alleinig werkelnd in der Küche steht, durch das offene Küchenfenster, an dem ich von außen am Fensterbrett lehne und ihr beim Abspülen zusehe. Den Duft von Kinderkacke konnte ich noch nie leiden. Das Zeug haftet, und der Gestank von vollgeschissenen Windeln hält sich hartnäckig in der kleinen Bauernhofküche. Glücklicherweise hat der Adalbert damals das Wickeln für mich übernommen, als unser Sohn noch ein Hosenscheißer war. Gott sei Dank, denn hätte ich den Windeldienst am Wolfi verrichten müssen, ich hätte regelmäßig Reißaus genommen. »Was hast du denn damit vorhin gemeint, dass der Xare plötzlich wie ausgewechselt war?«, frage ich meine Freundin, die sich den abgetrockneten Römertopf schnappt, auf einen Stuhl steigt und diesen auf Zehenspitzen mühselig auf das alte Küchenbüfett hievt. Sie erzählt, während sie auch noch die restlichen Utensilien vom Mittagessen in den Schränken verstaut, dass der Xare nach der Beerdigung seiner Bärbel in ein tiefes Loch gefallen sei, was durchaus nachvollziehbar ist. Die Bärbel war eine wohlschaffende und fleißige Frau. Neben der täglichen Stallarbeit, dem Haushalt und den drei Kindern hat sie sich auch noch liebevoll um ihre Schwiegermutter Liselotte gekümmert, die noch immer auf dem Hof der Allgaiers in einer kleinen Dachgeschosswohnung lebt. Kein Wunder, dass der Xare heillos überfordert war, denke ich bekümmert und sehe den armen Witwer, Vater, Bauern, Mesner und auch noch Pfleger seiner alten Mutter vor meinem inneren Auge am Galgen baumeln.

»Do schau her«, sagt meine Freundin und reicht mir wie

beim Ausschank in einer Gastwirtschaft den Dessertteller durchs Fenster. »Dem isch b'stimmt alls z'viel worra«, meint sie, zieht einen Stuhl ans Fenster und schaufelt sich mit dem Löffel eine riesige Menge des braunen Zuckerhäufchens in den Mund.

»Aber warum sollte er seine Kinder denn alleine lassen? Das tut doch kein Vater seinem eigenen Fleisch und Blut an. Und wenn er doch gerade erst eine neue Liebe gefunden hat, macht Selbstmord doch überhaupt keinen Sinn.«

Die Friedl stimmt mir kopfnickend zu. Eine verbale Antwort bleibt sie mir schuldig, weil sie emsig damit beschäftigt ist, auch den letzten Rest der Mousse au Chocolat vom Teller zu kratzen. In Anbetracht dessen, dass das braune Häufchen inmitten meines Tellerchens starke Assoziationen an die Ausscheidungen der kleinen Babuna-Rosa hervorruft, ist mein Appetit auf Süßes für heute gedeckt. »Iss du nur«, sage ich großzügig und schiebe meinen Teller zurück durchs Fenster. Ich weiß, dass meine Freundin ein echtes Schleckermäulchen ist und zu einer zweiten Portion Nachtisch niemals Nein sagen würde, so wie ich unter anderen Umständen auch. Als sie mir aber schmatzend gesteht, dass unser Dr. Brandl sie erst letzte Woche wieder einmal gerügt hat, weil ihr Blutzuckerwert astronomische Höhen angenommen hat, reagiere ich blitzschnell, ziehe ihr das Dessert unter der Nase wieder weg und lecke den braunen Schokohaufen in einem Satz vom Teller. Schließlich geht mir die Gesundheit meiner Freundin über alles, und ich möchte sie noch länger behalten. »Ab morgen gibt's nur noch Obst und Gemüse, verstanden?«, mahne ich sie zur Vernunft. »Friedl, danke fürs Bisiwasser, Schnäpsle und das Schokohäufchen. Die Krautkrapfen waren spitze. Ich zisch jetzt aber ab. Vielleicht ist der Wolfi ja schon zu Hause. Ich ruf dich an, sobald ich was weiß«, sage ich, klopfe zum Gruß auf das lasierte Fensterbrett und steige ins Taxi. Die Friedl winkt mir zum Abschied noch immer mit dem leeren Löffelchen in der Hand, und ich mache mir wirklich Sorgen um ihre Gesundheit.

# (ZU) SPÄTE ERKENNTNISSE

Als ich am späten Sonntagnachmittag endlich daheim ankomme, ist das Haus leer. Der Wolfi ist wohl immer noch in Sachen toter Mesner unterwegs, denn Dienst hatte er, soviel ich weiß, heute nicht. Als ich durch das Fenster über den Marktplatz und zur Kirche rüberschaue, stehen auch noch immer ein grüner Streifenwagen und der silberne Sprinter von der Spurensicherung davor. Der Leichnam vom Xare wurde doch bereits am Mittag zur Gerichtsmedizin überführt, warum sind dann noch immer Beamte vor Ort, wenn es sich doch ganz offensichtlich um einen Suizid handelt? So kann man Steuereinnahmen auch verschleudern, denke ich mir und greife zum Telefon. »Bist du noch immer in der Kirche? Wo bleibst du denn?«

»Servus, Mama, es dauert noch a bissle. Gibt's irgendwas Dringendes? Ich bin bei den Allgaiers daheim.«

»Aha … bei den Allgaiers. Und? Weißt du schon, warum der Xare sich das Leben genommen hat?«, will ich vom Wolfi ohne große Umschweife wissen.

»Äh, nein, natürlich nicht, und außerdem hatten wir eine klare Abmachung!«

»Ich weiß. Ich weiß …«

»Wie lautet die, Mama?«

»Ich mische mich nicht mehr in deine beruflichen Angelegenheiten«, bete ich genervt herunter.

»Ganz genau. Dann haben wir uns ja verstanden. Also, ich muss jetzt weiter …«

»Moment, Wolfi, das ist ja alles schön und gut, aber irgendwie geht mich das Ganze schon etwas an. Also erstens habe ich den Xare persönlich gekannt. Zweitens war ich es, die ihn tot am Glockenstrick gefunden hat, und drittens …«

»Spar dir dein Drittens. Hier geht's um laufende Ermittlungen, und von mir erfährst du nix. Und dieses Mal lass ich mich von dir auch nicht mehr um den Finger wickeln, hamma uns?«, unterbricht er mich forsch und lässt keinen weiteren Widerspruch gelten.

»Aber Wolfiii!«

»Nix Wolfiii. Tschüssikowski, Mama.«

»Wolfgang? Hallo?«, rufe ich entrüstet in den Hörer, doch mein Bub hat bereits aufgelegt. An dieser Stelle muss ich mir wohl eingestehen, dass meine Strategie in Sachen frühkindliche Erziehung bei meinem Spross offenbar gründlich fehlgeschlagen ist. Erst unterbricht er mich und redet ungefragt dazwischen, während ich ihm meine plausiblen Argumente darlege, warum ich sehr wohl Anspruch auf Auskünfte über den toten Mesner habe, und dann beendet er ohne ersichtlichen Grund auch noch einfach das Gespräch und hängt ein. Ich weiß, dass ich ihm nach dem turbulenten Mordfall um den Jäger im letzten Jahr ein Versprechen geben musste. Das besagt, dass ich mich im Falle eines neuen Tötungsdelikts, bei dem mein Sohn ermittelt, unter gar keinen Umständen einmischen darf und mich rigoros aus allem, was seinen Fall betrifft, herauszuhalten habe. Da aber beim Xare wohl kein Tötungsdelikt beziehungsweise nur eine Selbsttötung ohne Fremdeinwirkung vorliegt, verstehe ich seine Geheimnistuerei überhaupt gar nicht. Wenn ich recht darüber nachdenke, ist sein Verhalten völlig inakzeptabel und die absolute Höhe einer dreisten Impertinenz. Empört knalle ich den Hörer ebenfalls zurück auf die Gabel. »Eine Frechheit. Was nimmt der sich eigentlich raus?«, rufe ich durch das leere Haus und frage mich, ob sich das Ruder jetzt, wo der Wolfi doch schon Mitte vierzig ist, mit erziehungstechnischer Konsequenz noch einmal herumreißen ließe. Vermutlich ist eine Umerziehung bei meinem Sohn schier unmöglich, aber für ein liebendes Mutterherz ist es für einen Versuch, den Wolfgang doch noch auf den rechten Weg des Lebens zu führen, wohl nie zu spät. »Warum eigentlich nicht?«, murmle ich vor mich hin und halte meinen plötzlichen Geistesblitz für gar keine so schlechte Idee. Setze ich mit dem Wolfi in Sachen Umerziehung im Erwachsenenalter einen Status quo, könnte ich für Eltern auf der ganzen Welt und auch der Friedl mit ihrer verzogenen Babette ein wirklich gutes Vorbild sein. Ich sehe mich schon im Sat.1-Frühstücksfernsehen auf der Couch neben den Moderatoren heiße Tipps zur Schimmel'schen-Erwachsenenerziehung abgeben. Vielleicht schaffe ich es ja sogar mit meinen Erziehungsratschlägen über den großen Teich bis hin zu *Good Morning America*, denn auch international könnten meine Tipps von großer Bedeutung sein. Der Wolfi wird mein erstes Versuchskaninchen. Ein Experiment am lebenden Objekt sozusagen. Durch eine liebevolle, aber konsequente Führung wird er früher oder später parieren, davon bin ich überzeugt, und so setze ich mich an die Küchentheke und erarbeite einen straffen Erziehungsplan für meinen allerersten Probanden. Sollte mein Experiment von Erfolg gekrönt sein, bliebe der Friedl und der Babette gar nichts anderes übrig, als erziehungstechnisch ebenfalls endlich in die Gänge zu kommen.

# EIN EXPERIMENT AM LEBENDEN OBJEKT

»Mama!«

»Wolfgang …«, bemerke ich gespielt gelangweilt und schenke meinem Sohn keine große Beachtung, als er am Abend endlich den Weg nach Hause findet und in der Küche erscheint. Eine drückende Stimmung liegt in der Luft, was eindeutig dem Disput am Telefon von vorhin zuzurechnen ist.

»Alles paletti bei dir?«, fragt er monoton und packt neben seinem Schlüsselbund auch das Handy auf die Ablage neben mir.

»Mh …«, seufze ich und stiere weiterhin auf das Diagramm, das ich in mehrfacher Ausführung auf den Block gezeichnet und mit unzähligen Schlagwörtern versehen habe.

»Mann, hab ich einen Hunger. Hast du schon was gefuttert, Mama?«

Als ich keine Antwort gebe, streicht er sich demonstrativ über seine vollumfängliche Wohlstandsplauze und wartet auf eine Reaktion.

»Mama?«

»Mensch, Wolfi, was is denn?«

»Ich hab gefragt, ob du auch so einen Bärenhunger hast wie ich. Ich könnte eine ganze Sau verspeisen, sag ich dir«, definiert er rustikal seinen Zustand und schaut fragend zu mir herüber.

»Danke, kein Appetit«, murmle ich knapp und erziele erste Erfolge mit der Anwendung meiner ausgearbeiteten Lektion eins: Aufmerksamkeit durch Ignoranz. Als ich heimlich beobachte, wie er auf der Suche nach etwas Essbarem im Kühlschrank herumkruschtelt, vibriert plötzlich sein Telefon. Vielleicht eine Info aus der Rechtsmedizin, denke ich mir und schiele auf das hell erleuchtete Display. Ein Küsschen-Emoji, gefolgt von drei roten Herzen. Als ich das Telefon mit dem Zeigefinger anstupse, um es zu drehen, erlischt das Display, bevor ich den Absender identifizieren konnte.

»Ist was?«, fragt er, als er plötzlich wie aus dem Nichts hinter mir steht und blitzschnell nach seinem Handy greift. »Nein, nix. Was soll schon sein?«, antworte ich hastig und frage mich, wer meinem Sohn kitschige Liebesbekundungen sendet, denn schließlich ist der Wolfi ein eingefleischter Dauersingle. Was ich als seine treu liebende Mutter auch nur begrüßen kann. Eine womögliche Schwiegerzicke kommt mir nämlich unter gar keinen Umständen ins Haus. Da habe ich meine Prinzipien. Das hatte ich ihm auch schon klargemacht, noch bevor er aus seinem Ein-Zimmer-Plattenbauloch aus einem Kemptener Brennpunktbezirk zu mir nach Burglbach in die Villa Kunterbunt gezogen ist. Ich kann es kaum fassen, nicht nur, dass der Wolfi wohl seine Manieren irgendwo zwischen Pubertät und der Ernennung zum Oberkommissar verloren hat, womöglich führt er sogar ein Doppelleben, von dem ich bis gerade eben nicht einmal was geahnt hatte. Wenn er mir schon eine Liebesbeziehung verschweigt, was verheimlicht er mir dann noch alles, frage ich mich, und eine böse Vorahnung beschleicht mich. Der Wolfi benimmt sich tatsächlich in der letzten Zeit etwas eigenartig, wenn ich recht darüber nachdenke. So muss ich ihn seit geraumer Zeit nicht mehr an seine morgendliche Körperhygiene erinnern, und das alltägliche Wechseln seiner Unterwäsche klappt neuerdings auch ganz ohne Protest seinerseits. Seit ein paar Wochen schiebt er sogar freiwillig des Öfteren die angeblich so ungeliebte Nachtschicht, die er seit seiner Beförderung im letzten Jahr bisweilen und konsequent an seine Untergebenen abgeschoben hat. Eindringlich beobachte ich ihn und frage mich, was der Wolfi vor mir geheim hält. Eventuell unterhält er sogar Frau und Kind, und ich bin völlig ahnungslos? So was sieht man ja manchmal im Fernseher, nicht wahr?

»Was stierst du mich denn so komisch an? Stimmt was nicht?«, fragt der Fremde im Körper meines Sohnes, als er dämlich grinsend von seinem Handy aufschaut.

»Nix, was soll schon sein?«, schwindele ich und widme mich wieder meinem Notizblock. Dass mein Sohn ein erziehungstechnischer Neandertaler ist, damit kann ich leben, aber dass er mich mit einer Küsschen-Emoji-Senderin hintergeht, ist der Gipfel einer Unverschämtheit. Wo steht unsere Beziehung an diesem Punkt, würde ich zu gerne wissen. Kommt unsere Verbindung etwa dem Facebook-Status »Es ist kompliziert« gleich? Bis vor Kurzem und seit dem Tod vom Adalbert waren wir ein eingespieltes Team. Ein Herz und eine Seele. Eine Mutter-Sohn-Symbiose – oder *working system*, wie der Ami sagen würde. Jetzt steht meine Welt kopf.

»Also, was ist jetzt …? Gibt's jetzt was zum Mampfen oder nicht?«

»Nahrung gegen Informationen«, erwidere ich trocken, leite damit Lektion Nummer zwei mit der Überschrift »Geben und Nehmen« ein und warte auf seine Reaktion, die dann auch nicht lange auf sich warten lässt und eine Seite an meinem Sohn zutage bringt, die mir bis dato völlig fremd war. Sein Blick verdüstert sich, und irgendwie zucken abwechselnd seine Augenbrauen und Mundwinkel nervös von oben nach unten.

»Du kannst es einfach nicht lassen, oder?«

»Ich bin deine Mutter und habe die Wahrheit verdient, findest du nicht?«

»Du mischst dich ständig in meine Angelegenheiten, Mama!«

»Deine Angelegenheiten? Also, Wolfgang Adalbert Schimmel, ich muss doch sehr bitten. Bin ich neuerdings etwa nicht mehr Teil deines Lebens, oder was?«, rufe ich empört und ramme fassungslos die Kugelschreiberspitze in das vorher penibel aufgezeichnete Kreisdiagramm.

»Was redest du denn da für einen Schmarrn? Natürlich bist du mir wichtig. Das eine hat aber doch mit dem anderen nix zu tun.«

Enttäuscht schnaube ich mir den Frust von der Seele.

»Okay, wenn du dann endlich zufrieden bist, bitte schön«, lenkt er ein. »Wir gehen aktuell von Suizid aus. Die genauen

Umstände sind aber noch völlig unklar, weil der Leichnam noch nicht abschließend rechtsmedizinisch untersucht werden konnte. Die Kinder vom Xare wissen Bescheid. Um die zwei Jüngeren kümmert sich vorerst die Schwester vom Xare. Zufrieden?«

»Hä? Das meinte ich doch überhaupt nicht.«

»Was denn dann?«, will der Wolfi verwirrt wissen.

»Ich will die Wahrheit wissen. Und zwar die ganze Wahrheit!«

»Das ist die Wahrheit! Bist du jetzt völlig gaga?«

»Ich will wissen, was in deinem Liebesleben vor sich geht. Wolfgang, ich habe dich beobachtet. Du benimmst dich eigenartig. Ich bin doch nicht blöd. Spuck's aus, wie heißt sie, hm?«

»Also Mama, jetzt glaub ich aber, s'hackt bei dir. Hast du etwa in meinen privaten Sachen geschnüffelt, oder was?«

»Nicht direkt.«

»Was soll das heißen, nicht direkt?«

»Das Handy hast du ja wohl freiwillig hier neben mir liegen lassen, oder nicht?«

»Du machst aber auch wirklich vor nix und niemandem halt«, mault er sichtlich aufgebracht und dampft ab.

»Wolfi, bleibst du wohl hier!«

»Nix Wolfi. Es hat sich jetzt dann ausgewolfit! Es reicht mir langsam mit dir und deinem ständigen Eingemische. Das hält doch niemand auf Dauer aus.«

»Aber Wolfi …«

»Wenn das hier so weitergeht, Mama, dann zieh ich aus!«, schreit er wütend vom Treppenabsatz herüber und verschwindet im oberen Stock. Als oben die Tür knallt, zucke ich zusammen.

Ich brauche einen Moment zur Reflektion. Wie konnte es so weit kommen, frage ich mich. Spinnt der Wolfi jetzt komplett? Notiere: Lektion zwei, Geben und Nehmen, gescheitert! Proband war nicht bereit, zum Erfolg des Erziehungsexperiments beizutragen!

Ich bin schockiert. Nicht darüber, dass der tote Xare noch auf seine Untersuchung warten muss, sondern dass der Wolfi, mein Ein und Alles, mir wichtige Dinge, die sein persönliches Leben betreffen, vorenthält. Und sogar damit droht, mich, seine liebende Mutter, zu verlassen. Ausziehen will er! »Soll er doch«, schimpfe ich aufgebracht vor mich hin. Wohin überhaupt, und wie lange geht das schon mit dieser dubiosen unbekannten Küsschen-Herzchen-Texterin, frage ich mich und bin am Rande des Wahnsinns. Zum Wolfi seinem schlechten Benehmen kommt nun auch noch diese neuerliche Geheimniskrämerei hinzu. Ich dachte, wir hegten keine Geheimnisse voreinander und könnten über alles reden. Wie, in Gottes Namen, soll ich diesen renitenten Buben noch hingebogen bekommen, wenn der einfach macht, was er will? Verzweifelt und fix und fertig schmeiße ich mich aufs Kanapee und stelle die Glotze an. Dass zwischen uns eine dermaßen riesige Kluft herrscht, war mir nicht bewusst.

# DER SATANISMUS KANN MIR GESTOHLEN BLEIBEN

»Adalbert, bleib stehen! Ich muss mit dir reden.«

»Was ist denn los, Schnurzeltäubchen?«, fragt mein Göttergatte überrascht und dreht sich zu mir herum.

»So kann es einfach nicht weitergehen. Der Junge entgleitet uns.«

»Wie kommst du denn darauf?«

»Der Wolfi ist verknallt. Bis über beide Ohren, befürchte ich. In diese …«

»Aber das ist doch ganz wunderbar und wird auch endlich einmal Zeit. Schließlich geht der Bub schon bald auf die dreißig zu«, unterbricht er mich und freut sich sichtlich für unseren Sohnemann.

»Adalbert, du verstehst einfach nicht, was ich meine. Diese Deborah ist … einfach nicht die Richtige für unseren Wolfi«, versuche ich zu erklären, und mein Ehemann blickt mich verständnislos an.

»Auch wenn es dir schwerfällt, aber der Junge ist mittlerweile erwachsen und kann durchaus selbst entscheiden, in wen er sich verliebt, oder etwa nicht?« »Nein, nein und nochmals nein. Adalbert, bist du eigentlich blind, oder was? Hast du die schon mal gesehen?«

»Nö, aber wenn sie dem Wolfi gefällt, ist doch alles gut. Und wenn er dazu bereit ist, wird er uns seine neue Flamme bestimmt schon bald einmal vorstellen. Ich vertraue ihm da voll und ganz, und das solltest du übrigens auch tun, Schatzimausi.«

»Hm …«, seufze ich.

»Und wenn unser Sohn einen ähnlich guten Geschmack hat wie ich, dann …«, schäkert der Adalbert und streicht mir liebevoll über die Wange, während wir am Ufer der Isar entlangspazieren.

»Ich habe ihn beschattet!«

»Du hast *was*?«

»Na, ich bin ihm gefolgt. Natürlich habe ich aufgepasst, dass er mich nicht entdeckt, keine Angst.« Der Adalbert schaut mich perplex an. »Am Rand des alten Südfriedhofs haben die zwei sich heimlich getroffen. Ich sag dir eins, dieses Mädel hat einen schlechten Einfluss auf unseren Sohn.«

»Walli, also jetzt mach aber mal n' Punkt. Gönnst du deinem einzigen Sohn nicht auch mal etwas Spaß?«

»Spaß? Adalbert, auf welcher Seite stehst du überhaupt, hä? Diese Deborah trägt zwar einen harmlos klingenden Namen, sieht aber mit ihren schwarz beschmierten Augendeckeln aus wie eine Eule. Marylin Manson ist ein Dreck dagegen«, echauffiere ich mich und kicke einen Stein ins Wasser. »Am Flughafen würd sie es nie und nimmer durch die Sicherheitskontrolle schaffen, so, wie sie ihr Gesicht mit Metall dekoriert und durchlöchert hat«, setze ich nach, doch der Adalbert geht überhaupt nicht auf meine berechtigten Zweifel ein.

»Darf ich dich daran erinnern, dass du bei unserem ersten Date ausgesehen hast wie die Reinkarnation der Biene Maja?«

»Also, Adalbert. Willst du mir damit etwa sagen, dass du mein First-Date-Outfit kacke fandst?«

»Nein, ach i wo! Warte, Schatz. So hab ich das doch gar nicht gemeint«, wehrt er meine Unterstellung hilflos ab und läuft mir hinterher. »Für mich warst du schon immer die Schönste. Aber Schnurzelchen, jeder darf doch so sein, wie er mag, und wenn der Wolfi eben auf gepiercte Eulen steht, dann ist das halt so.«

»Individualität schön und gut, aber diese Deborah sieht mit ihrer Kriegsbemalung und ihren pechschwarzen Gewändern aus wie eine Teufelsanbeterin. Ich habe recherchiert, und laut Wikipedia schlafen Satanisten nicht selten in Särgen, feiern okkulte Opferrituale, und es ist auch schon vorgekommen, dass Mitglieder dieser Gruppierung Leichen aus ihren Gräbern buddeln. Und das hältst du alles für einen Spaß?«

»Also Walli-Schatz, du übertreibst mal wieder maßlos, und ich bin mir sicher, dass du dich da grundlos in etwas hineinsteigerst. Keep cool, Baby! Wie soll man dich denn da sonst überhaupt noch ernst nehmen?«

»Ich bin eine besorgte Mutter, aber dir scheint das Leben unseres Sohnes ja offensichtlich nicht so wichtig zu sein!«, schreie ich mich an der belebten Uferwiese in Rage und ernte einige neugierige Blicke anderer Spaziergänger.

»Nur weil diese junge Frau einen Hang zu dramatischer

Gesichtsbemalung hat und auffälligen Körperschmuck trägt, heißt das doch noch lange nicht, dass sie unseren Wolfi während eines scheußlichen Rituals dem Teufel opfert.«

»Aber Adalbert …«

»Walli, jetzt lass aber mal die Kirche im Dorf«, schimpft mein Mann ungewohnt barsch, beendet das Thema und schleudert einen flachen Stein, den er aus dem Kiesbett der Isar gefischt hat, über die Wasseroberfläche.

Gut, im Nachhinein, muss ich zugeben, war meine Hypothese, die Deborah wäre eine blutrünstige Satanistin, vielleicht etwas zu voreilig. Ein paar Wochen nachdem ich die zwei ausgespäht hatte, stellte sich zu meiner völligen Überraschung heraus, dass diese Deborah Jansen, alias die okkulte Eule, ebenfalls Polizistin ist und aus Hamburg stammt. Und als Leihgabe der hanseatischen Polizeidienststelle 17 als verdeckte Ermittlerin in die Münchner Satanistenszene eingeschleust wurde, weil es in jüngster Vergangenheit auf dem Südfriedhof immer wieder zu Einbrüchen und Plünderungen in Mausoleen gekommen war. Ihre expressionistische Gesichtsbemalung war also nur Teil ihrer Rolle, und die schaurige Maskerade diente lediglich der leichteren Annäherung und späteren Überführung dieser unheimlichen und kriminellen Gruselgang. Was ihr bereits nach kurzer Zeit auch tadellos gelang. Das Fräulein Jansen war demnach auch nicht, wie ich fälschlicherweise angenommen hatte, das neue Gspusi vom Wolfi, was ich im Nachhinein schon etwas bedauere, denn die pfiffige Ermittlerin war nicht nur als Undercoveragentin deutschlandweit sehr erfolgreich, sondern zudem auch klug, eloquent und ohne die Fake-Piercings und Kriegsbemalung überaus attraktiv. Leider steht die Deborah nicht auf Mannsbilder, wie ich auf dem Sommerfest der Münchner Polizei im Biergarten einer Brauerei erfahren musste. Als ich nämlich versucht habe, sie während unseres kleinen Plauschs an den Mann, also den Wolfi, zu bringen, hat sie dankend abgelehnt und mir ihre Partnerin Diana vorgestellt. Was soll ich sagen. Ich lag in dieser Angelegenheit nicht nur einmal falsch, das gebe ich zu, aber mit einer Sache hatte ich recht. Eine Satanistin will man nicht zur Schwiegertochter.

# EINE PRALINE, DIE NICHT IST, WAS SIE VERSPRICHT

Als ich mitten in der Nacht auf dem Sofa erwache, hänge ich meinem Traum noch etwas hinterher. Es ist immer wieder schön, von meinem verstorbenen Ehemann zu träumen, auch wenn jeder Gedanke an ihn, auch nach so langer Zeit, ein wenig wehtut. In Erinnerungen schwelgen und die unzähligen Erlebnisse und Abenteuer mit ihm noch einmal Revue passieren zu lassen, ist trotzdem jedes Mal ein wahres Highlight für mich. Was haben wir in den vierzig Ehejahren nicht alles erlebt. Zusammengehalten haben wir wie Pech und Schwefel oder Bonnie und Clyde, natürlich ohne dabei jemals straffällig in Erscheinung getreten zu sein. Na ja, fast, denn einmal wurden wir von den Tschuktschen, den Ureinwohnern Sibiriens, über achtundvierzig Stunden in einem Zelt festgehalten, weil sie uns des Diebstahls ihres reitbaren Untersatzes bezichtigt hatten. Meine Meinung dazu vertrete ich bis heute: dass es sich um Wildpferde in der freien Wildbahn handelte und ich darauf ja nur mal eine Runde Rodeo drehen wollte. Aber das ist eine andere Geschichte. Unsere Ehe war schon etwas Besonderes. Der Adalbert war mehr als nur ein schnöder Ehemann. Er war mein Seelenverwandter und bester Freund. Die halbe Seite meines Herzens und der tollste Kuckucksvater für den Wolfi, den man sich jemals nur hätte vorstellen können. Apropos der Wolfi. Ich bin verblüfft, die Geschichte mit der Deborah hatte ich bereits vergessen, und nur meinem Unterbewusstsein ist es wohl zu verdanken, dass es dieses Kuriosum wieder an die Oberfläche meines Verstandes geschafft hat. Bis heute hat der Wolfi mir noch nie eine Frau mit nach Hause gebracht. Böse Zungen im Dorf behaupten schon seit einiger Zeit, der Wolfi würde sehr wahrscheinlich am anderen Ufer fischen. Doch das stimmt nicht. Er wartet einfach nur auf die richtige Frau, bis ich dazu bereit bin, ihn ziehen zu lassen. Es gibt auch eindeutige Beweise, dass mein Sohn sehr wohl dem weiblichen Geschlecht zugetan ist. Habe ich schon mal erwähnt, dass ich, als der Wolfi mit fünfzehn auf Klassenfahrt war – damals haben wir noch in München-Grünwald gewohnt –, unter dem Bett und unter einem vergammelten Pizzakarton versteckt eine Ausgabe der *Praline* gefunden habe? Die *Praline* ist nicht das, was der Name vermuten lässt, wenn ihr versteht, was ich meine. Als ich hysterisch damit ins Büro meines Mannes gestürmt bin und das Schmuddelheftchen auf den Schreibtisch geknallt habe, hat der Adalbert mich ausgelacht. Mit Engelszungen hat er auf mich eingeredet, ich solle das Nudistenblatt schnellstens zurück unter die schimmligen Pizzareste packen und so tun, als wäre mein Name Hase und ich wüsste von nichts. Ganz normal sei, dass sich ein Fünfzehnjähriger für die Anatomie der Frau interessieren würde, und ich könne stolz darauf sein, dass mein Junge sich offensichtlich altersgemäß entwickle, hatte der Adalbert mir erklärt und gefragt, ob er mal einen Blick riskieren dürfe. Natürlich habe ich meinem Gatten die Zeitschrift sofort um die Ohren gehauen und das Heft dann tatsächlich zurück unters Bett geschoben. Bis dato war es mir neu, dass zur männlichen Pubertät, nennen wir es doch mal beim Namen, ein Pornomagazin zum Großwerden gehört. Stopp. Großwerden ist in diesem Zusammenhang mit Sicherheit der falsche Ausdruck. Zum Erwachsenwerden dazugehört, meinte ich. Also jedenfalls, der Wolfi durfte seine Schüttelvorlage behalten, und ich habe brav, wie der Adalbert mir wärmstens empfohlen hat, um den Wolfi nicht in seiner Entwicklung zu stören, über meinen Fund Stillschweigen bewahrt.

Es wurmt mich, nicht zu wissen, in welcher liebestechnischen Phase mein Sohn sich derzeit befindet. Der Schlawiner gibt aber auch einfach nichts preis und hütet seine Romanze wie ein Staatsgeheimnis. Wenn es schon um den selbstmörderischen Xare nichts zu ermitteln gibt, will ich wenigstens herausfinden, mit wem der Wolfi hinterrücks Speichel tauscht. Operation Secret Affair kann starten.

Ich brauche einen Plan, und diesmal einen weit besseren als den Erziehungsplan, den ich gestern Abend in Wolfis Beisein aufgesetzt habe. Schon an Punkt zwei namens Geben und Nehmen ist meine Studie rigoros gescheitert, und ich musste direkt einen herben Rückschlag einstecken. Denn mein einziger Proband war unter keinen Umständen dazu bereit, auch nur die geringsten Informationen über seine mysteriöse Liebhaberin zu offenbaren.

Als ich das Duschwasser prasseln höre, schleiche ich mich deshalb ins obere Stockwerk, das der Wolfi ganz alleine bewohnt. Während er seinem neuerlichen Körperkult nachgeht, habe ich die Möglichkeit, mich in seinem Zimmer umzusehen. Vielleicht finde ich dort ein paar Hinweise auf die Identität dieser geheimnisvollen Unbekannten, die meinem Sohn ganz offensichtlich den Kopf verdreht. Auf Zehenspitzen husche ich unbemerkt am Badezimmer vorbei, aus dem die Spider Murphy Gang lauthals den Skandal um Rosi besingt. Als ich die Tür zu seinem Zimmer vorsichtig aufschiebe, trifft mich fast der Schlag. So etwas muss ich zum letzten Mal vor Wolfis Einschulung erlebt haben, bevor unsere Putzperle Erna in Rente war. Der Raum ist aufgeräumt, riecht nach Veilchen und ist picobello sauber. Sein Bettzeug ist faltenfrei zurechtgemacht, die leeren Speziflaschen und Klamottenleichen vom Boden sind verschwunden, und sogar der Schreibtisch, dessen Ablage ich davor nur ein einziges Mal kurz nach dem Kauf im Möbelhaus zu Gesicht bekommen habe, erstrahlt im minuziös geordneten Glanz. Auch seine blaue Uniform hängt sorgfältig gefaltet auf einem Bügel an der Außentür seines Kleiderschranks. Selbst der Blindeste unter allen Blinden würde sehen, dass hier etwas nicht stimmt. Ich halte Ausschau nach dem Naheliegendsten. Sollten Hinweise auf sein geheimes Gspusi hier irgendwo zu finden sein, dann mit Sicherheit in seinem Quasselknochen. Der Wolfi ist schlauer als gedacht, denn auch nach der dritten

Runde durch sein Zimmer kann ich das Telefon nicht finden. Mit an Sicherheit grenzender Wahrscheinlichkeit hat er das Handy mit ins Badezimmer geschleust, obwohl ich ihm das schon Hunderte Male wegen der dort herrschenden Luftfeuchtigkeit verboten habe. Der Erziehungsplan muss also noch einmal um einen weiteren Gesichtspunkt erweitert werden.

Ich öffne das oberste Fach seines Nachtkästchens. Unter einer Packung Taschentücher und – ach du liebe Zeit! – einer Packung Pariser fällt mir ein Restaurantgutschein in die Hände. Romantisches Candle-Light-Dinner für zwei, lese ich neugierig. Aha, also doch! Ich habe mich nicht geirrt. Mein Sohn ist verknallt! Ein fixes Datum für das romantische Abendessen finde ich allerdings nicht. Gerade als ich den Gutschein zurückpacken will, nimmt das Unglück auch schon seinen Lauf.

»Kruzitürken, Mama! Pfoten weg von meinen Sachen. Was machst du überhaupt in meinem Zimmer?«, brüllt der Wolfi sichtlich aufgebracht und stürmt vom Türrahmen aus zu mir herüber. Erschrocken fahre ich herum und lasse den Gutschein hinter meinem Rücken verschwinden.

»Herrgott, Wolfi, musst du mich so erschrecken«, bekomme ich nur heraus.

Nur mit einem Handtuch um seine Lenden gewickelt und noch tropfnassem Schopf steht er fassungslos vor mir und funkelt mich böse an.

»Was versteckst du da?«

»Nix, gar nix«, lüge ich.

»Gib her. Sofort!« Als mein Sohn einen Schritt auf mich zu machen und hinter mich greifen will, ziehe ich blitzschnell an dem Handtuchzipfel um seine Leisten, schwinge das weiße Stück Stoff wie eine Saunameisterin über meinem Kopf und nutze den Überraschungsmoment, um den Gutschein zurück in den offenen Kasten gleiten zu lassen und mit der Kniescheibe die Lade zurück in ihre Versenkung zu schieben. Der Wolfi brüllt Mordio, krümmt sich und hält beschämt seine Hände zum Schutz vor sein Gemächt. »Raus hier, Mama. Sofort!« Er hyperventiliert nahezu und läuft dabei dunkelrot an. Ob vor Scham oder Wut, ist nicht eindeutig erkennbar. Tatsächlich will ich aber auch nicht weiter nachfragen und bringe mich vor seiner unbändigen Sauköpfigkeit schleunigst in Sicherheit.

Erst als ich die Haustür unten zugehen höre, traue ich mich aus meiner Versenkung. Auf einen weiteren Anschiss hatte ich nämlich keinen Bock, und so habe ich die Zeit genutzt und mich in meinem Ankleidezimmer ausgetobt. Heraus kam ein wirklich tolles Ensemble. Sommer, Sonne und gute Laune pur sind angesagt, wenn es stimmungstechnisch bei uns gerade nicht so läuft. Den Strohhut mit seiner übergroßen Krempe und das weiße Spitzenkleid hatte ich damals zusammen mit dem Adalbert auf Ibiza gekauft. Der Hippiemarkt war mein absolutes Highlight der Insel, wo neben Räucherstäbchen und Klangschalen allerlei anderer wunderbarer Schnickschnack angeboten wurde. Die kleinen Muscheln, die an den Fransen meines Kleides bei jedem Schritt lustig um meine Waden tanzen, sind einfach nur grandios und geben mir das Sommer-

Sonne-gute-Laune-Gefühl, das ich jetzt so dringend brauche. Natürlich benötigt mein Outfit noch unbedingt einen weiteren peppigen Hingucker, überlege ich, und so greife ich nach einem bunten Blumentuch, binde es locker um meine Hüften und betrachte mich zufrieden im Spiegel. Ich revidiere: fast zufrieden, denn beim genaueren Hinsehen fällt mir auf, dass die farbigen Blüten ein wenig auftragen. Anstatt die zweieinhalb Kilo zu viel charmant wegzuschmeicheln, sehe ich aus wie ein überdimensionaler Mops. Also alles noch mal auf Anfang, und zwar schnell, immerhin habe ich eine neue Mission.

»Ole?«

»Frau Schimmel, sind Sie das?«, flüstert der Junge kaum hörbar ins Telefon.

»Yep, wie sie leibt und lebt.«

»Sie sollen doch nicht … also während dem Unterricht … Es ist verboten … Ich stecke gerade mitten in einer Chemieklausur.«

»Ole Winkler! Hab ich dich erwischt!«, brüllt plötzlich eine ekelhaft schrille Stimme aus dem Hintergrund und unterbricht dreist unsere Unterhaltung, bevor es in der Leitung raschelt und diese schließlich abbricht. So ein Mist, jetzt wollte ich dem Buben doch gerade einen neuen Auftrag anbieten. Natürlich mit übertariflicher Bezahlung, versteht sich. Ist der Ole doch der Einzige, der Kontakte in die Hackerszene pflegt, die ich dringend bräuchte, um Wolfis Handy anzapfen zu lassen, denke ich enttäuscht und stopfe mein Handy zurück in meine Lederjacke. Kennt ihr diese Tage, die in der Früh schon so richtig bescheiden beginnen, über den Tag an Beschissenheit zunehmen, um dann final in einem desaströsen Chaos zu enden? Ich kenne mich da aus, und genau so ein Tag ist vermutlich heute. Das verrät mir mein Gefühl. Um es diesmal aber erst gar nicht so weit kommen zu lassen, würde ich mich – es ist gerade erst Viertel nach zehn am Vormittag – am liebsten zurück in mein Bett verkriechen. Würden der Hunger und der gähnend leere Kühlschrank mich nicht vor die Tür zwingen.

# DIE GEMÜSEBESTECHUNG

»Bertl, guten Morgen.«

»Griaß di, Walli, habe die Ehre. Wie immer?«, ruft unser Bäckermeister routiniert hinter seiner Theke hervor und macht sich bereits, ohne meine Antwort abzuwarten, an die Arbeit.

»Wie immer, Bertl«, erwidere ich unnötigerweise und peile einen der insgesamt drei Stehtische an, die in der kleinen Traditionsbäckerei im hinteren Bereich des Ladenlokals auf Kundschaft warten. Es duftet herrlich nach frischem Gebäck, und seit ein paar Wochen hat der Bertl extra für mich laktosefreie Milch ins Angebot genommen. Nicht dass ich unter einer Intoleranz leide, das nicht, aber die befreite Milch mit ihrer leicht süßlichen Note versetzt meine Geschmacksknospen jedes Mal in Begeisterung. Mit einem schnöden Teelöffel Industriezucker in ihrem Bisiwasser, wie es die Friedl mir bereits des Öfteren heimlich unterjubeln und als leckeren Pseudocappuccino verkaufen wollte, komme ich einfach nicht klar. Denn wird der Zucker direkt in den Kaffee gekippt, schmeckt das Getränk viel zu süß und die Milch eben wie Milch. Langweilig.

Do-it-yourself-gezuckerte Milch geht hingegen auch nicht, die kleinen krisseligen Zuckerkörnchen würden meinen geliebten Milchschaumberg im Nu zusammenfallen lassen. Es gibt nur eine Lösung, und bei diesem Thema lasse ich auch nicht mit mir reden. Punkt. Ende. Aus. Das war dem Bertl dann auch irgendwann klar, und er war es leid, meinen Cappuccino mit meiner eigens mitgebrachten und sorgsam im Tupper abgefüllten Milch zuzubereiten, die ich ihm jedes Mal vehement über die Theke geschoben habe. Hundertpro wird sich das neue Produkt über kurz oder lang durchsetzen und für den Bäckermeister rentieren, denn wenn die Burglbacher sich endlich mal ein Stück bewegen und für Innovationen offen sind, wird der Cappuccino mit laktosefreiem Milchschaumberg zum Verkaufsschlager, da bin ich überzeugt. Seitdem der Biggl meine Lieblingsmilch führt, komme ich meistens sogar gleich mehrmals am Tag vorbei, denn neben der richtigen Milch hat er auch endlich eine anständige Kaffeemaschine angeschafft. Anfangs hat der Bäcker sich noch gegen das massive Edelstahlteil gesträubt, weil die Burglbacher Dorfbevölkerung angeblich überwiegend Filterkaffee, und das ausschließlich mit fettiger Kaffeesahne, bevorzuge, wie er meint. Aber ich bin drangeblieben, habe nicht aufgehört zu bohren und schließlich doch meinen Willen bekommen. Das alles hätte der Biggl auch deutlich einfacher haben können, und ich wäre schneller an mein leckeres Kaffeegesöff gekommen. Erst nach meinem unschlagbaren Argument, wolle der Bertl mich als treue Kundin behalten, müsse er investieren, hat er endlich gehandelt. Et voilà, keine dreieinhalb Wochen später stand eine nigelnagelneue Maschine, silbrig glänzend und frisch importiert aus Bella Italia, hinter seinem Tresen. Dem Bertl sein Cappuccino steht dem aus dem Café Florence nun mittlerweile in nix mehr nach, und ich spar obendrein noch den ellenlangen Anfahrtsweg bis Kempten City.

Als ich behutsam den leckeren Milchschaum vom Tassenrand schlürfe, sehe ich, wie die Miriam, die Tochter vom Apostlwirt, unserem einzigen Gasthof in Burglbach, vor der Bäckerei irgendwelche Zettel an Fußgänger verteilt, die sich auf dem Marktplatz tummeln. »Ist der Carlos mal wieder entwischt?«, scherze ich und beobachte die junge Frau dabei, wie sie emsig eines der Papiere an den Laternenmast neben der Bushaltestelle tackert.

»Wäre ja nicht das erste Mal«, meint der Bertl belustigt und beißt verstohlen in einen Quarkstriezel, den er sich aus der eigenen Auslage gemopst hat. Der Biggl ist sein eigener bester Kunde, amüsiere ich mich. Er sitzt quasi am Quell der süßen Verführung und kann sich nach Herzenslust bedienen, denke ich etwas neidvoll, als die Schiebetür zur Bäckerei aufschwingt und die Wirtstochter hereinschneit. »Griaß di, Biggl. Du, darf ich bei dir mein Suchplakat aushängen?«

»Griaß di, Miri. Klar, wieso nicht. Ist dein Hengst mal wieder ausgebüxt, um deine Kontoauszüge zu checken?«, scherzt der Bäckermeister schmatzend und hält sich wohl selbst für überaus komisch. Carlos, der stattlich schwarze Friesenhengst der Miriam, mit Hufen so breit wie Radkappen, ist schon öfters von der heimischen Koppel verschwunden. Meistens um bei den Stuten auf dem Reiterhof am anderen Ende des Dorfes einmal vorbeizuschauen und ihnen mit angeberischem Auf- und Abgetrabe zu imponieren. Der Carlos ist schon ein echter Schlawiner, ein Macho und Schwerenöter. Das letzte Mal, als der Hengst durchgebrannt ist, hat der Rappe es sogar bis in die landesweiten Abendnachrichten geschafft. Als er nämlich in die örtliche Bankfiliale spaziert war und sich am aufgebauten Erntedankstand der Sparkasse nach Lust und Laune, ebenso wie der Bertl zuvor aus der eigenen Auslage, bedient hat. Ratzfatz hatte der wilde Carlos die essbaren Werbegeschenke allesamt weggeputzt und sich das Mäulchen geleckt. Ja, so ist das auf dem Land. Also am Rand vom Nirgendwo. Da bekommt man zu einem neuen Girokonto gleich noch ein Bündel Mohrrüben, einen Sack Kartoffeln und eine Kiste Äpfel, aus regionalem Anbau, versteht sich, als Werbepräsent obendrauf. Dauerhafte Kundenbindung nennt sich so etwas. In Zeiten von Mobilbanking und Kryptotrading muss man sich schließlich etwas einfallen lassen und sich von den Konkurrenzunternehmen am Markt, die mit Dumping-Kontoführungsgebühren winken, deutlich abheben.

»Habt ihr es noch gar nicht gehört?«, fragt die Miriam mit ernster Miene.

»Was denn gehört?«, erkundige ich mich interessiert und ziehe ihr neugierig das oberste Blatt vom Stapel, den sie neben einem Tacker und einer Rolle Klebeband in ihren Händen balanciert.

»Der Allgaier Xare ist gestern im Glockenturm tödlich verunglückt, und die Sina, meine Freundin, also eigentlich seine Freundin, ist wie vom Erdboden verschwunden, und jetzt mach ich mir große Sorgen um sie.«

»Wie verschwunden?«, frage ich verwundert.

»Einfach weg eben. Niemand weiß, wo sie steckt. Habt ihr die Sina vielleicht irgendwo gesehen?«, meint die junge Frau aufgeregt und schaut sich zerstreut in der Bäckerei um.

»Also hier ist die Gute jedenfalls nicht«, mischt sich der Bertl ein und beißt beherzt in ein weiteres Streuselgebäck, als ihm die Miriam das Flugblatt mit dem Konterfei der abgängigen jungen Frau entgegenstreckt. »Ich habe sie leider auch nicht gesehen«, meine ich und betrachte das Bild des hübschen Mädels auf der Suchanzeige. »Ich habe den armen Xare im Kirchturm entdeckt«, murmle ich schwermütig, als mich plötzlich der grauenvolle Anblick des hängenden Leichnams wieder heimsucht. »Vielleicht wissen ja die Kinder vom Xare, wo die Sina abgeblieben ist. Immerhin ist sie doch so was wie die Stiefmutti der drei, seitdem die Bärbel nicht mehr ist, oder nicht?«

»Na ja. Also als Stiefmutti würde ich sie jetzt nicht bezeichnen. Sie war ja gerade einmal nur drei Jahre älter als die Johanna, die älteste Tochter vom Xare«, meint die Miriam, reißt mit den Zähnen ein Stück Klebeband von der Rolle und pappt es sich seitlich ans Handgelenk.

»Woher weißt du denn überhaupt, dass sie verschwunden ist?«

»Ich war vorgestern mit ihr zum Ausreiten verabredet, und sie ist einfach nicht aufgetaucht«, erwidert die Miriam und richtet das Plakat gerade und in Augenhöhe an der Innenseite der Tür aus, streicht sorgfältig die Klebestreifen an den Ecken fest und erzählt, dass die beiden jeden Samstag zusammen ausreiten würden. Als die Sina nicht am vereinbarten Treffpunkt aufgetaucht sei, habe sie erst versucht, sie übers Telefon zu erreichen. Als nur die Mailbox der jungen Frau ansprang, sei die Miri zum Hof der Allgaiers geritten. Zu diesem Zeitpunkt ging die Miriam davon aus, dass sich die Sina vielleicht in der Zeit vertan habe. Als die Wirtstochter aber mit ihrem Carlos auf dem Hof der Allgaiers eingetroffen sei, stand der Diavolo, also Sinas Hengst, bereits gesattelt und fertig für den Ausritt vorm Stall. Nur von dessen Besitzerin fehlte jede Spur. Die Miriam meint, sie hätte eine Zeit lang gewartet und sich dann aufgemacht, um nach ihrer Freundin zu sehen. Den ganzen Hof habe sie abgesucht. Als irgendwann die Johanna auf dem Traktor angefahren kam, wusste diese auch nicht, wo die Sina steckte. Sie meinte, sie sei bereits seit dem frühen Nachmittag mit dem Heuwender auf dem Feld gewesen und habe ihre Stiefmutti, in Anführungszeichen, am Vorabend vor der Glotze das letzte Mal gesehen. Sie solle sich aber keine Sorgen machen und dass sie bestimmt bald wiederauftauchen werde. »Als es dunkel wurde, bin ich dann zurück zum Stall geritten. Ich hab ihr dann noch eine Nachricht übers Handy geschickt, sie solle mich bitte dringend anrufen, aber die Nachricht ist bis heute immer noch nicht durchgegangen. Schau her«, meint die Miriam besorgt und zieht ihr Telefon aus der Tasche.

»Nur ein Häkchen, stimmt!«, stelle ich fest. Die Nachricht hat die junge Frau also immer noch nicht erreicht.

»Am Sonntag nach dem Gottesdienst kam der Xaver eigentlich immer zum Frühschoppen in die Wirtschaft. Ich dachte, ich frag am besten ihn, wo die Sina steckt. Doch der Xaver ist auch nicht aufgetaucht«, erzählt die Miri weiter. »Später hab ich dann gehört, dass der Xaver wohl einen tödlichen Unfall im Turm hatte. Mei, das Glockengebimmel war im ganzen Dorf zu hören, aber ich hatte ja keine Ahnung … Jetzt ist der Xaver tot, und die Sina ist weg. Ich mach mir einfach große Sorgen, dass ihr was passiert sein könnte«, schluchzt die Miri, und ihre Augen werden glasig.

»Ja mei, ihr junger Leut' habt's doch heutz'dag ständig irgendwelche Flauser im Kopf. Die taucht schon wieder auf«, kommentiert der Bertl unbeeindruckt und wischt sich mit dem Ärmel ein paar Brösel vom Mundwinkel.

»Auf meine beste Freundin kann ich mich aber immer verlassen. Außerdem hätte sie den Diavolo niemals einfach so alleine vor dem Stall stehen gelassen. Der Hengst war ihr Ein und Alles«, protestiert die Miri, und ihr Argument halte ich für durchaus plausibel. Auch wenn ich die junge Freundin vom Xare nicht persönlich kenne, weiß ich, dass man sein Pferd nicht stundenlang unbeaufsichtigt vor dem Stall stehen lässt, denn auch ich war als junges Mädchen eine echte Pferdenärrin und habe auf meine Pummel, so hieß das Pony, auf dem ich einen Großteil meiner Freizeit verbracht habe, immer ein Auge gehabt.

»Vielleicht hatte sie mit dem Xare Streit und wollte sich eine Auszeit nehmen, immerhin hat er sich wohl ganz offensichtlich kurz darauf in der Kirche erhängt.«

»Der Xare hat Selbstmord begangen?«, fragt die Tochter vom Apostlwirt überrascht.

»Ähm, also …«, stammle ich betreten, weil ich fest davon ausgegangen bin, dass auch dieses Mal der Burglbacher Buschfunk bereits im vollem Gange operiert und längst aktiv im Untergrund sämtliche Hypothesen zum toten Xare im ganzen Dorf in Umlauf gebracht hat. Tatsächlich, so scheint es jedenfalls, hat die Berta Breitmeier dieses Mal doch dichtgehalten. Hatten die Breitmeiers doch den toten Mesner ebenfalls am Galgen baumeln sehen und sicherlich gecheckt, dass es sich dabei fast unmöglich um einen tragischen Unfall handeln konnte. Ich kann mir gut vorstellen, dass der Wolfi der Berta aber diesmal die Pistole auf die Brust gesetzt und ihr damit gedroht hat, sollte sie wieder irgendwelche spekulativen Informationen im Dorf verbreiten, würde er ihr das Bauamt auf den Hals hetzen. Denn ihr Rüdiger, besser bekannt als Bertas Heim- und Hofnarr, hatte sich wohl, was die eigene Grundstücksgrenze betrifft, um ein paar wenige, aber doch sehr bedeutsame Zentimeter verrechnet und den Gartenzaun auf das noch unbebaute Nachbarsgrundstück von der Gemeinde nebenan gepflastert.

»Das mit dem Suizid steht noch nicht eindeutig fest …«, beruhige ich die aufgebrachte Miriam.

»Aber ich … Ich dachte … das mit dem Xare wäre ein Unfall gewesen?«, stottert sie und schaut fassungslos vom Suchplakat an der Tür zu mir herüber. Dass ich inständig bezweifle, dass der Xare sich aus Versehen am Glockenstrick aufgeknüpft hat, erzähle ich ihr besser nicht. Die Gute sieht schon jetzt ziemlich mitgenommen aus. Vielmehr würde mich interessieren, wo das junge Fräulein Mertens steckt und warum der Wolfi gestern Abend nichts von ihrem Verschwinden erwähnt hat, dieser elendige Geheimniskrämer.

Irgendwie erscheint mir diese ganze Story um die Allgaiers ganz schön rätselhaft, und ich weiß gar nicht so recht, was ich davon halten soll. Der bigotte Mesner erhängt sich am heiligen Sonntag, quasi am eigenen Arbeitsplatz, und nur kurz vorher verschwindet seine blutjunge Lebensgefährtin auf mysteriöse Art und Weise. Das stinkt doch förmlich zum Himmel.

Der Adalbert und ich haben so ziemlich die ganze Welt bereist. Von Madagaskar bis Finnland und von Honolulu bis Neuseeland. Wir sind nachts durch die Straßen von Chicago geschlendert, haben die Favelas in Brasilien besucht und in Südafrika mit Einheimischen im Township getanzt. Dennoch habe ich nirgends so viel kriminelle Energie verspürt wie hier in meinem elendigen Heimatort. Burglbach und seine Abgründe scheinen bodenloser als die tiefste Gletscherspalte am Himalaya. Seit gestern verzeichnet Burglbach also einen weiteren Toten und einen rätselhaften Vermisstenfall. Auch wenn es sich dieses Mal bei dem Verstorbenen ganz offenbar nicht um Mord, sondern um einen selbstmörderischen Gottesdiener und seine verschwundene Lebensgefährtin handelt, die hoffentlich sehr bald und wohlbehalten wiederauftauchen wird.

»Walli, also machst du's?«, reißt mich die Miriam aus meinen Gedanken und streckt mir ein paar der Flugblätter entgegen.

»Äh … was machen?«

»Na, versuchen herauszufinden, wo die Sina steckt?«

»Ähm, also eigentlich …«

»Ach bitte, Walli, komm schon! Ich mach mir große Sorgen.«

»Nein, tut mir wirklich leid aber … Ich kann … Ich darf nicht! Da muss sich der Wolfi drum kümmern. Ich bin mir sicher, deine Freundin taucht bald wieder auf.«

»Aber der Wolfi tut ja nix. Ich habe ihn doch gestern Abend schon angerufen und ihm alles erzählt. Auch das mit dem Diavolo und dass sie ihn niemals einfach vor dem Stall hätte stehen gelassen. Doch er meinte nur, dass er mit den Kindern bereits gesprochen habe und es im Moment jedenfalls keinen Grund zur Besorgnis gebe. Er werde versuchen, die Sina zu kontaktieren, womöglich wüsste sie noch nicht einmal, dass der Xaver verstorben sei. Sobald er sie erreicht habe, werde er ihr aber ausrichten, dass sie sich bei mir melden solle. Walli, ich hab einfach ein saublödes Gefühl. Ich kenn die Sina, die wär nicht einfach abgehauen, ohne mir Bescheid zu geben. Bitte!«, protestiert das junge Fräulein.

Ich verstehe, dass die Miriam sich sorgt, doch im Moment kann ich ihr leider nicht helfen. »Wenn der Wolfi die Sina erreicht hat, wird sich das bestimmt alles klären.«

Als sich die Augen der Wirtstochter mit Tränen füllen, kann ich nicht anders. »Hör zu, ich schaue mal, was ich machen kann, okay?«, lenke ich ein. Wegen der Miriam werde ich noch in Teufels Küche kommen.

»Mh, ja, danke, Walli«, meint sie sichtbar erleichtert.

»Aber erwarte nicht zu viel. Der Wolfi verrät mir nämlich gar nichts mehr, seit, ja, seit …«

»Verstehe, aber kannst du nicht …«

»Nicht mal, dass er wohl neuerdings eine Freundin hat …«, sage ich genervt.

»Dass er was hat?«

»Ach, nichts.«

»Und kannst du die paar Zettel hier …«, meint sie, leckt ihren Daumen und zieht ein paar Blätter vom Stapel, »heute Abend noch mit zu den Landfrauen nehmen, Walli? Das wäre spitze, vielleicht hat eine von denen sie ja gesehen«, ergänzt die Miriam und hält mir ein paar der Flugblätter hin. Zögerlich greife ich nach dem Stapel, und ich hatte es schon fast vergessen, was mir heute Abend blüht. Die offizielle Mitgliedschaft im Schürzenverein. Maria Mösle, also die Oberste Einheit der Landfrauenvereinigung, hat mir bei meinem letzten Gastspiel nämlich eindringlich erklärt, dass mein Schnupperstundenkontingent nun endlich aufgebraucht sei. Schon dreimal habe sie mir einen Anmeldebogen mitgegeben, und aus versicherungstechnischen Gründen sei es jetzt dringend an der Zeit, mich mit einer offiziellen Mitgliedschaft zu den Burglbacher Landfrauen zu bekennen. Dass ich ihren blöden Wisch dazu benutzt habe, das Feuer im heimischen Kamin anzufachen, habe ich ihr natürlich verschwiegen. Ehrlich gesagt habe ich auf diese langweiligen Landeier überhaupt keinen Bock. Nur weil ich dem Wolfi damals im Krankenhaus in einer schwachen Sekunde versprechen musste, ich betone: *musste*, mich nicht mehr in seine beruflichen Angelegenheiten zu mischen und mich im Dorfgeschehen mehr zu integrieren, habe ich nun den Salat. Die Friedl war ebenfalls von der Integrationsidee meines Sohnes begeistert und hat nicht mehr lockergelassen, mich zu sämtlichen Vereinen und Organisationen, in denen sie verkehrt, mitzuschleifen. Die Bruglbacher Landfrauen brauchen dringend neue Mitglieder, hat sie gemeint. Dass es bei den Schürzenschwestern seit Jahren ein echtes Nachwuchsproblem gibt, wundert mich überhaupt nicht, denn der Klub der Teufelinnen, so wie ich ihn nenne, hat eindeutig etwas Martialisches an sich, was sich nur schwer in Worte fassen lässt. Fängt es doch schon damit an, dass diese Gruppierung bei jedem Treffen auf eine einheitliche Uniform besteht, die von der Maierhuber Alma, der Vereinsältesten, eigenhändig geschneidert wird. Böse Zungen behaupten, sie würde dafür Material aus dem Altkleidercontainer nutzen. Auch wer nur über einen Hauch an Modeverständnis verfügt, läuft Gefahr, bei dem Anblick dieses Schurzes zu erblinden. Auch das ständige rivalisierende Verhalten der Mitglieder untereinander nervt einfach nur abgrundtief. Was bei den Männern als Schwanzvergleich gilt, ist bei den Burglbacher Landfrauen eindeutig das Ringen um das beste Kuchenrezept. Nahezu bei jedem Treffen wird im Stuhlkreis darüber diskutiert, wer das schmackhafteste Gebäck am Start hat. Als gäbe es nix Wichtigeres auf diesem Planeten. Wer mich kennt, weiß, dass es um meine Koch- und Backkünste nicht wirklich gut oder besser gesagt, Entschuldigung den Ausdruck, beschissen bestellt ist. Da kam es dann natürlich auch nicht gut an, dass ich den

Weibern einen mit Smarties gepimpten Supermarktgugelhupf andrehen wollte. Schließlich hat mich nicht der furztrockene Teig überführt, sondern ein Stück der Plastikverpackung, die sich unter dem Kuchengedöns versteckt hatte. Wegen meiner Mogelpackung wurde ich dann auch bitter abgestraft, weil ich ihn als Eigenkreation angepriesen und deklariert hatte. Alles in allem fühle ich mich als Opfer meines eigenen Sohnes und meiner einzigen und somit auch gleichzeitig besten Freundin hier im ollen Burglbach.

Als wir beide die Bäckerei verlassen, biegt Miri links zum Fahrradladen ab, und ich nehme Kurs auf Jacquelines Haartraum. Da entsteht in mir ein echtes Dilemma. Auf der einen Seite musste ich dem Wolfi hoch und heilig versprechen, mich aus seinen beruflichen Angelegenheiten rauszuhalten, und auf der anderen Seite habe ich mich von der Miriam überreden lassen, doch ein klein wenig nachzuforschen. Die ganze Story stinkt doch bestialischer zum Himmel als ein frischer Haufen Kuhmist, oder nicht? Mein Gefühl sagt mir, dass an der ganzen Story etwas ganz und gar nicht stimmen kann. Warum verschwindet plötzlich eine junge Frau, und schon kurz darauf wird ihr deutlich älterer Lebensgefährte im Glockenturm erhängt vorgefunden? Hat der Xaver vielleicht erst seine Freundin umgebracht und, weil er mit der Tat nicht leben konnte, sich im Anschluss gleich hinterher?, überlege ich. So à la Romeo und Julia, nur auf guad Bayrisch? Dann würde es sich dabei mutmaßlich um einen erweiterten Suizid handeln. Darüber habe ich erst vor Kurzem einen spannenden Artikel in einer Fachzeitschrift gelesen, die ich mir heimlich zulegen musste, weil der Wolfi mich inzwischen immer wieder kontrolliert. Auch meinen Aufbaukurs in Blutspurenanalyse für Hobbyermittler hat er vergangenen Januar per E-Mail einfach hinter meinem Rücken gecancelt. Ich merke, wie die pure Neugier in mir hochsteigt, und meine Nasenspitze beginnt wie wild zu kribbeln. Ganz wie in alten Zeiten. Ich bin wieder da und mehr »on fire« als jemals zuvor! Walli is back, schallt es in meinem Hirn. Das ganze vergangene Jahr über habe ich mich mit Freizeitbeschäftigungen, die mir die Friedl und der Wolfi aufs Auge gedrückt haben, abgelenkt, die an Idiotismus kaum zu überbieten sind. Total behämmert fand ich, neben dem Lautlose-Instrumente-Kurs und dem Origaminachmittag by Silke den Alphornbläserlehrgang über den Oberstdorfer Gipfeln, den der Wolfi mir sogar zum Geburtstag eingebrockt hatte. Hätte ich vorher geahnt, mit welchen körperlichen Strapazen es verbunden ist, auch nur einen einzigen beschissenen Ton aus dem gerillten Holzrohr zu bekommen, ich hätte mich schlichtweg verweigert. Das Ergebnis nach eineinhalb Stunden Blaskunst auf dem Nebelhorn findet sich in Form eines kurzen Videos auf dem Handy meines Sohnes wieder. Während die drei anderen Kursgenossen »Every breath you take« von The Police über die Allgäuer Bergspitzen hauchten, hörte sich mein Alphornspiel dagegen wie ein unangenehmer Dauerfurz an. Was dem Kurt, unserem Kurslehrer, übel aufgestoßen ist und ihn dazu gebracht hat, mich aus seiner Gruppe zu verbannen.

Ich will wieder ermitteln und meine Nase in Dinge stecken, die mich eigentlich nichts angehen. Inzwischen komme ich mir vor wie ein Schokoholic, dem man nach einem Jahr Abstinenz eine dreistöckige Schokoladentorte vor die Nase stellt. Wer wird da nicht schwach? Ich will observieren, recherchieren und, verdammt noch mal, analysieren. Ich brauche den Nervenkitzel. Mein zweiter Name ist Adrenalin, und das schießt mir in diesem Moment vom kleinen Zeh bis in meine allerletzte Haarwurzel. Mein Sohn sollte mir eigentlich dankbar sein, immerhin habe ich dafür gesorgt, dass drei kaltblütige Mörder hinter schwedischen Gardinen gelandet und ein unschuldiger Bub wieder freigekommen ist. Selbst der Wolfi muss doch mittlerweile gerafft haben, dass mein hochkriminalistisches Gespür deutlich besser funktioniert als seine erbärmliche Ermittlungsarbeit nach Lehrbuch. Vielleicht hätte er besser eine andere berufliche Laufbahn einschlagen sollen. Na ja, immerhin komme ich durch ihn, wenn auch grundsätzlich seinerseits ungeplant, an die eine oder andere Information, die mir sonst wahrscheinlich verwehrt bliebe. Man denke zurück an den Moment, als er mich vergangenes Jahr im Präsidium kaltschnäuzig an seinen Schreibtisch gekettet hat. Es war schlichtweg dem Wolfi seine eigene Dummheit, die mir alle relevanten Informationen um den Fall des toten Jägers auf dem Tablett serviert hat. »Ich, Walli Adrenalin Schimmel, geborene Brügel, bin, so wahr ich hier stehe, die geborene Ermittlerin! Und ich werde …«, sprudelt es laut aus mir heraus.

»Du bist was?«, unterbricht mich plötzlich eine spitze Stimme.

Als ich erschrocken herumfahre, trifft mich fast der Schlag. »Nix, ich bin gar nix. Äh, nein, natürlich bin ich was! Herrschaftszeiten, du weißt doch, wer ich bin …«, stottere ich überfordert und versuche mir trotzdem nichts anmerken zu lassen.

»Lüg doch nicht, Walli. Ich hab's doch ganz genau gehört, dass du dich für eine geborene Ermittlerin hältst! Wie niedlich …«, spottet sie. »Und dabei hast du sogar auch noch deine Faust in die Luft gestreckt, als würdest du die Weltherrschaft an dich reißen wollen. Stimmt's, Rüdiger, das hast du doch eben auch gesehen?«, meint die Breitmeierin süffisant und hebt ebenfalls ihren Arm, ballt ihre Faust, um mich zu imitieren und gleichzeitig zu demütigen. »Sag schon, Rüdiger«, fordert sie ihr debiles Äffchen auf, der ihr zwar wortlos, aber nickend zustimmt.

»Da musst du dich verhört haben. Vielleicht solltest du mal beim Ohrenarzt vorbeischauen«, verteidige ich mich.

»Ich weiß ganz genau, was ich gehört habe. Und was ich auch weiß, ist, dass du dem Wolfi versprechen musstest, dich nicht mehr in seine Angelegenheiten einzumischen. Es wird ihn sicherlich brennend interessieren, dass du dich mal wieder als Ermittlerin aufspielst.« Das Wort Ermittlerin betont das Miststück besonders scharf.

»Ich mische mich in gar nichts ein, weil es schlichtweg gar nichts gibt, wo man sich einmischen könnte!«, flunkere ich.

»Was ist das eigentlich?«, fragt mein neugieriges Gegenüber, und noch bevor ich reagieren kann, reißt die Berta mir blitzschnell eines der Suchplakate aus der Hand, die mir die Miriam vorhin aufgeschwatzt hat.

»Hey!«, schreie ich empört. »Gib das gefälligst wieder …«

»›Vermisst! Haben Sie Sina Mertens, 23, aus Burglbach gesehen? Informationen bitte an …‹«, murmelt sie erstaunt. »Interessant! Das ist doch das junge Ding vom Xaver, diesem geilen Bock! Schau mal, Rüdiger.«

»Also Schatz, so was sagt man doch …«, protestiert ihr Untertan zu meiner völligen Überraschung.

»Wen interessiert denn schon deine Meinung?«, fällt sie ihm barsch ins Wort und studiert weiter die Suchanzeige.

»Er hat schon recht, so redet man nicht über einen Toten«, gehe ich dazwischen.

Die Breitmeierin mustert mich skeptisch. »Du mischst dich doch auch schon wieder in die Angelegenheiten der Polizei ein, nicht wahr, Walli!«

»Nein, das tue ich nicht, und außerdem geht dich das auch überhaupt nix an.«

Ohne Vorwarnung reißt sie die Vermisstenanzeige hoch und hält sie mir direkt und dermaßen nah vors Gesicht, dass ich die noch frische Druckerfarbe förmlich riechen kann.

»Nimm das runter, Himmelzefix. Die Anzeige ist nicht von mir. Die Miriam vom Apostlwirt hat mir die Suchanzeige aufgedrängt. Ich soll das nur verteilen, und jetzt lass mich gefälligst in Frieden und scher dich um deinen eigenen Mist.«

»Pfff … Ich kann dir schon sagen, was passiert ist«, meint sie und zeigt mit einer abfälligen Handbewegung auf das Bild der blonden jungen Frau. »Das Mädel hatte auf die Dauer einfach genug von dem alten Dackel und hat sich aus dem Staub gemacht. Vielleicht hat sie sich ja auch schon den Nächsten geangelt. Der Xare, dieser liebestolle Idiot. Definitiv hat er sich ihretwegen erhängt. Das war dann also die ganz große Liebe, wie er's noch letztens in der Alten Sau, beim Schafkopfen, erzählt hat. Hab ich recht, Rüdiger?«, spottet das böse Stück, und ich weiß überhaupt nicht, was ich noch sagen soll.

»Rüdiger?«

»Ja, Schatz?«

»Sag's der Schimmlerin. Ganz stolz hat er verkündet, wie glücklich er mit dem jungen Weib sei.«

»Kann sein, Schatz, weiß ich nicht mehr«, antwortet der breitmeirische Fußabtreter monoton.

»Ich hab's dem Xare auch klipp und klar gesagt. Dass das junge Ding sicherlich nicht an ihm interessiert ist. So was sieht und hört man doch allerweil im Fernsehen. Und jetzt ist sie weg und der Xaver tot. Liegt doch ganz klar auf der Hand, was passiert ist, und dafür braucht's weder einen Oberkommissar noch dessen Mutter, die meint, sie sei eine geborene Ermittlerin. Die Göre hat sich schlichtweg vom Acker gemacht und er sich aus Verzweiflung erhängt. Wusste ich's doch.«

»Du weißt doch überhaupt nichts über den Fall. Vielleicht liegen die Dinge auch ganz anders«, sage ich bestimmt.

Sie mustert mich erneut. »Na, mal sehen, wie der Wolfi das finden wird, wenn er erfährt, dass du mal wieder deine Nase in seine Arbeit steckst.«

Es reicht mir jetzt. Und zwar gewaltig. Als ich einen großen Schritt auf sie zumache und ihr mit fester Stimme erkläre, was ich zufällig bei einem Gespräch zwischen dem Wolfi und dem Freirer Harald vor ein paar Wochen mitbekommen habe, wandelt sich ihr selbstgefälliger Blick in pures Entsetzen, wobei es fast so aussieht, als würden ihr gleich ihre hässlichen Schweinsäuglein aus dem Gesicht fallen. Nachdem sie auch noch puterrot anläuft und sie hörbar die Luft anhält, bin ich mir nicht sicher, für wen die Situation gleich brenzliger enden wird. Für sie, weil die zuckende Ader auf ihrer Stirn gleich zu platzen droht, oder für mich, weil ich ihr drohe und somit versuche, das Biest hier in Schach zu halten. Ich glaube, die richtige Antwort lautet C. Ich bin mir sogar ziemlich sicher, denn als ich bemerke, auf welche komische Art sie ihren Göttergatten anstarrt, bekomme ich es ziemlich mit der Angst zu tun. Der arme Rüdiger. Vielleicht war es ein Fehler von mir, aber er ist eben mein einziges Ass im Ärmel. Ohne seine unbändige Dummheit, für die ich ihm auf ewig dankbar sein werde, würde die Berta schnurstracks zum Wolfi rennen und ihm alles brühwarm erzählen. Dass der Rüdiger ganz offensichtlich neben dem Gartenzaun, den er unerlaubt auf öffentlichem Grund betoniert hat, auch vergessen hatte, vor dem Bau des neuen Wintergartens eine amtliche Genehmigung einzuholen, ist eben auch nicht meine Schuld.

»Nicke, wenn du mich verstanden hast«, flüstere ich ihr zu. Dreimal hebt und senkt sie ihr Doppelkinn.

»In Ordnung. Einen herrlichen Tag euch beiden.«

»Dir auch«, pressen beide, die eine verbittert und blutsnarrerd und der andere steif vor Angst, hervor.

Bevor ich mich zum Gehen wende, schwinge ich meinen linken Arm wie eine pendelnde Abrissbirne immer wieder vor und zurück. Mit den passenden Geräuschen, wie wenn Stahl auf Glas trifft, untermale ich noch meine kleine Vorführung zum Abschied.

Auch wenn ich der Berta ungern recht gebe, aber vielleicht liegt sie mit ihrer Einschätzung, was das Verschwinden der jungen Frau betrifft, gar nicht mal so falsch. Vom Alter her hätte die Sina tatsächlich Xares Tochter sein können. Über fünfundzwanzig Jahre Altersunterschied. Das ist nicht wenig. Sollte sich das junge Ding aber tatsächlich nur vom Acker gemacht haben und der Xare aus Verzweiflung daraufhin Selbstmord begangen haben, wäre das natürlich eine tragische Sache. Trotzdem möchte ich meine Theorie, dass es sich bei diesem ganzen Schlamassel um einen erweiterten Suizid handeln könnte, weil die Sina vorhatte, sich zu trennen, nicht gleich verwerfen. Schließlich ergibt es überhaupt keinen Sinn, dass sie ihr Pferd sattelt und sich im Anschluss aus dem Staub macht. Irgendwas muss passiert sein. Ich muss die Sina finden, dann wird sich alles klären. Ich muss. Ich muss. Ich muss.

Als das Glockenspiel, das über der Eingangstür hängt, mich ankündigt, ist die Jacqueline gerade noch mit der alten Bergerin beschäftigt. Ich weiß nicht, wer der mittlerweile Siebenundachtzigjährigen dazu geraten hat, aber schon seit gefühlten Urzeiten, ich glaube, da war der Wolfi noch im Windelalter, lässt sich die Rentnerin ihr Haar rot färben. Nicht irgendein Rot. Ein Hier-bin-ich-Rot ziert ihren Schädel, das selbst für einen Blinden schwer zu übersehen ist, wenn ihr versteht, was ich meine. Deshalb trägt sie auch seit Jahren den Spitznamen die Feuermelderin. Und so grüße ich nach der Jacqueline auch sie, mit einem lauten »Grüß Gott, Feuermelderin«, denn ich weiß, wie schlecht die alte Dame mittlerweile hört. Die Seniorin nickt mir freundlich zu und saugt lautstark aus dem bunten Strohhalm die letzten Reste ihres Sex on the beach.

»Walli, setz'te dich am besten hier drüben links. Dauert nur noch 'n Sekündchen, ja. Ich bin gleich bei dir, ne«, sächselt die flippige Friseurtante vergnügt und hält gleichzeitig ihrer Stammkundin den Spiegel so vor den Hinterkopf, dass diese sich auch von allen Seiten vergewissern kann, dass die neue Farbe rundherum knallt.

Nachdem wir allein im Laden zurückbleiben und eine leckere Piña colada samt Schirmchen vor mir steht, beginnt die Exilsächsin einzelne Haarsträhnen für meine anstehende Blondierung abzuteilen. Als ich sehe, dass die Miri auch bereits hier im Laden ihr Suchplakat hinterlassen hat, fällt unser Gespräch schnell auf das Thema, das ganz Burglbach beschäftigt. Der erhängte Xare und dessen vermisste Freundin.

»Kennst du sie?«, frage ich deshalb und zeige auf den Zettel an der Wand.

»Na klar. Ich glaub, auf der Festwoche letztes Jahr hat die Miri sie zum ersten Mal mitgebracht. Die war zwei-, dreimal vielleicht dabei, aber ehrlich gesagt fand ich die 'n bisschen komisch.«

»Komisch inwiefern?«

»Mh, die war immer so ’n bisschen verschlossen. Eher ruhig. Hat nie viel von sich erzählt. Als wir im Festzelt auf den Bierbänken eskaliert sind, ist sie unten sitzen geblieben und hat ständig nur auf ihrem Handy herumgetippt. Also, wenn du mich fragst, hat die richtig einen an der Klatsche. Wer geht schon Party machen und hängt dann nur am Telefon rum?«, meint die Jacqueline vorwurfsvoll und rührt nebenbei mit dem Pinsel in meiner Färbung. »Ich glaube, im Februar war das. Ja, genau, nach dem Faschingsumzug in Oberstaufen. Da musste ich von dem ganzen Geschnäpsel mal für kleine Friseurinnen, und als ich auf dem Weg zum Klowagen war, stand sie mit so ’nem komischen Typen rum, der unentwegt auf sie eingeredet hat. Ich hab sie gegrüßt und wollte ’n bisschen Small Talk halten, weil die Schlange zum Klo recht lang war, aber sie hat so getan, als würde sie mich nicht kennen. Dumme Nuss, hab ich mir gedacht.«

»Hast du denn mitbekommen, worum es zwischen den beiden ging?«

»Nä, aber ich bin mir sicher, die beiden hatten irgendwie Stress. Der Kerl hat sich ganz nah vor ihr aufgebaut und sie vollgelabert. So in etwa, schau …«, meint sie, verschränkt dabei beide Arme vor der Brust und kommt mir unangenehm nah. »Ich hab dann ihren Namen gerufen und sie gefragt, ob sie Hilfe braucht, aber sie hat nur gemeint, sie käm schon klar.«

»War es der Xaver, mit dem sie da diskutiert hat? Vielleicht hatten die beiden ja Beziehungsstress.«

»Nä, der Xaver war das nicht. Der ist doch, ähm, war«, verbessert sie sich, »viel kleiner und schmächtiger. Der Typ vom Fasching war riesig und ziemlich breit gebaut, mindestens 'n Meter neunzig. Ich hab den auch noch nie vorher gesehen, der wäre mir sicherlich aufgefallen, weil ich ja selbst auf so aufgepumpte Typen mit Tattoos abfahre.«

»Kannst du mir diesen Kerl sonst noch irgendwie näher beschreiben? Frisur, Augenfarbe oder irgendwas anderes, was dir an ihm aufgefallen ist?«

»Na ja, das ist schwer zu sagen. Er sah eben aus wie Johnny Depp im Körper von Dwayne ›the Rock‹ Johnson.«

»Wie wer, bitte schön?«

»Na Johnny Depp, kennste nicht, Walli? Der aus *Fluch der Karibik*. Mit Hut, schwarzer Langhaarperücke und Kajal um die Augen. Nur im Körper eines Riesen eben.«

»Mh«, murmle ich etwas überfordert und frage mich, ob die Beschreibung auf ein mir bekanntes Mannsbild passt. Ich muss mit der Miri reden, eventuell weiß sie, mit wem die Sina aufm Faschingsball Ärger hatte, und mit den Kindern vom Xare will ich auch noch sprechen, um mehr über die Sina zu erfahren. Und das alles, ohne dass der Wolfi davon Wind bekommt. Wahrscheinlich hat die Berta am Schluss noch recht, und die Sina vergnügt sich längst mit einem anderen, vielleicht sogar mit diesem mysteriösen Piraten.

»Ach, Jacqueline, eine Frage noch«, rufe ich, als ich frisch gesträhnt wie ein Streifenhörnchen schon halb aus der Tür bin. »Stehst du auch auf Männer in Uniform?«

»Ist das eine Fangfrage, Walli?«

»Ehm, nein.«

Sie schaut etwas irritiert und fragt mich dann, ob ich etwa vorhätte, sie mit dem Wolfi zu verkuppeln.

»Niemals, um Gottes willen, nein, ich wollte nur sichergehen, dass … Ach, egal. Danke für die Strähnchen, ciao, Bella«, rufe ich beruhigt und schließe die Tür. Mit einem verdutzten Gesicht lasse ich die junge Friseurin in ihrem Salon zurück. Noch auf dem Treppenabsatz streiche ich Jacquelines Namen von meiner Verdächtigenliste. Die Miriam kann ich auch abhaken. Weil, erstens, viel zu jung, und, zweitens, hätte sie mit dem Wolfi ein heimliches Tête-à-Tête, hätte sie mich bestimmt nicht um Hilfe bei der Suche nach ihrer Freundin Sina gebeten.

Wie viele Frauen im gebärfähigen Alter gibt es wohl im näheren Umkreis meines Sohnes, frage ich mich, und bereits nachdem ich dreimal hintereinander alle Finger meiner beiden Hände abgezählt habe, gebe ich auf. Da fällt mir plötzlich der Freirer Harald ein, sein Partner bei der Kemptener Kripo und best Buddy. Warum ist der mir denn nicht schon früher eingefallen? Wenn jemand weiß, wer dem Wolfi den Kopf verdreht, dann er. Sobald ich ihn in die Finger bekomme, wird er singen wie ein Vögelchen, er weiß es nur noch nicht. Aber jetzt muss ich mich sputen, wenn ich noch pünktlich zum Treffen der Landfrauen kommen will, in deren Kreis ich heute ganz offiziell und feierlich aufgenommen werden muss. Was man nicht alles tut, nur um den Wolfi im Glauben zu lassen, dass alles schön nach seinem Plan läuft. Na ja, sei's drum, solange er davon ausgeht, dass ich im Dorf voll integriert bin, schöpft er sicher keinen Verdacht. Ich schmeiß ihm halt immer wieder mal das eine oder andere Leckerli vor die Füße, das er mit Sicherheit fressen wird. Und solange das funktioniert, kann ich mich ungestört in die Ermittlungen nach der verschwundenen Sina stürzen. Ich muss nur aufpassen, dass die Friedl ebenfalls nix davon mitbekommt. Sie würde ihm einhundertprozentig Bericht erstatten, sollte irgendwas im Busch sein. Apropos Friedl, die muss ich ja auch noch abholen. Ihr Goggomobil streikt mal wieder und muss dringend zum Rudi in die Werkstatt.

Es ist ein Kampf, den ich nicht gewinnen kann. Seit über einer Stunde suche ich in meinem Ankleidezimmer verzweifelt nach etwas, was angemessen feierlich ist und zusätzlich auch noch zu dem grauslichen von Hand zusammengeklöppelten Schurz der Alma passt. Genervt packe ich den Klamottenberg zurück. Manche würden das vielleicht für ein Luxusproblemchen halten, für mich ist es aber die reinste Katastrophe. Als es zeitlich wirklich eng wird, habe ich mich dann doch für ein Ensemble entscheiden können. Als ich mit dem Wagen vor die Eingangstür des Moosbachhofs brettere, weil schon ein bisschen spät, steht die Friedl bereits ungeduldig davor. »Du bisch z'spät!«

»Sag mir was, was ich noch nicht weiß«, begrüße ich sie ebenfalls ohne ein Hallo.

»S'isch immer s'Gleiche mit dir.« Sie seufzt vorwurfsvoll und öffnet die Beifahrertür. »Wie siehsch 'n du überhaupt aus!«

»Einfach umwerfend, würde ich sagen«, entgegne ich ungerührt und lege die sorgfältig zusammengefaltete Stoffbahn vorsichtig vom Beifahrer- auf den Rücksitz. Als Friedl neben mir im Wagen Platz nimmt, starrt sie mich merkwürdig an. »Was isch denn dis da, was da um deine Ohra baumlert? Des sieht ja aus wie …?«

»Zwei handgeschnitzte Paviane, Friedl. Hübsch, nicht?«

»Also, schee isch was andres«, meint sie trocken. Ich überhöre ihren gemeinen Kommentar über mein Geschmeide und erkläre ihr, dass die Affenohrringe ein Geschenk vom Adalbert waren, als er einmal allein zum Bau einer Schule nach Kamerun gereist war.

»Sieht ja alles aus wie immer!«, stelle ich überrascht fest, als wir vorm Vereinsheim ankommen.

»Was hasch du denn erwartet? Dass ma für di d'rote Teppich ausrollt, oder was?«

»Also ein bisschen festliche Deko vor dem Eingangsbereich hätte ich eigentlich schon erwartet. Immerhin ist das ja heute was Offizielles hier, im Klub der Teufelinnen.«

»Nenn dis it so. Der einzige Deifel bisch du! Mir sind alle traditionsverbundene Dörflerinna, die sich ausdauscher, gern kocher und backer und Guad's für'n Ort duer woller!«

»Schon gut, Friedl. Reg dich nicht auf. Ich mach ja mit!« Das »gezwungenermaßen« denke ich mir vorsichtshalber nur, sonst bekommt die Friedl gleich noch den nächsten Flipper. »Kannst du mir die hier noch bitte richtig ausbreiten. So, schau …«, sage ich und zeichne mit beiden Händen eine schwingende Bewegung in die Luft. Goschelnd und kopfschüttelnd zupft sie die dreieinhalb Meter lange Schleppe meiner meeresblauen Robe zurecht, die ich das letzte Mal zu den Bayreuther Festspielen getragen habe, als der Adalbert noch gelebt hat. »Fertig, Friedl?«

»Heiland, Walli, ja«, antwortet sie genervt, zieht den Falz meiner Schleppe mit ihrer Hand noch mal in Form und lässt mich dann eiskalt stehen. Warum der Friedl ihre Zündschnur seit geraumer Zeit dermaßen kurz ist, kann ich durchaus nachvollziehen. Ich hätte schon nach ein paar Tagen Reißaus genommen oder die Babette samt Brut vor die Tür gesetzt. Das will sie aber nicht, und deshalb befindet sich meine Freundin seit Monaten am Rande des Wahnsinns. Erst letztens hat sie mich mitten in der Nacht verzweifelt angerufen und mir aufgeregt erzählt, dass sie schon zum zweiten Mal an diesem Tag mit dem Alok-Henry in der Notaufnahme des Kemptener Krankenhauses sitze, weil der Bub sich beim Mittagessen erst ein Hackbällchen in die Nase gestopft und, nachdem die Hackreste professionell entfernt wurden, sich am Abend, kurz nachdem sie endlich zu Hause waren, vor dem Zubettgehen seine Beißerchen anstatt mit Zahncreme mit schwarzer Schuhcreme geputzt habe, woraufhin sein gesamter Mundraum begann, wie Feuer zu brennen. Ich hätte ihn ja brennen lassen, lichterloh, muss ich gestehen. Das darf ich aber natürlich nicht aussprechen, da ist die Friedl empfindlich. Meine Frage, warum sie und nicht die Babette ihrem Sohnemann beistehen musste, beantwortete sie damit, dass ihre Tochter neuerdings ständig die Nachtschichten an der Tanke übernehmen müsse, weil einer ihrer Kollegen krankheitsbedingt ausgefallen sei. Dass der Bub andauernd für Chaos sorgt, wäre wohl eine unterbewusste Reaktion auf die Trennung der Eltern, hatte der Arzt im Krankenhaus gemutmaßt und der Friedl dringend zu einem Termin bei einem Kinderpsychologen geraten. Ich wusste schon von Anfang an, als der Junge mir mit seiner Gabel beim Versuch, mir mein Dinosaurierschnitzel vom Teller zu klauen, fast die Hand abgetrennt hatte, dass mit dem Kerlchen etwas gehörig nicht stimmt. Natürlich hatte ich der Friedl als beste Freundin angeboten, zum Wolfi und mir in den zweiten Stock zu ziehen, so lange die Babette ihren Hof in Beschlag nimmt, weil dieser seit der Fertigstellung des geplanten Gemeindezentrums immer noch völlig leer steht. »Da hättest du richtig Platz, Friedl. Sechs ganze Büroräume, eine kleine Küche und einen Veranstaltungssaal nur für dich. Die sind im Handumdrehen zu einem gemütlichen Zuhause umfunktioniert, wirst sehen«, hatte ich vorgeschlagen, doch sie meinte nur, dass sie sich nicht von ihrem geliebten Moosbachhof vertreiben lassen wolle. Da kann ich die Friedl irgendwie auch verstehen, denn auch ich hänge an meiner Villa Kunterbunt alias ehemaliges geplantes Gemeindezentrum, die der Adalbert als letztes Werk vor seinem plötzlichen Tod fertiggestellt hatte. Als die Friedl mich aber anschließend fragte, ob ich denn stattdessen die Babette mit den Kindern einziehen ließe, habe ich ganz schnell aufgelegt. Nun hoffen wir beide auf ein Wunder und dass die Babette und ihr Angetrauter ihre Eheprobleme ganz schnell wieder in den Griff bekommen. Dann nämlich würde sie mit den Kindern zurück nach Düsseldorf ziehen, und Friedls Probleme wären mit einem Schlag gelöst. »Walli, hasch's jetzt endlich,

Sakradi no amal«, gängelt sie mich ungeduldig und schiebt die Tür zum Vereinsheim auf. Aufgeregt streiche ich die Wildseide um meine Hüften noch einmal glatt und checke, ob wirklich noch beide Äffchen frei schwingend um meine Ohren baumeln. Dann bin ich bereit. Anmutig und gezwungenermaßen willig, nur dass der Wolfi keinen Verdacht schöpft, schreite ich die vier Meter bis zum Eingang entlang und schlüpfe in die Höhle der Löwinnen. Das Augenrollen meiner Freundin, als ich an ihr vorbeiflaniere, ignoriere ich geflissentlich, denn ich weiß ja, dass sie es im Moment nicht ganz leicht hat. Das ganze Vereinsheim liegt zu meiner Verwunderung im Dunkeln. Nur das grüne Fluchtwegschild über der Tür wirft überhaupt ein bisschen Licht in den sonst kohlrabenschwarzen Raum. »Hallo? Wo sind denn alle? Friedl?«, rufe ich hinter mich, doch auch meine Freundin scheint plötzlich wie vom Erdboden verschluckt zu sein. »Halloho!«, rufe ich erneut, als ich ein leises Tuscheln und dann ein blechernes Scheppern vernehme. »Was ist denn hier los? Wo ist …«, schimpfe ich und suche nach dem Lichtschalter. Als das grelle Neonlicht flackernd erst auf den Linoleumboden und dann zurück in den Raum fällt, sehe ich aus allen Ritzen und Löchern mit Blumenkränzen geschmückte Landfrauen hüpfen, die »Überraschung!« schreien. Ich schrecke zusammen, mit so einem Empfang habe ich nicht gerechnet. Mit schallenden Kuhglocken – wo hat denn die Friedl plötzlich das monströse Gebimmel her, das sie schwer durch ihre gespreizten Beine schwenkt? – scharen sich die zwölf Frauen fröhlich im Kreis um mich herum. Im letzten Moment ziehe ich reflexartig meine Schleppe zur Seite, bevor noch eine der wild gewordenen tanzenden Hühner drüberstolpert. Das schrille Läuten der Kuhglocken erinnert mich an das Gebimmel im Glockenturm und somit auch an den ekligen Anblick des bleichen Leichnams unseres Mesners. Nur mit Müh und Not bekomme ich das Bild aus meinem Kopf, als auf einmal die Alma durch den Kreis aus Frauen schlüpft und direkt vor mir stehen bleibt.

»Jetzt isch's guad!«, fordert die Älteste ihre Blutsschwestern zur Stille auf, und sogleich verstummen die schallenden Klänge ihrer Schellen. »Liebe Walli, s'isch uns a wahre Freid, dich in unser'm Zirkel d'Burglbacher Landfraua ganz offiziell begrüßer z'dürfa. Mit d'Verleihung dieser Schürze …«

Oh mein Gott, das Ding ist noch gruseliger als die Schürze der Friedl und der Doris Bierbaum, ihre beiden zusammen, denke ich bestürzt, »… wirst du a Teil uns'res Bundes. Wir, d'Burglbacher Landfraua, werda dir ab heit stets zur Seita standa. In Verbunderheit und Achtsamkeit, alle Tag lang. Die B'reitschaft, guad's für d'Gemeinschaft z'dua, bilda des Fundament uns'rer …«,

Sekte?, wäre mir jetzt fast rausgerutscht. »… Vereinigung«, sagt sie und hält kurz inne, als müsste sie überlegen, wie ihre Ansprache weitergeht. »Die Rezepte! Du hast die Rezepte vergessen …«, hilft die Irmgard der Alma flüsternd auf die Sprünge. »Psst …«, raunzt die Gerlinde der Irmgard dazwischen und bringt somit die Alma vollends aus ihrem Konzept. »Also, auch stets die nuischten Rezepte mit deinen Vereinsschweschtern z'teiler«, ergänzt die faltige alte Dame etwas verwirrt und beendet ihren Satz.

»Ich schwöre«, sage ich theatralisch und lege meine rechte Hand aufs Herz, obwohl meine Absichten nur einem einzigen Zweck dienen, nämlich den Wolfi schön in dem Glauben zu lassen, dass sich seine Mutter nicht mehr in seine polizeilichen Ermittlungen einmischt.

»Walli, gelobscht du hier und heit feierlich und in Anweserheit aller Mitglieder, dich uns'rem Bund a'zschließa, dann antworte jetzt: ja, mit Gottes Will…!«

»Entschuldigung, ganz kurz, eine Frage noch«, grätsche ich in mein eigenes Gelübde. »Was hat denn Gott auf einmal damit zu tun?«, will ich verdutzt wissen, und als ich verwirrt zur Friedl rüberschaue, verzieht die abermals genervt ihr Gesicht.

»Das sagt man halt so«, mischt sich die Gerlinde erneut meckernd ein.

»Willst du jetzt oder nicht?«, kommt es von der Maria Mösle, der amtierenden Vorsitzenden, vorwurfsvoll.

»Herrje, ist ja gut. Ich wollte nur wissen, was denn der Allmächtige mit den Burglbacher Landfrauen zu tun hat, aber okay. Dann eben auch in Gottes Namen mit Gottes Wille. Zement!«, sage ich und hebe nun feierlich meine linke Hand. »War ja klar, dass die wieder Zicken macht«, vernehme ich flüsternd hinter mir eine Stimme, die mir sehr wohl bekannt vorkommt. Cilli alias Silly, die dumme Nuss, Hanebichler. Verdammt, das wird der Wolfi mir noch büßen, denke ich böse, als ich meinen Kopf zur Brust senke und die winzige Alma mir ehrfürchtig die Schürze überstreift, um den Bauch festbindet und die Rüschen am Revers in Form streicht. Anschließend werden erneut die Glocken geläutet und mit Wachholderschnaps in überdimensionalen Stamperln zu Gerlindes Hornbläserei angestoßen. Ich habe es geschafft! Ich bin, wenn auch nicht freiwillig, ein offizielles Mitglied der Burglbacher Landfrauen. Die Friedl wirkt auch nicht mehr ganz so gereizt, nachdem sie den dritten Klaren intus hat. Das angerichtete Büfett, das muss ich den Frauen lassen, ist vorzüglich. Der mit Bergkäse überbackene Brätstrudel und die Schupfnudeln im saftigen Sauerkrautspeckmantel sind eine Wucht. Gerade als ich mich an die Nachspeisen machen will, erklingt der zarte Klang eines schwingenden Schnapsglases.

»Eine Rede! Eine Rede!«, tönt es von links herüber.

»Oh ja, eine Rede«, sagt die Irmtraut freudig, die Zwillingsschwester der Irmgard, von der letzten Bank. Verdammt, ich wollte mir doch grad einen der köstlichen Himbeerkrapfen schnappen. Geht schon, denke ich. Zum Zuhören brauch ich schließlich nur meine Ohren, nicht meine Waffel. »Walli?«

»Mmh, ja?«, sage ich mit vollem Mund und mit Puderzucker verziertem Gesicht. »Wir wären so weit.«

»Ich bin ganz Ohr …«, nuschle ich und versuche das in Fett gebackene Teilchen herunterzuschlucken.

»Mir warter auf dein Vortrag«, sagt die Alma und lächelt mir freundlich zu.

»Meinen *was*?«, pruste ich puderzuckrig hervor. »Welchen Vor…?«

»Ja, Walli, lass hören, was hast du für uns vorbereitet? Ich hoffe, ein Rezept, das wir alle gleich ausprobieren wollen«, ruft die Edeltraud euphorisch. Verdammt und zugenäht, da war was. Hatte mich nicht die Friedl vergangene Woche extra noch einmal daran erinnert? Heiliger Bimbam, was mach ich denn jetzt? Mein Blick wandert zu Friedl, die mir mit einem Handzeichen signalisiert, endlich loszulegen. Jetzt ist Improvisation gefragt. »Ehm, ja, also …«, stammle ich. »Zuallererst, ihr Lieben, will ich mich herzlich für eure Aufnahme bei den Burglbacher Landfrauen bedanken. Was für eine Ehre …«, schleime ich, hebe bedeutungsschwanger meine Hände und versuche so Zeit zu gewinnen. »Nachdem ihr wisst, dass ich im Backen und Kochen noch etwas Nachhilfe gebrauchen kann, habe ich mir etwas ganz Besonderes für euch einfallen lassen. Heute erzähle ich euch etwas über … über …« Verflixt, ja über was, in drei Teufels Namen, frage ich mich selbst. Bis heute Morgen war mir noch nicht mal klar, dass ich dieses ganze Brimborium und Aufnahmegedöns überhaupt durchziehen werde. Einzig und allein das mysteriöse Verschwinden der Sina und der Tod vom Xaver zwingen mich, nun doch gute Miene zum bösen Spiel zu machen. Warum hätte ich also irgendeinen bescheuerten Vortrag vorbereiten sollen? Sektenähnliche Zwangszustände sind das hier. Wo, bitte schön, muss man sich bei einer Vereinsmitgliedschaft zwingend mit einbringen?

»Über was denn jetzt, Walli … Spann uns nicht so lange auf die Folter«, reißt die Hannelore mich neugierig aus meinen Gedanken.

»Die hat doch gar nix vorbereitet!«, zetert die Silly. »Psst, jetzt bring sie halt nicht draus …«, rüffelt die Maria ihre Vereinsanhängerin und nickt mir aufbauend zu.

»Also ich …«, beginne ich meine Abhandlung. »Erzähle euch heute etwas über Kopi Luwak.« Bääääm! In letzter Sekunde ist doch noch Verlass auf meinen Hirnschmalz. Woher diese brillante Idee kommt? I don't know. Wichtig ist nur, den Landeiern souverän zu verklickern, dass ich einen Plan habe.

»Kopi *was*?«, rufen mehrere Stimmen im Chor.

»Ihr habt richtig gehört, Kopi Luwak ist …«, sage ich selbstbewusst und referiere kurzweg über den teuersten Kaffee der Welt, der hauptsächlich in Indonesien und auf den Philippinen hergestellt wird. Woher ich das weiß? Natürlich aus eigener Recherche, denn als der Adalbert und ich damals mehrere Monate durch Asien gereist sind, hatten wir unter anderem auch eine Kopi-Luwak-Plantage auf den Philippinen besucht. Nachdem ich meine Vereinskolleginnen in das Geheimnis des teuersten Kaffees der Welt eingeweiht habe, schlägt mir aber ein kollektives »Igitt« und »Pfui Deifel« entgegen.

»Die machen Kaffee aus Katzenkacke?«, will die Irmtraud angeekelt wissen.

»Ja, also genauer gesagt aus den Kaffeeböhnchen, die der Fleckenmusang unverdaut wieder ausscheidet.«

»So an Schmarrn hab ich ja noch nie gehört«, zetert die Silly.

Unbeeindruckt von ihrer Abneigung, fahre ich fort und erkläre ihnen im Detail, wie genau aus den Exkrementen dieser speziellen Wildkatzenart das braune Gold gewonnen wird, aus dem die Kaffeebauern nach wochenlanger Trocknung und anschließender Röstung das köstliche Gebräu fertigen, für das Liebhaber aus aller Welt bis zu tausend Euro pro Kilo bezahlen. Nach Abschluss meiner kleinen Kaffeekunde schaue ich in offen stehende Münder. Ich denke, mein Vortrag ist richtig gut angekommen und hat meine neuen Vereinskolleginnen mehr als beeindruckt. Vielleicht, überlege ich, sollte ich bei einem der nächsten Treffen mal eine kleine Kostprobe davon mitbringen, denn irgendwo in der Speisekammer müsste noch ein Päckchen herumliegen, wenn ich mich nicht täusche. Bevor der Abend endet, ich hätte es fast vergessen, ziehe ich noch schnell der Miriam ihre Suchplakate aus der Tasche und verteile diese an jede Einzelne meiner neuen Schwestern. Die Bestürzung ist groß, doch auch von ihnen hat niemand die Sina gesehen.

Als ich groggy und müde ins Bett falle, die Friedl musste ich glücklicherweise nicht mehr heimbringen, das hatten die Irm-Schwestern übernommen, nehme ich mir vor, den Wolfi gleich morgen früh um den Finger zu wickeln. Schließlich muss ich unbedingt wissen, ob es denn bereits irgendwelche Neuigkeiten von der verschwundenen jungen Frau gibt. Das wird kein Leichtes werden, ich ahne es bereits, aber einen Versuch ist es wert.

In dieser Nacht schlafe ich schlecht. Warum? Vermutlich lag das an dem üppigen Essen, das ich mir gestern Abend zuhauf reingeschaufelt habe und das mir auch jetzt noch zentnerschwer im Magen liegt. Ich habe einfach die Kontrolle verloren und gierig wirklich von jedem einzelnen Gericht probiert. Dazu kam auch noch ein absurder Traum, in dem ich gemeinsam mit der Friedl von der philippinischen Mafia verfolgt wurde, weil wir versucht hatten, illegal Katzenkacke im großen Stil außer Landes zu schmuggeln. Ich bin immer noch verstört von dem Anblick, als die Friedl damit anfing, wahllos die Häufchen in ihren Mund zu stopfen, um so das Beweismaterial verschwinden zu lassen. Um mich zu sammeln, bleibe ich noch einen Moment liegen und massiere sanft meinen schmerzenden Bauch. Als ich höre, wie das Duschwasser eine Etage höher abgedreht wird, weiß ich, dass ich mich sputen muss, wenn ich den Wolfi noch zur Sina befragen will. Heute reicht auch mal 'ne Katzenwäsche, beschließe ich deshalb, und schon nach kurzer Zeit sitze ich mit zwei Tassen dampfendem Kopi Luwak in der Küche und warte ungeduldig auf meinen Sohnemann.

Mit einem einsilbigen »Morgen« begrüßt er mich.

»*Magandang umaga*, Wolfi«, begrüße ich ihn freudestrahlend.

»Ja, du mich auch.«

»Also Wolfgang. Was soll denn das? *Magandang umaga* ist philippinisch und heißt guten Morgen.«

»Wie auch immer.«

»Hier, schau, ich hab dir Kaffee gemacht. Ich habe übrigens Neuigkeiten für dich. Schau mal …«, sage ich und ziehe die hässliche Schürze hervor, die mir gestern feierlich übergeben wurde.

»Mh, Glückwunsch«, meint er wortkarg, nippt an der dampfenden Tasse und verzieht daraufhin angeekelt sein Gesicht. »Willst du mich etwa vergiften? Das Zeug schmeckt … kacke!«

»Wolfgang!«

»Ist doch so!« Auf die Kritik an meinem selbst gebrauten Kopi-Luwak-Kaffee, von dem ich tatsächlich noch etwas in der Speisekammer gefunden habe, gehe ich nicht weiter ein. Schließlich will ich den Wolfi noch zur Sina befragen, und wie ich blöderweise feststellen muss, steht es um die Laune meines Sohnes ganz offensichtlich nicht gerade zum Besten. »Welche Laus ist dir denn heute schon über die Leber gelaufen? Ist doch gerade erst mal halb acht Uhr morgens«, versuche ich deeskalierend auf ihn einzuwirken und lege ihm deshalb, quasi als unterbewusste Bestechung, noch schnell einen der Mandelkekse auf den Teller, die ich gestern Abend heimlich vom Büfett stibitzen konnte.

»Der Freirer hat seine Fähre verpasst!«

»Welche Fähre denn?«

»Na die, die ihn eigentlich wieder pünktlich zurück aufs Festland hätte bringen sollen. Aber jetzt sitzt er auf irgendeiner g'schissenen griechischen Insel im Mittelmeer fest und wird vor Ende der Woche auch nicht zurück sein, wie er mir gerade gesimst hat. Angeblich wären alle Flüge für die nächsten drei Tage ausgebucht. Ich erstick hier förmlich in Arbeit, und er macht sich 'ne schöne Zeit«, mosert mein Sohn.

»Ich wusste nicht mal, dass der Harald im Urlaub ist«, sag ich überrascht.

»Jetzt weißt du's. War wohl eh eine spontane Aktion. Die Biggi hat ihm angeblich die metaphorische Pistole auf die Brust gesetzt und gemeint, wenn ihm was an ihrer Beziehung liege, müsse er endlich in die Puschen kommen und sich mehr anstrengen. Sonst wäre sie weg, und das ein für alle Mal.«

»Aha, die Biggi ist also schuld«, meine ich erstaunt.

»Ganz genau, und gerade dann, wenn auf der PI die Hölle los ist.«

»Die Hölle los?«

»Hast du gestern denn keine Zeitung gelesen?«

»Nö!«

»Irgendein paar Vollidioten haben sich vorgestern Nacht gewaltsam Zugang zum Einkaufszentrum verschafft und dabei sämtliche Ladeneinrichtungen zerstört und ganz nebenbei auch noch Waren in der Größe einer ganzen LKW-Ladung mitgehen lassen. Das muss eine professionelle Bande gewesen sein, sag ich dir. Da sind wir nun dran. Was denkst du, wie viele Fingerabdrücke es in einem Einkaufszentrum zu sichern gibt?«

»Puh, also«, antworte ich möglichst unaufgeregt, um meinen Sohn in seinem Redefluss nicht zu unterbrechen, denn vielleicht kommt er auch noch ganz nebenbei auf die Allgaiers zu sprechen.

»Tausende, Mama. Und wie sollen die jemals zugeordnet werden?«

»Also Wolfi, da bin ich jetzt ehrlich gesagt auch überfragt.«

»Das wird Wochen, wenn nicht sogar Monate dauern, bis wir alles ausgewertet und analysiert haben, und die Dienststellenleitung sitzt mir jetzt schon im Nacken. Wir sollen uns mit der Spurensicherung sputen, weil die Ladeninhaber so schnell wie möglich wieder eröffnen wollen.«

»Ja, das verstehe ich«, sage ich unbedacht, und der Wolfi stutzt.

»Was, dass die Boutiquen so schnell wie möglich wieder

öffnen wollen und ich damit dermaßen unter Zeitdruck stehe, dass ich unmöglich dazu komme, meine kriminalistische Spurensuche korrekt abzuschließen?«, meckert er mich urplötzlich an. Verdammt, jetzt hat er mich auch noch auf dem Kieker.

»Nein, nein, ich meinte nur, dass ich verstehe, dass du ziemlich gestresst bist.«

»Das kannst du laut sagen«, erwidert er und schüttet den restlichen Kaffee ins Spülbecken. »Ich bin froh, wenn der Trutschlik heute die Obduktion vom Xare abschließt. Dann kann ich meinen Abschlussbericht tippen und den Fall zu den Akten legen.« Bingo!

»Wann ist denn die Beerdigung vom Xare, weiß man da schon was?«, versuche ich möglichst beiläufig zu klingen.

»Solange ich vom Trutschlik keinen Bericht habe, kann der Leichnam nicht freigegeben werden. So einfach ist das. Aber sobald er mit den anderen Leichen fertig ist, ist der Xaver dran.«

»Aber wenn es doch eh klar ist, dass der Xare Suizid begangen hat, wieso muss er dann überhaupt obduziert werden?«, frage ich und hoffe, der Wolfi stellt seinen Wortschwall nicht vorzeitig ein.

»Das hat die Lebensversicherung vom Xare beantragt. Die übernehmen dann auch die Kosten der Obduktion. Das ist wohl Routine, wenn es erst kürzlich eine Heraufsetzung der Versicherungssumme gegeben hat. Also reine Formsache.«

Hossa, die Waldfee, jetzt hat der Wolfi doch noch einen rausgehauen. Der Xaver hat erst kürzlich die Summe seiner Lebensversicherung erhöht? Vielleicht hat er ja schon von langer Hand geplant, sich zu erhängen, und wollte so seine Kinder absichern. »Was ist eigentlich mit dieser Sina? Die Miriam vom Apostlwirt hat mich gestern angesprochen, ihre Freundin sei seit Samstag wie vom Erdboden verschluckt.«

»Ja, die Miri, die hat mich auch schon angerufen. Aber ganz ehrlich, die neigt doch wie die Biggi zur Hysterie. Das muss bei euch Frauen wohl an den Chromosomen liegen. Die Johanna hat mich gestern Abend noch angerufen und mir erzählt, dass sie im Schlafzimmer vom Papa eine Notiz von der Sina gefunden hat, wo draufsteht, dass sie dringend eine Auszeit braucht und er nicht nach ihr suchen soll. Vermutlich ist sie irgendwo an die Ostsee zu ihrer Familie oder Freunden gefahren, und die Miriam schiebt einfach nur grundlos Panik. Du weißt doch, wie so junge Dinger sind. Vielleicht ist ihr einfach alles zu viel geworden. Das Haus, der Hof, die Verantwortung. Immerhin hatte der Xaver drei Kinder, und die Oma wohnt auch noch unterm Dach und muss gepflegt werden. Das war sicherlich nicht immer einfach, und als sich die Sina verabschiedet hat, hat der Xaver keinen Ausweg mehr gesehen und sich erhängt. Tragisch, aber vermutlich isses so gewesen.«

»Wirklich tragisch.«

»Blöd nur, dass die Sina ihr Handy seit Tagen aus hat und noch gar nicht weiß, was der Xaver gemacht hat. Ich hab ihr zwar auf die Mailbox gesprochen, dass sie sich bitte bei uns auf der PI melden soll, aber bisher habe ich noch nichts von ihr gehört«, sagt er, als plötzlich sein Telefon klingelt und unser Gespräch unterbrochen wird. »Servus, Tade, was gibt's denn? Was, nicht dein Ernst? Verflucht noch mal, ich bin schon unterwegs.

Nein, ihr wartet damit, bis ich da bin, ist das klar? Keiner rührt was an, verstanden?«, brüllt er genervt in den Hörer, während er gleichzeitig aus der Küche stürzt.

Was, bitte, war denn das?, frage ich mich überrumpelt. Der Wolfi hat mir tatsächlich freiwillig Informationen geliefert, für die ich ihn sonst unter Drogen hätte setzen müssen. Meine Theorie, dass es sich beim Verschwinden der Sina um einen erweiterten Suizid handelt, sprich der Xaver erst seine Freundin und danach sich selbst umgebracht hat, kann ich getrost verwerfen. Eher ist es anscheinend die Sina, die indirekt am Tod ihres Lebensgefährten nicht ganz unschuldig ist.

Ich wähle die Nummer, die unten auf der Vermisstenanzeige angegeben ist. »Miriam, bist du's?«

»Ja?«, murmelt eine verschlafene Stimme.

»Ich bin's, Walli.«

»Walli! Hast du was rausgefunden? Hat jemand die Sina gesehen?«, will die junge Frau am anderen Ende plötzlich aufgeregt wissen.

»Leider nein. Ich habe aber eben mit dem Wolfi gesprochen. Die ganze Sache liegt wohl etwas anders. Er meinte, die Johanna habe ihn gestern Abend noch angerufen und ihm erzählt, dass die Sina dem Xare eine Nachricht hinterlassen hat. Sie brauche eine Auszeit, und man solle nicht nach ihr suchen. So in etwa.«

»Ehm, aber …«

»Ja, sie hat sich wohl ganz offensichtlich einfach aus dem Staub gemacht und der arme Xaver sich vermutlich aus Liebeskummer daraufhin erhängt.«

»Ja, aber das macht doch alles keinen Sinn, Walli. Zwischen den beiden lief es prima, und die Sina hat immer erzählt, wie glücklich sie ist, den Xare kennengelernt zu haben. Und wieso hat sie mir, wenn sie eine Auszeit braucht und plant, für längere Zeit weg zu sein, nicht einfach Bescheid gegeben, dass ich mich um den Diavolo und die Ponys kümmern soll? Der Diavolo ist speziell, nur jemand mit sehr viel Erfahrung weiß, wie man ihn gehändelt bekommt. Das Wichtigste für die Sina sind ihre Tiere.«

»Hm, ich weiß es auch nicht. Vielleicht hat sie ja die Johanna gebeten, sich um die Tiere zu kümmern.«

»Pff, die Johanna will mit den Pferden nichts zu tun haben. Die liebt nur ihre Kühe, und der Xare hatte von Pferden auch überhaupt keine Ahnung, der hat der Sina nur beim Reiten zugesehen.«

»Hm, könnte es vielleicht sein, dass die beiden kurz vor eurer Verabredung Streit hatten, und der Sina sind einfach die Sicherungen rausgeknallt, sie hat sich ins Auto gesetzt und ist auf und davon?«

Die junge Frau am anderen Ende überlegt, und ich kann förmlich durch den Hörer spüren, wie sie versucht, die ganzen neuen Informationen für sich zu sortieren. Es dauert einen Moment, bis sie antwortet. »Nein, Walli, so kann's nicht gewesen sein. Ich bin mir ziemlich sicher, dass ihr Ford Fiesta noch in der Garage stand, als ich mich auf dem Hof nach ihr umgeschaut hab. Und wie hätte sie, bitte schön, ohne Auto vom Hof wegkommen sollen? Der Hof liegt so weit ab vom Schuss, da oben fährt ja nicht mal der Bus.«

»Stimmt, das ist allerdings ein Rätsel, aber vielleicht hat sie jemand abgeholt?«

»Wer denn? Die Sina hat hier doch niemanden außer mir. Abgesehen vom Xaver, und der ist ja nun …«

»Jemand aus ihrer Familie oder irgendwelche Freunde von früher?«

»Soviel ich weiß, hat sie ihren Papa nie kennengelernt, und das Verhältnis zu ihrer Mutter ist eher schwierig.«

»Schwierig?«

»Ja. Sie hat mir nur mal erzählt, dass sie bei ihrer Oma groß geworden sei, bis diese gestorben ist. Danach hat sie die meiste Zeit im Heim verbracht, weil ihre Mutter getrunken und sich nicht richtig gekümmert hat.«

»Oh …«, sage ich bedauernd. »Und weißt du, ob die Sina Geschwister hat, oder irgendwas über ihren Vater?«

»Ne, die Sina war Einzelkind, und über ihren Vater weiß ich nur, dass der sich wohl noch vor ihrer Geburt aus dem Staub gemacht haben soll und sie ihn nie kennengelernt hat. Aber mehr weiß ich auch nicht. Ich hatte immer das Gefühl, dass ihr das Thema unangenehm ist, und deshalb habe ich auch nicht weiter nachgefragt.«

Da muss ich der Miri recht geben, wer erzählt schon gerne von seiner schwierigen Kindheit.

»Sie hat mir aber mal ihren Cousin vorgestellt. An Fasching war der ein paar Tage zu Besuch.«

»Das ist doch schon mal ein Anhaltspunkt. Hast du denn seinen Namen oder, besser noch, seine Nummer? Vielleicht weiß er, wo die Sina steckt, oder es war sogar er, der sie abgeholt hat, könnte doch sein, oder?«

»Ne, also eine Nummer habe ich nicht von dem. Ich bin mir nicht mal mehr ganz sicher, wie der hieß …«

»Hm.«

»Ich glaube … irgendwas mit D am Anfang müsste es gewesen sein.«

Die junge Frau am anderen Ende der Leitung überlegt angestrengt und nuschelt sämtliche Männernamen, die mit einem D beginnen, vor sich hin, als ihr der Name plötzlich wieder einfällt. »Dennis, sein Name war Dennis.«

»Okay. Dennis und wie weiter?«, will ich interessiert wissen und kritzle währenddessen den Namen über das schneeweiße Gebiss irgendeines Models, das mich mit einem jetzt nicht mehr ganz so makellosen Lächeln vom Cover der Fernsehzeitung anstrahlt.

»Puh, das weiß ich nicht. Den hat sie, glaube ich, auch nie erwähnt. War ja auch nicht weiter wichtig.«

»War dieser Dennis zufällig als Pirat verkleidet?«

»Ja, stimmt, woher weißt du denn das?«, meint die Miri überrascht.

Die Jacqueline hat gestern so was erwähnt … Ich erzähle ihr, was die Jacqueline an jenem besagten Abend zwischen der Sina und ihrem Cousin hinter dem Zelt beobachtet hat. »Was meinst du, hast du irgendeine Idee, wie wir an diesen Dennis rankommen, vielleicht hat sie sich bei ihm gemeldet oder ist sogar bei ihm untergekommen. Ich fände es schon wichtig, dass sie erfährt, was nach ihrem Verschwinden mit dem Xaver passiert ist.«

»Hm, ich hab keine Ahnung, Walli, aber du könntest die Johanna mal fragen. Vielleicht hat sie die Nummer von diesem Dennis.«

Stimmt, die Tochter vom Xaver. Sie war es auch, die dem Wolfi von der Notiz berichtet hat, die die Sina ihrem Vater hinterlassen hat, bevor dieser am nächsten Tag wohl … Als mich erneut das schreckliche Bild des leblosen Mesners am Strick heimsucht, läuft mir ein eisiger Schauer über den Rücken. »Alles klar, ich kümmere mich drum«, sage ich, bevor ich einhänge.

# EIN GÜRTELTIER IM ALLGÄU

Kurze Zeit später stehe ich auf dem Gehöft der Allgaiers, das einsam und ein ganzes Stück weit außerhalb von Burglbach inmitten saftig grüner Wiesen und Felder liegt. Zum Bichlhof, dem nächstgelegenen Nachbarn der Allgaiers, ist es gut ein ganzer Kilometer. Das abgeschiedene Bauernhaus mit dem angrenzenden Stall sieht sehr gepflegt aus. An jedem Einzelnen der vielen kleinen Fenster hängt ein Blumenkasten, aus dem abwechselnd rote und weiße Geranien sprießen. Für meinen Geschmack sind Geranien der pure Ausdruck von Spießigkeit, aber zu dem Charakter des alten Bauernhauses mit seinen dunkelgrünen Fensterläden und den hölzernen Sprossenfenstern passen die Blümlein doch sehr gut. Ein Gockel kräht etwas weiter entfernt, vermutlich vermisst er ein paar seiner Bräute, die gerade gackernd an mir vorbeispazieren. Hinter dem angelegten Blumengarten und zwischen zwei alten Apfelbäumen befindet sich die Koppel, auf der gleich mehrere Ponys genüsslich vor sich hin grasen. Richtig idyllisch ist es hier, wäre da nur nicht der penetrante Gestank, der von der riesigen Güllegrube neben dem alten Stadel herüberschwappt und mir den Atem raubt. Ich klingle an der mit Edelweißschnitzereien verzierten Eingangstür und achte, während ich warte, auf eine möglichst flache Atmung, um so wenig wie möglich der faulen Biogase in mich aufzunehmen. Ich probiere es zwei weitere Male, doch langsam geht mir die Puste aus. Die Haustür der Allgaiers bleibt verschlossen. Als ich durch eines der Fenster im Erdgeschoss spähe, entdecke ich nur ein kleines graues Kätzchen, das zusammengerollt auf dem Kanapee liegt und friedlich vor sich hin schlummert. Mist. Bestimmt ist die Johanna mit dem Traktor irgendwo auf dem Feld unterwegs, und die beiden jüngeren Kinder vom Xaver sind sicher noch in der Schule. Dann muss ich es wohl oder übel später noch einmal probieren, denke ich genervt und mache kehrt.

Auf dem Weg zurück zu meinem Wagen habe ich plötzlich das Gefühl, beobachtet zu werden. Mehrmals schaue ich mich um, entdecke aber niemanden. Da höre ich plötzlich ein lautes Wiehern. Als ich zur Koppel hinüberspähe, steht ein riesiger Rappe am Zaun und scharrt ungeduldig mit seinen Hufen. »Diavolo?« Spontan entscheide ich mich noch schnell für einen kleinen Abstecher. Das muss er sein. »Was für ein Prachtexemplar«, murmle ich begeistert. Der Hengst sieht genauso aus, wie die Miriam ihn mir beschrieben hat. Ein majestätisches Tier mit tiefschwarzem glänzendem Fell und einer lang gezogenen weißen Blesse über der Stirn, die an einen Dreizack erinnert. »Na, du Schöner, komm doch mal her«, meine ich freundlich und strecke ihm meine Hand hin. Das Ross schnaubt und beäugt mich kritisch. »Na, komm schon!« Der Diavolo lässt sich aber auch ganz schön bitten. »Leckerli!« Erst nachdem ich ihm ein Büschel Gras vor die Nase halte, kommt er einen Schritt näher an den Zaun heran. Mit einem Schnapper ist meine Hand leer, und ich bücke mich erneut, um ein paar saftige Halme zu rupfen. »Pfui Teufel«, fluche ich und reiße angewidert meine Hände nach oben. Der Gaul hat mich vollgeschlabbert, stelle ich angeekelt fest und suche in meiner Handtasche nach etwas Brauchbarem, mit dem ich mir den schaumigen Glibber von der Backe wischen kann. Igitt! Ich mach mich vom Acker, schließlich will ich später noch einmal vorbeischauen. Der kürzeste Weg zu meinem Auto würde mich direkt an der stinkenden Güllegrube vorbeiführen. No way! Weil mir schnell schlecht wird, entscheide ich mich deshalb für den längeren Weg über die Wiese und gehe um den Stadel herum. Als ich an dem Schuppen vorbeikomme, dessen Rolltor ein Stück weit offen steht, rufe ich hinein. Doch auch hier ist niemand. Das muss die Garage sein, von der die Miriam erzählt hat, stelle ich fest und wische mir die schleimigen Grasreste aus dem Gesicht. Vorsichtig schiebe ich das Rolltor ein Stück weiter auf. Bevor ich hineinschlüpfe, schaue ich mich noch einmal um. Ich kann nicht sagen, wieso, aber irgendwie beschleicht mich das Gefühl, dass ich nicht allein bin. In dem umgebauten Schuppen ist es nicht gerade hell. Es riecht nach frischer Farbe und Motoröl, was mich an meine Jugend erinnert, als ich meinem Vater oft bei Bastelarbeiten in seiner Werkstatt zur Hand gegangen bin. Im fahlen Licht, das von draußen durch ein kleines Fenster hereinfällt, erkenne ich den dunkelblauen Volvo vom Xare sofort. Das skandinavische Schlachtschiff hat nämlich regelmäßig für

Unmut unter den Burglbacher Kirchendramatikern gesorgt, weil der Xaver mit seinem riesigen Geschoss immer gleich zwei Parkplätze auf einmal belegt hatte. Hinter dem Wagen stapelt sich allerhand eingestaubtes Gerümpel, und auf der anderen Wandseite liegen verschiedene Werkzeuge auf einer Werkbank herum. Ein Stapel Autoreifen türmt sich bis unter die Decke, und an einem Regal lehnt ein altes Bügelbrett. Der Stellplatz neben dem Volvo ist leer.

Ganz offensichtlich ist die Sina doch mit dem Auto unterwegs, denn anders als die Miriam heute Morgen noch am Telefon gemeint hat, der Ford Fiesta stünde noch in der Garage, ist von dem Kleinwagen weit und breit nichts zu sehen.

Als ich die Garage wieder verlassen will, passiert es. Zu meiner Schande übersehe ich den kleinen Farbeimer, der irgendwo am Rand neben Xares Wagen gestanden haben muss. »Auahh.« Humpelnd hüpfe ich über den leeren Parkplatz und bleibe an einem flachen Stück Karton hängen, das sich nun zwischen meine Zehen und die Sohle meiner Sandalette bohrt. Wie mit einer überdimensionalen Flosse stolpere ich einen Schritt nach vorn und komme dabei ins Straucheln. Verzweifelt versuche ich mein Gleichgewicht zu halten, während der mit Motoröl getränkte Karton über den Boden vor mir her schlittert. Gerade noch rechtzeitig fange ich mich und kann so in letzter Sekunde einen Sturz auf den blanken Betonboden verhindern. Trotzdem rausche ich mit den Händen mit Karacho voraus in das Metallregal an der Wand. Das Gestell wankt, wodurch das alte Bügelbrett zur Seite kippt und donnernd erst gegen meinen Schädel rammt und danach krachend zu Boden geht. »Schon wieder! Aua. Verflucht noch mal … Ich bin aber auch …« Das tat weh. Mir brummt gehörig der Kopf, und meine Handflächen brennen. Mein Fuß pocht ebenfalls, doch das nehme ich gerne in Kauf, denke ich mir besorgt, solange nur meinem neuen Hosenanzug in Gürteltieroptik, der von allen Seiten zusätzlich mit einer neongelben Bordüre eingefasst ist, nichts zugestoßen ist. Eine Beschädigung an diesem ultracoolen Ensemble könnte ich nämlich nur schwer verkraften, denn dieses megastylische Haute-Couture-Teil von einem noch mittelmäßig bekannten Designer (ich habe aber die Hoffnung, dass dieser irgendwann durch mein Showlaufen zu Ruhm und Ehre gelangt) war schließlich ein absolutes Einzelstück. Und günstig war das abgefahrene Teil obendrein nicht! Dass ich oft in den Genuss dieser tollen Einzelstücke komme, habe ich einzig und allein meiner wunderbaren Lieblingsverkäuferin, der Eva aus meiner Münchner Lieblingsboutique »Bombastic Fashion«, zu verdanken. Auf die liebe Eva ist einfach immer Verlass. Sie kennt meinen Modestil besser als jeder andere und hält schon mal das eine oder andere exklusive It-Peace für mich zurück, für das ein paar andere Damen aus der Münchner Schickeria töten würden. Als ich an mir herunterschaue, sind alle Plättchen des kugelsicheren Schuppenimitats im einwandfreien Zustand. »Puh, was ein Glück«, flüstere ich erleichtert. Nur meine linke neonfarbene Sandalette, mit der ich erst an der Farbdose hängen geblieben und später ans Regal gestoßen bin, hat einen kleinen Kratzer abbekommen. Verdammt! Als ich mich nach dem Bügelbrett bücke, um es wieder aufzustellen, fällt mein Blick auf etwas Funkelndes. Erst vermute ich einen

Schmuckanhänger, aber als ich es aufhebe, stelle ich fest, dass es sich um eine Art Plastikscherbe handeln muss, die im Licht bernsteinfarben glitzert. Was ist das? Gerade als ich das kantige Teil noch näher zwischen meinen Fingern betrachten will, schiebt sich plötzlich zu meinem Entsetzen das Rolltor hinter mir auf, und die Garage wird in gleißendes Licht getaucht.

»He, was machen Sie in meiner Garage?«, schnauzt eine weibliche Stimme mich unfreundlich an.

Erschrocken fahre ich herum. »Ich, ehm … Entschuldigung, ich …«

»Walli?«

»Johanna, bist du das?«, antworte ich und halte zum Schutz eine Hand vor die Augen.

»Was machst du denn hier drin?«

»Nix, gar nix!«

Die junge Bäuerin beäugt mich misstrauisch. »Schnüffelst du etwa in meinen Sachen herum?«

»Nein, um Gottes willen, nein! Das würde ich doch niemals …«

»Also im Dorf erzählt man sich jedenfalls was anderes.«

»Wie bitte?«

»Ja! Die sagen, dass du dich ständig und überall einmischst! Hier gibt's aber nichts zu schnüffeln. Verstanden?«, meint sie rotzfrech und stemmt dabei ihre Hände in die Hüften.

»Also, das ist ja wohl der Gipfel! Wer sagt denn, bittschön, so was?«

»Ich hänge hier sicher niemanden hin …«

»Lass mich raten, ich weiß schon, von wem das kommt.

Die Breitmeiers und ihre Schandsippe. Die kann was erleben …«, presse ich wütend hervor. Außerdem schnüffel ich nicht, sondern ermittle, und das, mit Verlaub, auch nur, weil mein Sohn als Oberkommissar der Kemptener Polizei einfach ermittlungstechnisch nix taugt. Ohne meinen kriminalistischen Spürsinn wäre der Fischlinger Ludwig beigesetzt worden, ohne dass man je erfahren hätte, dass er nicht eines natürlichen Todes gestorben ist. Und ich war es auch, die im Fall Lerpscher den wahren Täter überführt hat und somit einen Unschuldigen vor einer Haftstrafe bewahrt hat. »Die Burglbacher Bagage kann mich mal. Ich wollte euch eigentlich nur, also der ganzen Familie Allgaier, mein Beileid zum Tod eures Vaters aussprechen«, lenke ich ab, trotzdem beäugt mich die junge Frau mit ihren rosig roten Backen und den widerspenstigen braunen Locken weiterhin argwöhnisch. Natürlich lege ich nicht gleich alle Karten auf den Tisch und erzähle ihr, dass ich mich hier auf dem Hof mal etwas genauer umsehen wollte, weil die Miriam felsenfest davon überzeugt ist, dass es ihrer Freundin überhaupt nicht ähnlichsehe, einfach so zu verschwinden. Ich wäre nicht ich, wenn ich auf lästige Fragen wie die der Johanna nicht vorbereitet wäre. Bereits zu Hause habe ich mir einen Plan zurechtgelegt, der mein Auftauchen auf dem Hof der Allgaiers rechtfertigt, ohne dass im Anschluss der Wolfi Verdacht schöpfen könnte, sollte er von meinem kleinen Besuch auf dem Bauernhof erfahren. Schließlich bin ich nicht auf der Brennsuppen dahergeschwommen, wie man im Allgäu so schön sagt, und so ziehe ich einen schwarz eingefassten Umschlag aus meiner Tasche und lasse gleichzeitig die funkelnde

Scherbe vom Boden unbemerkt darin verschwinden. »Hier, für euch. Mein Beileid.«

»Was ist das?«

»Etwas, was ihr jetzt sicher gut gebrauchen könnt. Eine Beerdigung ist schließlich nicht umsonst«, meine ich aufrichtig und strecke ihr das Kuvert hin.

»Das kann ich nicht annehmen. Meine Geschwister und ich, wir schaffen das schon ...«

»Nimm ruhig, das sind keine Almosen, nur eine kleine Hilfestellung«, spreche ich ihr gut zu. Zögerlich greift sie danach.

»Danke, Walli, das weiß ich sehr zu schätzen, aber trotzdem würde ich gerne wissen, was du in unserer Garage zu suchen hast. Ich kann's nämlich nicht leiden, wenn man ungefragt in meinen Sachen wühlt!«

»Also Johanna, jetzt mach aber mal halblang. Ich hab ein paarmal geklingelt, aber es hat niemand aufgemacht, und in den Briefkasten wollte ich das Geld auch nicht einfach stopfen.«

»Mh, verstehe. Und wie kommst du dann von der Haustür in meine Garage?« Das junge Frauenzimmer lässt aber auch nicht locker, verdammt.

»Ich hab mir einfach gedacht, ich schau später noch mal vorbei, und als ich auf dem Weg zurück zu meinem Wagen war ...«, stammle ich etwas überfordert, als hinter Xares Wagen plötzlich ein kleines Kätzchen angeschlichen kommt, direkt auf mich zusteuert und sich neugierig um meine Gürteltierbeine schlängelt, »hat die kleine Muschi hier lautstark miaut, und ich wollte nur nachsehen, ob es ihr gut geht.«

»Das ist keine sie«, meint Johanna monoton und nimmt das Kätzchen schützend auf ihren Arm, als würde ich irgendeine Art von Gefahr für es darstellen.

»Es tut mir leid.«

»Was tut dir leid? Dass du Herbert unterstellt hast, eine Muschi zu sein?«

»Nein, natürlich nicht. Es tut mir leid, was mit deinem Vater im Kirchturm passiert ist. Das Ganze ist sicher nicht leicht für euch. Und dass die Sina verschwunden ist, ist auch …«

»Die Sina?«, fährt sie mir barsch ins Wort. »Die ist überhaupt an allem schuld. Ohne sie wäre der Papa sicher noch am Leben«, schimpft die junge Bäuerin und funkelt mich böse an. Ihre eh schon roten Backen beginnen jetzt förmlich zu glühen, während sich ihre Augen mit Tränen füllen. Ich meine gleichermaßen Trauer um ihren Vater und einen unbändigen Zorn auf dessen Freundin in ihrem Blick zu erkennen. Das Verschwinden der Sina hat ganz offensichtlich eine tragische Kettenreaktion in Gang gesetzt, die nicht mehr rückgängig gemacht werden kann und sie und ihre Geschwister somit zu Vollwaisen gemacht hat.

»Weißt du denn, warum die Sina einfach so abgehauen ist, hatten die beiden Streit? Die Miri meint nämlich, dass ihrer Freundin das gar nicht ähnlichsehe, auch weil sie ihr wegen den Pferden überhaupt nicht Bescheid gegeben hat und die beiden am Samstag sogar noch zum Ausreiten verabredet waren. Der Diavolo stand ja anscheinend schon gesattelt vor dem Stall. Findest du das nicht auch irgendwie merkwürdig?«

»Die Miri also wieder! Du kannst ihr gerne ausrichten, dass sie aufhören soll, irgendwelche Verschwörungstheorien zu verbreiten, und diese läppischen Flugblätter im ganzen Dorf kann sie sich auch sparen. Die Sina ist abgehauen und hat den Papa einfach sitzen gelassen. Warum sie das gemacht hat, kann ich dir auch nicht sagen, aber vielleicht hat die Madame ja auch mal ausnahmsweise nicht das bekommen, was sie sich in den Kopf gesetzt hat, und sich deswegen längst schon dem nächsten Typen an den Hals geworfen. Wer weiß das schon. Ist mir auch ehrlich gesagt egal. Sogar scheißegal. Und dass sie der Miri nicht mal Bescheid gegeben hat, dass sie die Biege macht, und ihre Gäule einfach zurücklässt, zeigt doch genau, welche Sorte von Mensch sie war«, macht Johanna ihrem Ärger Luft.

»War?«, frage ich irritiert.

»War oder ist, ist doch völlig wurscht!«

»Schon gut, Johanna, reg dich nicht auf. Ich verstehe ja, dass du auf die Sina sauer bist und ihr Kinder es im Moment wirklich schwer habt, aber darf ich fragen, was die Sina denn von deinem Papa verlangt hat?«

»Na, kaum war die auf dem Hof, hat sie sich benommen wie die Made im Speck. Alles wollte sie ummodeln. Die komplette Einrichtung, die die Mama damals noch ausgesucht hat, ist gleich als Erstes rausgeflogen, und die Oma, die wollte sie sogar ins Pflegeheim abschieben. Weil sie es da angeblich besser hätte. Derweil ging es ihr doch gar nicht um die Oma Lisl, sondern nur um die Wohnung unterm Dach, die dann frei werden würde und aus der sich angeblich eine schicke Ferienwohnung machen ließe. Das hat sie dem Papa jedenfalls eingeredet.«

»Das war Sinas Plan? Die Oma Liselotte einfach abzuschieben?«

»Jep! Und ich hab auch mitbekommen, dass sie den Papa davon überzeugen wollte, den Milchviehbetrieb aufzugeben. So ein Blödsinn. Mit einer Handvoll Feriengäste und ein paar läppischen Reitstunden kann man doch nie und nimmer das alles hier finanzieren«, meint sie aufgebracht und zeigt auf die riesigen Felder, die vorm Stadel liegen. »Stell dir nur mal vor, der Papa hätte das zugelassen. Wir Allgaiers sind Milchbauern in der fünften Generation, und der Bauernhof ist doch unser Leben.«

»Das ist allerdings, also puh …«, meine ich sprachlos. Davon, dass die Sina angeblich so ein durchtriebenes Stück ist, hat die Miriam nix erzählt. Ganz im Gegenteil. Aus Miriams und Jacquelines Schilderungen hatte ich eher den Eindruck, dass die junge Frau schüchtern und zurückhaltend war.

»Ganz im Ernst, Walli. Es kann mir doch niemand weismachen, dass die Sina den Papa wirklich geliebt hat. Die hatte doch nur ihre Ziele im Kopf. Ausgenutzt hat sie ihn und nach Strich und Faden benutzt. Und der Papa war so blöd und hat's einfach nicht geschnallt. Mei Mama würd sich im Grab umdrehen, wüsste sie, was er uns da für eine angeschleppt hat. Die war ja kaum älter als ich. Hast du das überhaupt gewusst?«

»Ich weiß, ich weiß«, antworte ich und kann gar nicht glauben, was ich da höre.

»Beim besten Willen, ich könnte mir niemals vorstellen, mit einem Mann zusammen zu sein, der über ein Vierteljahrhundert älter ist als ich. Aber mei, der Papa war halt total verknallt in die und hat fast zu allem Ja und Amen gesagt«, goschelt sie und wischt sich mit der Rückseite ihres Ärmels eine Träne vom Gesicht.

»Darf ich dich mal drücken?«, frage ich vorsichtig, weil die Johanna mir wirklich leidtut. Die junge Frau nickt kaum merklich. Als ich sie etwas unbeholfen und in Alarmbereitschaft an mich heranziehe, weil ich es unbedingt vermeiden will, meinen Zweiteiler an ihrer besudelten Stallkleidung zu verschmutzen, ist ihr Körper stocksteif. »Hast du deinem Papa denn irgendwas angemerkt? War er traurig, oder hat er geahnt, dass die Sina gehen will?«

»Ne, gar nix. Der war am Samstagabend noch beim Schafkopfen in der Alten Sau. Seine Kumpels, der Edi und der Volzi, haben nix Komisches an ihm bemerkt, die hab ich schon angerufen. Die meinten, der Papa war wie immer. Dreimal hat er verloren und zweimal die Partie gewonnen. Nach zwei Weizen hat er sich dann aufs Radl geschwungen und ist nach Hause gefahren. Meine Geschwister und ich haben ihn auch gar nicht mehr gesehen. Als er heimgekommen ist, haben wir schon geschlafen. Wahrscheinlich hat er da Sinas Zettel gefunden. Und am Morgen muss er dann ganz zeitig schon in die Kirche gefahren sein und aus Verzweiflung … Das, das Ganze ist … ist nur meine Schuld«, schluchzt sie verbittert.

»Nein, sag doch so was nicht!«

»Wäre der Papa doch bloß nie auf Kur gefahren, dann hätte er die Sina niemals kennengelernt und würde jetzt ganz sicher noch leben«, jammert die Jungbäuerin und wischt sich abermals mit dem Handrücken übers Gesicht.

»Das ist doch nicht deine Schuld, Kindchen!«

»Doch, ich bin schuld. Ich habe ihm doch gesagt, er soll sich jetzt endlich mal eine Auszeit gönnen und dass eine Kur seinem kaputten Rücken mit Sicherheit guttun würde. Der Papa wollte überhaupt nicht an die Ostsee. Falls was wäre, hat er gemeint, sei er viel zu weit weg und könne nicht mal eben vorbeikommen und mir zur Hand gehen. Aber ich hab ihn beruhigt und gemeint, dass ich die Arbeit auf dem Hof mit links schaffe und er sich keine Sorgen machen braucht. Immerhin sollte ich später den Hof übernehmen, und ich wollte ihm beweisen, dass ich schon so weit bin.«

Xares Tochter hängt inzwischen mit ihren Armen schwer um meinen Hals und lässt ihrer Verzweiflung freien Lauf. Gut, dass mein Blazer nanobeschichtet und deshalb wasserabweisend ist, denke ich erleichtert, denn mittlerweile laufen mir ihre Tränen in Sturzbächen über den Buckel. Aber der Geruch! Als sie sich wieder etwas beruhigt hat, frage ich die Johanna, ob die Sina denn bereits wisse, was ihr Abgang vom Hof für dramatische Folgen hatte. Die Johanna meint aber nur, dass sie von der Sina seit Samstag nichts mehr gehört oder gesehen habe und das auch gut so sei. Sollte sie die Frechheit besitzen, auf der Beerdigung ihres Papas zu erscheinen, würde sie sie eigenhändig vom Friedhof jagen.

Ich kann Johannas Wut auf die junge Freundin ihres Vaters und über dessen sinnlosen Tod verstehen. Trotzdem konnte sie mir keinen plausiblen Grund nennen, warum die Freundin ihres Vaters überhaupt und so überstürzt vom Hof verschwunden ist. Wenn der Xaver ihr doch so ziemlich jeden Wunsch erfüllt hat, ergibt das doch alles überhaupt keinen Sinn. Wieso verlässt sie mir nix, dir nix den Hof, gibt keinem Bescheid und ist seitdem auch für nix und niemanden erreichbar? Bevor ich mich verabschiede, weil die Bauerstochter sich noch dringend um die Kälber kümmern muss, wie sie meint, frage ich, ob sie so lieb sei und mir für die Miriam die Nummer von Sinas Cousin geben könne. Die Miri würde einfach gerne noch mal mit ihrer Freundin sprechen, doch die Johanna antwortet überrascht, dass die Sina nie etwas von einem Cousin erwähnt habe und auch, seit sie auf den Hof gezogen war, nie irgendjemand aus ihrer Familie zu Besuch gewesen sei.

Weil mein Magen dermaßen knurrt, als ich auf dem Weg zurück ins Dorf bin, beschließe ich, im Apostlwirt vorbeizuschneien. Da lassen sich nämlich gleich zwei Fliegen mit einer Klatsche schlagen, und so was liebe ich ja.

Ich pflanze mich an einen freien Tisch im Biergarten und beobachte die Menschen um mich herum, bis die Miri so weit ist. Eine Horde Wanderer, eindeutig keine Einheimischen, sitzt in voller Montur zusammengequetscht am Nachbartisch und stößt fröhlich mit einer Halben zu Schweinsbraten mit Knödel und Blaukraut an. Gegenüber sitzen zwei ältere Herren und spielen Karten, und an dem Tisch direkt daneben plärrt ein Kleinkind in seinem Hochstuhl vor sich hin, was die Eltern, die beide vertieft über ihren Smartphones hängen, völlig unbeeindruckt lässt. Ich habe sogar die Vermutung, dass sie das

Gebrüll ihres Genablegers nicht einmal wahrnehmen, denn dieser hat sich mittlerweile das Messer des Vaters geschnappt und verschönert mit krakeligen Mustern die Tischplatte.

»Entschuldigung! Entschuldigung, hallo!«, rufe ich deswegen hinüber, als die Mutter endlich den Kopf hebt.

»Was issn?«

»Ihr kleiner Vandale hier graviert gerade den Tisch.«

»Danke«, mischt sich nun der Vater des Kindes ein, »aber wir können schon selbst auf unseren Julius aufpassen!«, meint der väterliche Vollidiot, nimmt seinem Sohn das Messer aus der Hand und streicht ihm fast schon anerkennend über den Kopf, bevor er sich wieder seinem Quasselknochen widmet.

»Hey, Walli, was darf's denn sein?«, meint die Miriam, die im Dirndl und mit einer Speisekarte bewaffnet an den Tisch kommt.

»Hallo, Miri. Ein Radler bitte und …«

»Ja?«

»Ich nehm eine Flädlesuppe und einen Zwiebelrostbraten. Medium. Aber bitte ohne Zwiebel, die treiben immer so.«

»Mh, kein Problem!«

»Ach, und könnte ich als Beilage vielleicht anstatt der Bratkartoffeln ausnahmsweise ein paar Nonnenfürzle mit Beerenkompott bekommen?«

»Ehm, okay … Also du meinst die Nachspeise mit auf dem Teller des Hauptgangs?«

»Genau, ich versuch gerade ein paar Kilos runterzubekommen, und wenn ich aus drei Gängen zwei mache, ist das doch einfach eine geniale Idee, oder nicht? FDH neu interpretiert!«

»Also ja, wenn du meinst, Walli. Ich frag auf jeden Fall in der Küche nach«, meint sie etwas irritiert und notiert sich alles ganz brav auf ihrem Block.

»Und bitte noch einen Milchshake mit Vanillegeschmack, das wär's dann aber. Danke.«

»Mach ich, Walli«, sagt sie und verschwindet durch die große Terrassentür der Gastwirtschaft.

Als sie kurz darauf zurückkommt und mir meine Suppe serviert, beugt sie sich zu mir herunter und will wissen, ob ich denn schon etwas in Erfahrung bringen konnte, was das Verschwinden ihrer Freundin Sina betrifft.

»Ja, ich komm gerade vom Allgaierhof«, erzähle ich ihr.

»Und?«

»Mh, die Johanna hat gemeint, dass die Sina auf dem Hof alles auf den Kopf gestellt hat. Den Xaver habe sie nach Strich und Faden ausgenutzt, und sogar die Oma Lisl wollte sie ins Altersheim stecken, um aus ihrer Wohnung ein Ferienapartment zu machen.«

»Bitte, was hat sie?«, fragt die Miri ungläubig, und die zwei älteren Damen vom Nebentisch drehen sich neugierig zu uns herum.

»Ja, das hat sie gesagt. Ach, und bevor ich es vergesse, die Johanna weiß nichts von irgendeinem Cousin. Jedenfalls hat die Sina ihn wohl nie erwähnt und auch nicht mit auf den Hof gebracht.«

»Aber das kann doch nicht sein. Wieso sollte sie ihren Cousin nicht mit auf den Hof nehmen? Soviel ich weiß, war der gleich ein paar Tage da.«

»Hm, die Johanna behauptet jedenfalls, dass sie nie jemanden aus ihrer Familie kennengelernt hat.«

»Ja, aber …«, sagt die Miriam verdattert, als drei Tische weiter ein ungeduldiger Gast nach der Bedienung ruft.

»Ich komm ja schon!«, raunzt sie dem Typen in Hochwasserhose und peinlichem Haarschnitt zu, der mittlerweile absolut überflüssig und hektisch mit einem Zwanziger wedelt, um auf sich aufmerksam zu machen. »Walli, das ist … seltsam. Warte, ich bin gleich wieder da«, flüstert sie, zieht die lederne Geldtasche aus dem hinteren Bund ihrer Schürze und läuft zum anderen Biertisch hinüber. Als sie zurückkommt, werden wir prompt schon wieder unterbrochen. Der kleine Rotzlöffel von gegenüber hat mittlerweile sein Nullfünferspezi über dem Telefon seiner Mutter entleert. Nun ist das Geschrei groß, und die Miriam darf die klebrige Sauerei ganz alleine aufwischen, während die Mutter hysterisch ihr Telefon trocken schüttelt. Mit Schadenfreude beobachte ich das Spektakel, während ich die dünnen Fäden meiner Flädlesuppe genüsslich in mich hineinschlürfe. Weil Miriams Schicht noch bis fünfzehn Uhr geht und wir hier ungestört kaum ein Wort wechseln können, verabreden wir uns für den Abend, um alles näher zu besprechen.

Den kurzen Weg über den Dorfplatz nach Hause schaffe ich gerade noch so, bevor ich, vollgefressen wie eine Mastgans, aufs Kanapee falle und in Sekunden eingeschlafen bin.

# FAZIT: LIEBESKRANKE VÖGEL SCHMECKEN VORZÜGLICH

Es rüttelt und holpert, und meiner Blase gefällt das ganze Gewackel überhaupt nicht. Da muss ich jetzt durch, denke ich etwas verärgert und überlege, ob es vielleicht nicht doch besser gewesen wäre, auf Grace zu hören, die freundliche runde Dame, die uns bereits um vier Uhr morgens in einem traditionellen afrikanischen Gewand ein wunderbares Frühstück in unserer Lodge serviert hat. Lächelnd hatte sie mir noch den Tipp gegeben, nicht zu viel Kaffee zu trinken. Wer mich kennt, weiß, dass ich mit guten Ratschlägen nicht viel anfangen kann, und so habe ich mir, ohne ihren Wink weiter zu hinterfragen, gleich die ganze Kanne hinter die Binde gekippt. Über Stock und Stein manövriert Kate, unsere heutige Rangerin, den offenen Jeep über die unwegsame Steppe Südafrikas. Genauer gesagt befinden wir uns im größten Nationalpark im Osten des Landes, und ich kann es kaum erwarten, während unserer Safari die Big Five endlich einmal live und in freier Wildbahn bestaunen zu dürfen. Es ist kalt, schweinekalt, eiskalt, pervers kalt. Wie, in Gottes Namen, hätte ich auch ahnen sollen, dass mitten im August die Temperaturen im afrikanischen Busch nachts bis fast auf den Gefrierpunk sinken? Noch nie habe ich etwas so bereut. Manchmal sollte ich doch auf die Menschen in meinem Umfeld hören, ganz aktuell hätte ich das bei Grace heute Morgen tun sollen, und auch auf meinen Göttergatten, der mir noch in der Lodge eindringlich dazu geraten hat, das dünne Leinenkleidchen in Safarioptik, das ich mir extra für diesen Trip gegönnt habe, heute im Schrank zu lassen. »Nur über meine Leiche«, habe ich hochmütig erklärt und mir das beige Kostüm inklusive Netzhut, Fernglas und Leopumps übergestreift. »Ich Jane, du Tarzan«, habe ich freudestrahlend vor dem Spiegel mit dem Adalbert gewitzelt und mich in mein Abenteueroutfit regelrecht verliebt. In etwa einer Stunde soll endlich die Sonne aufgehen. Bibbernd und zitternd sitze ich nun in meinem luftigen Outfit auf der erhöhten offenen Ladefläche des Geländewagens und lasse mir widerwillig den Fahrtwind um die Ohren peitschen. Es zieht wie Hechtsuppe, würde man im fernen Hamburg wohl dazu sagen, und so hülle ich meinen schlotternden Körper komplett in die dünne schwarze Wolldecke ein, die ich glücklicherweise unter dem Sitz gefunden habe. »Ah, Modell Burka?«, stichelt der Adalbert amüsiert, als am Schluss meiner Wickeltechnik nur noch ein Augenschlitz frei bleibt.

»Sehr witzig!«, beantworte ich seine Frage sarkastisch und widme mich der afrikanischen Natur. Inzwischen wackeln mit uns noch zwei weitere Touris aus den Niederlanden auf ihren Sitzen auf und ab, die Kate unterwegs von einem nahe gelegenen Cottage eingesammelt hat. Antje und Robrecht sind in unserem Alter, lustig, aber leider, jetzt kommts, weitaus besser vorbereitet auf unsere heutige Safaritour als wir. Ich weiß, dass Neid keine Tugend ist, aber was soll ich machen? Die pure Missgunst kocht in mir hoch, als ich sehe, wie die beiden dick eingemummelt und kuschlig warm in ihren Skianzügen vor uns sitzen. Wer jetzt mit dem Kopf schüttelt und meint, ich hätte bereits im Camp bemerken müssen, wie arschkalt es hier draußen ist, dem kann ich nur sagen, dass es dort mindestens fünfzehn Grad wärmer war, was wahrscheinlich an den unzähligen Gasheizern gelegen haben muss, die überall verteilt herumstanden.

Wir tuckern also eine ganze Ewigkeit durch die südafrikanische Steppe, bis sich schließlich etwas tut. Endlich. Orangerotes Licht klettert allmählich über den Hügel am Horizont und vertreibt das düstere Grau der Nacht. Ich bin ganz aus dem Häuschen, als Kate eine Horde Kaffernbüffel entdeckt, die hintereinander auf dem Grad eines Hügels Richtung Westen wandern. Mit ihren geschwungenen Geweihen gehören die Büffel zu den Stirnwaffenträgern und zu den gefährlichsten Tieren Afrikas. Wer hätte das gedacht? Für rund zweihundert Menschen im Jahr endet ein Rendezvous mit den Wiederkäuern tödlich, und sie werden deshalb von Einheimischen auch »der schwarze Tod« genannt, erklärt Kate durchs Mikrofon.

Ein Stück weiter sehen wir ein paar Springböcke, die zwischen den Gräsern auf und ab hüpfen und mich irgendwie an Wolfi und seinen federnden Gang erinnern. Während der Weiterfahrt erzählt die junge Rangerin uns viele spannende Storys über das Leben in Südafrika und rät uns eindringlich, uns vor Baboons in Acht zu nehmen. »Baboons?«, frage ich nach vorn. Doch als plötzlich eine kleine Nashornfamilie zwischen der Baumformation vor uns auftaucht, interessieren mich Baboons, was auch immer das sein soll, herzlich wenig, und so habe ich nur noch Augen für die putzigen Tiere. Niedlich grast das kleine Rhinozerosbaby vor sich hin, und ich kann mit meiner neuen Kamera einige tolle Erinnerungsfotos schießen. Die Temperaturen klettern stetig nach oben, und ich kann endlich meinen Umhang ablegen. Auch Antje und Robrecht entblättern sich und sitzen nun lässig in T-Shirt und kurzen Bermudas vor uns. Es geht jetzt Schlag auf Schlag, und binnen weniger Stunden habe ich neben einer Elefantenherde, drei Giraffen und einem Löwenpärchen in der Morgensonne auch endlich einen Leoparden aus der Ferne beobachten dürfen. Ich bin fasziniert. Auch die Zebras, deren Streifen in der Sonne flimmern, sind beeindruckende Wesen. Als sich unsere Tour dem Ende neigt, erspähen wir an einem Wasserloch noch eine Nilpferdfamilie, die fröhlich spielend herumplanscht. Aus sicherem Abstand haben wir einen wirklich tollen Blick auf das herrliche Spektakel, und mit der Kamera im Anschlag und diesem perfekten Motiv gelingen mir ein paar eindrucksvolle Schnappschüsse, die ich unbedingt der Friedl zeigen muss, sobald wir mal wieder im Allgäu vorbeischauen. Der Jeep dreht, und wir holpern zurück Richtung Lodge. Es wird auch langsam wirklich Zeit, denke ich angespannt, denn allmählich habe ich das Gefühl, dass meine Blase zu platzen droht. Wuusaah, du schaffst das, beruhige ich mich selbst, als nur ein paar wenige Hundert Meter vor der Schleuse, die uns in den abgesperrten Campbereich führt, ein durchgedrehter Riesenvogel vors Auto rennt. »Come on, Harry, I am in a hurry!«, schreit Kate genervt ins Mikro. Aber Harry, ein voll ausgewachsener Strauß, mit Beinen so dick wie Baumstämme und eindeutig einer Schraube locker, hat offensichtlich andere Pläne. Der Bulle wirft sich vor Kates Motorhaube, breitet seine imposanten Schwingen aus und beginnt in wellenartigen Bewegungen seinen eindrucksvollen Balztanz. Während die Rangerin uns berichtet, dass der Wildvogel seit gut zwei Jahren unsterblich in unser Fahrzeug verknallt ist, halte ich mit der Kamera voll drauf. Der plemplem Vogel legt sich mittlerweile so richtig ins Zeug und schmeißt sich dramatisch von links nach rechts und rechts nach links, um das Herz unseres Achtzylinders zu erobern. Dabei wirbelt der liebeskranke Vogel mit seinem gigantischen Flügelkleid eine dermaßen eindrucksvolle Staubwolke in die Luft, dass ich durch den Sucher meiner Kamera kaum noch etwas von dem Tier erkennen kann. Trotzdem halte ich drauf, um keinen Moment dieses aberwitzigen Schauspiels zu verpassen.

Fast täglich, so meint Kate, passt er sie am Ende ihrer Safaritour ab und beginnt um die Gunst unseres Jeeps zu werben. »Get out of my way, Harry! Next time she will fall in love with you boy, I promise«, fordert die Rangerin den liebestollen Strauß auf, sich endlich aus dem Staub zu machen. Erst als sie den Wagen startet und ein Stück zurücksetzt, um ihn seitlich an ihm vorbeizumanövrieren, erhebt sich das herrschaftliche Tier. Dafür, dass seine Angebetete fliehen will, hat der südafrikanische Strauß wohl kein Verständnis, denn gerade als der Jeep auf meiner Höhe an ihm vorbeilenkt, beginnt das bescheuerte Tier plötzlich nach mir zu schnappen. Erschrocken quieke ich und wehre seine pickenden Angriffsversuche mit dem langen Teleobjektiv meiner Kamera ab. »Hilfe, der will mich fressen!«, schreie ich verzweifelt, und Kate drückt aufs Gaspedal. Dass Harry deutlich am schnelleren Hebel sitzt, muss ich bitterböse bereuen. Der Bulle sprintet schrittgleich neben dem Wagen her und hackt unaufhörlich auf mich ein. »Adalbert, so hilf mir doch«, flehe ich.

»Burka girl, get down on the floor! Down, down!«, schreit Kate durchs Mikrofon und deutet mit ihrer Hand nach unten. Als ich panisch versuche, mich unter den Sitz zu quetschen, um in Deckung zu gehen, muss ich schockiert feststellen, dass dieser Platz bereits belegt ist. Fieberhaft wehre ich mit der Linken die schmerzenden Angriffe des wild gewordenen Viechs ab, während ich mit der Rechten versuche, meinen Mann zurück auf seinen Sitz zu hieven, dessen Sitzplatz sich im Übrigen völlig außer Reichweite des blöden Vogels und seiner Angriffe befindet. Kurz vor der Schleuse, die aus einem massiven Metalltor und einem haushohen Maschendrahtzaun besteht, lässt der Angreifer endlich von mir ab. Fix und fertig sinke ich zurück auf meinen Platz. Als der Adalbert aus seiner Versenkung auftaucht, bin ich kurz davor, die Scheidung einzureichen.

»Wolltest du mich loswerden, oder was?«, keife ich wütend. »Beruhige dich, Schatzilein, was ist denn eigentlich passiert? Oh, und was ist mit deinem Haar?«

»Was passiert ist? Ich wurde gerade wie ein Suppenhuhn gerupft!«

Der Adalbert zieht sich mühsam auf seinen Sitz, nimmt mich in den Arm und tröstet mich. Er erklärt mir, dass ihm sein Fernglas in den Fußraum gerutscht und unter den Sitzbänken nach vorn gerollt sei. Als er mich schreien gehört hat, wollte er wieder nach oben kommen, ist aber mit seinem Fuß zwischen den Streben der Sitzbänke hängen geblieben. Reumütig, mir nicht im richtigen Moment zur Seite gestanden zu haben, und vorsichtig streicht er mir meine Federn zurecht.

Kate ist sich absolut sicher, dass Harry in meinem riesigen Kameraobjektiv, das mit seiner länglich schmalen Form an einen Straußenkopf erinnert, einen ernsthaften Konkurrenten gesehen hat und dass sein Angriff nicht mir persönlich galt. Nachdem ich den ersten Schock verdaut habe und wir zum abendlichen Dinner im Speisesaal erscheinen, muss ich nicht lange überlegen, nach was es mir heute gelüstet. Kurz darauf serviert uns Grace ein köstliches Menü.

Als ich aufwache, fühle ich mich zwar immer noch pappsatt vom Mittagessen beim Apostlwirt, aber die Erinnerungen an Grace' zartes Stück Straußenfilet, für das einer von Harrys Kumpels sein Leben lassen musste, lässt mir trotzdem das Wasser im Mund zusammenlaufen. Mit einem lachenden und einem weinenden Auge denke ich an die gemeinsame Zeit und die vielen Abenteuer zurück, die ich mit meinem lieben Adalbert erleben durfte. Wie sehr ich ihn doch vermisse, denke ich traurig, als ich mir eines seiner Bilder vom Sideboard schnappe und vorsichtig über das Glas des Rahmens fahre, hinter dem er fröhlich hervorlächelt. Der Adalbert und ich waren schon ein Hammerteam und unsere Südafrikareise wirklich eines unserer chaotischsten Abenteuer. Nicht nur wegen dem hackenden Harry, der in meiner Kamera einen Nebenbuhler vermutet hat, sondern auch weil ich besser aufpassen hätte sollen, als Kate während unserer Safaritour das mit diesen Baboons erklärt hat. Baboons. Heute weiß ich, was das ist. Würde mir aber wünschen, es nicht zu wissen, denn dann wäre niemals passiert, was passiert ist, und uns ein ganzer Haufen Unannehmlichkeiten erspart geblieben.

Am nächsten Tag unserer Reise haben wir uns erwartungsvoll auf den Weg ans Kap der Guten Hoffnung gemacht. Hoffnung! Dieses Wort in Verbindung mit diesem Horrortrip klingt auch heute noch wie blanker Hohn in meinen Ohren. Na ja, jedenfalls die Kurzversion dieser Geschichte ist schnell erzählt. Um noch mehr von der beeindruckenden Landschaft Südafrikas zu ergründen, haben wir uns für eine Tageswanderung an der Küste entschieden. Das Highlight unserer kleinen Expedition sollte, neben einem Strandbesuch und der Besichtigung eines gestrandeten Schiffswracks, das seit Jahren am Ufer liegt und vor sich hin rostet, also das Kap der Guten Hoffnung werden. Dabei haben wir uns auf den Tipp unseres Reisführers verlassen und, wie darin beschrieben, unseren Wagen auf dem zweieinhalb Fußstunden entfernten

Parkplatz fernab der Touristenströme geparkt. Den Proviant für den Tag im Rucksack verstaut, das Handschuhfach zum Schutz vor Dieben offen gelassen (ebenfalls eine Reiseführerempfehlung) und die Wanderschuhe geschnürt, sollte es also gleich losgehen, als sich plötzlich von hinten ein fauchender Baboon dem Wagen genähert, sich blitzschnell den Rucksack vom Autodach geschnappt hat und in einem Affenzahn durch die Büsche hinter dem Parkplatz wieder verschwunden ist, so schnell, wie er gekommen war. Der Adalbert hat noch versucht, den diebischen Affen einzuholen, was aber durch die verwachsenen Dornenbüsche und Sträucher schlichtweg unmöglich war. Nun saßen wir da, mitten in der Einöde, vor einem verschlossenen Leihwagen. Ohne Proviant und ohne die Möglichkeit, überhaupt irgendwie nach Hilfe zu rufen, weil sich unsere kompletten Wertsachen wie Schlüssel und Handy in dem versteckten Geheimfach des Rucksacks befanden, zu dem der Autor der Broschüre uns mit einem Rabattgutschein geraten hat. Wo sollten wir also hin, ohne Ortskenntnisse oder Kompass mitten in einem riesigen Naturschutzreservat auf einem verlassenen Parkplatz? Einzig und allein der Reiseführer war uns geblieben, den ich in der Seitentasche meiner Windjacke verstaut hatte. Unter der Rubrik Hilfe hatte der Autor des Führers wohl einen weiteren Hirnschiss erlitten und tatsächlich empfohlen, im Ernstfall oder in lebensbedrohlichen Situationen die südafrikanische Polizei zu rufen. Wie sollte das gehen, wenn das Handy, wie beschrieben, im Rucksack lag und der Dieb auf und davon war? Ich hatte damals wirklich in Erwägung gezogen, diesen Schreiberling wegen Körperverletzung aufgrund falscher Empfehlungen zu verklagen, wovon mir aber unser Familienanwalt abgeraten hat. Denn was ich übersehen hatte: Der Autor hatte auf der letzten Seite seines Groschenromans darauf hingewiesen, sich an bestimmten Orten vor Baboons in Acht zu nehmen und in deren Gegenwart ein besonderes Auge auf seine Wertsachen zu haben. Erst als mitten in der Nacht ein Patrouillenfahrzeug der Reservatpolizei Ausschau nach Wildcampern hielt und uns auf dem verlassenen Parkplatz gefunden hat, wurden wir endlich gerettet. Eine Woche später wurden auch unsere Pässe gefunden. Ganz in der Nähe des Kaps, und so konnten wir nach einer Woche tierischer Abenteuer endlich wieder nach Hause fliegen.

Nicht nur der hinterhältige diebische Affe, sondern auch der liebestolle Strauß, der bei uns später als Hackender Harry in die Geschichte einging, war eine unterhaltsame Geschichte in unserem Freundeskreis und hat für einige Lacher gesorgt. Heute kann ich auch darüber schmunzeln, aber zu Affen habe ich nach wie vor ein gespaltenes Verhältnis. Sträuße hingegen haben es mir angetan, mit Grillstreifen und Kräuterbutter jedenfalls. Vorsichtig stelle ich den Rahmen mit dem Porträt meines Mannes zurück auf die Kommode. Auch Jahre nach seinem Tod träume ich noch regelmäßig von ihm und unseren vielen Erlebnissen rund um den Globus, wofür ich auch sehr dankbar bin, denn durch sie kann ich die Erinnerungen an meinen Mann lebendig halten.

# DER SCHEIN TRÜGT

Als es plötzlich an der Tür klingelt, schiele ich zur Kuckucksuhr hinüber. Verdammt, schon so spät? Ich war nach Feierabend doch noch mit der Miri verabredet, um ihr von meiner Begegnung mit der Johanna zu erzählen, denke ich und flitze zur Tür.

»Hallo, Miri. Meine Güte, wie siehst du denn aus? Komm rein«, begrüße ich sie und führe die käseweiße Wirtstochter ins Wohnzimmer. »Setz dich. Ist alles okay bei dir? Was ist passiert?«

»Walli, du kannst dir gar nicht vorstellen, was ich gerade gehört hab.«

»Was denn, erzähl.«

»Gerade als ich meine letzte Bestellung an Tisch 7 bringen wollte, habe ich am Nebentisch mitbekommen, wie der Vogger Willi erzählt hat, dass die Polizei beim Xare jetzt nicht mehr von einem Suizid, sondern von einem Tötungsdelikt ausgeht.«

»Wie bitte, was hat er?«

»Ja, das hat der Vogger gesagt. Wortwörtlich, da bin ich mir sicher.«

»Nein!«

»Doch, Walli, und das bedeutet doch …«

»Dass der Xare ermordet wurde!«, beende ich schockiert Miris Satz. »Aber wie und warum? Hat der Willi denn noch mehr erzählt, und woher will er das überhaupt wissen? Und gibt es schon einen Verdächtigen?«

»Walli, das weiß ich alles nicht. Als ich gehört habe, was er den Jungs vom Stammtisch berichtet hat, ist mir vor Schreck das bestellte Weißbier vom Karriegel Senior, der am Nebentisch saß, ausgekommen und auf dem Hindelang Otto gelandet. Der Otto war natürlich stinksauer und hat einen riesigen Terz veranstaltet, und als ich mit dem Putzlappen zurückkam, hat von den Fußballern keiner mehr was gesagt.«

»Hast du beim Vogger denn nicht nachgefragt, woher er das weiß?«, frage ich wohl etwas vorwurfsvoll, denn die Miriam schaut plötzlich pikiert und antwortet, dass sie so schockiert war, dass sie schlichtweg nicht dran gedacht hat.

»Schon gut. Warte mal, das haben wir gleich.« Ich nehme mein Handy zur Hand.

»Schimmel.«

»Wolfi, ich bin's.«

»Mama! Ich bin grad ziemlich im Stress, hier brennt die Hütte.«

»Ich mach's kurz. Wann kommst du denn heim?«

»Heute gar nicht mehr, so wie's aussieht. Also, war's das …?«, meint er ungeduldig.

»Ehm, Wolfgang … eine Frage noch, gibt's eigentlich was Neues?«

»Was meinst du?«

»Mh, stimmt es denn, dass der Xaver sich überhaupt nicht selbst aufgehängt hat, sondern dass ihr davon ausgeht, dass er ermordet wurde?«, platzt es aus mir heraus.

Der Wolfi schnaubt wie ein wütendes Rhinozeros durch den Hörer und legt dann, ohne meine Frage zu beantworten, einfach auf. Ich wähle noch ganze dreimal seine Nummer, doch mein manierenloser Sohn drückt mich weiterhin weg.

»Woher, zum Teufel, will der Vogger Willi denn das überhaupt wissen? Der hat doch mit der Kemptener Kripo nix am Hut, oder?«, überlege ich laut, als mir plötzlich ein Verdacht kommt. »Sitzt der Vogger nicht im Vorstand vom FC Burglbach?«

»Ja, ich glaub schon. Der ist jedenfalls jeden Dienstag beim Stammtisch der Fußballer dabei. Aber was hat das denn mit dem toten Xare zu tun?«, fragt die Miriam, als ich schon wieder an der Strippe hänge.

»Jochen?«

»Wer will das wissen?«, scherzt der Gerichtsmediziner am anderen Ende.

»Ich bin's, Walli.«

»Servus, Walli, habe die Ehre. Was kann ich für dich tun?«

»Jochen, bist du nicht Mitglied beim FC Burglbach?«

»Ja, Ehrenmitglied sogar, warum fragst du? Willst du etwa noch eine Fußballkarriere in der Seniorenmannschaft start…?«

»Auf keinen Fall!«, schneide ich ihm das Wort ab. Bitte nicht schon wieder ein Hobby, dem ich nichts abgewinnen kann. Es reicht ja schon, dass ich seit gestern ein offizielles Mitglied der Burglbacher Landfrauen bin, und beim hiesigen Kirchenchor habe ich schließlich auch noch Anfang des Jahres angeheuert. Mich als Integrationsmaßnahme im Dorf einzugliedern und den Wolfi im Glauben zu lassen, dass ich mich somit aus seinen beruflichen Angelegenheiten raushalte, reicht mir als Alibi vollkommen aus. »Hast du heute nicht den toten Xaver aus dem Glockenturm obduziert?«

»Walli, du weißt doch …«, druckst er herum. »Die Schweigepflicht verbietet es mir … und der Wolfi, der will auch nicht, dass …«, versucht der Trutschlik sich wie ein glitschiger Aal aus meiner Frage zu winden.

»Ach, die Schweigepflichtnummer«, zische ich in den Hörer, und die Miri spitzt aufmerksam ihre Ohren. »Wie kommt es dann, dass der Vogger Willi den Jungs vom Stammtisch gerade gesteckt hat, dass der Xaver umgebracht wurde und dass er die Infos von dir hat?« Das *dir* im Satz betone ich dabei besonders scharf, und der Trutschlik springt voll drauf an. »Wie bitte? Der Vogger hat *was*? Also, das ist ja … Eine Unverschämtheit ist das!«

»Mit der Schweigepflicht hältst du es wohl nicht ganz so genau, hab ich recht?«

»Ehm. Aber … Das hat er … Das habe ich dem Willi im Vertrauen erzählt, und dass er damit gleich hausieren geht und das am Stammtisch herausposaunt! Der kann was erleben!«, schimpft der Kemptener Rechtsmediziner und legt auf.

Jetzt haben wir zwar ein weiteres Problem, weil ich dreist

behauptet habe, der Vogger hätte seine Quelle geleakt, aber das ist mir letztlich auch wurscht. Den Vogger Willi habe ich eh gefressen, und das schon seit ich ihn damals in der Schule dabei erwischt habe, ein Guckloch in die Tür der Mädchentoilette zu bohren. Für seinen Spannversuch hat er dann auch eine anständige Watschen von mir kassiert. Auch wenn ich Gewalt nicht verherrlichen will, die Tracht Prügel, die er im Anschluss auch noch von der gesamten Mädchenschafft der 7a eingestrichen hat, als ich sein Vergehen publik gemacht hatte, war mehr als gerecht. Hier geht es jetzt aber allem Anschein nach um Mord, was der Trutschlik uns sogar indirekt noch mal bestätigt hat. Dass der Xaver umgebracht wurde, kann ich gar nicht glauben, sind wir doch alle von einem gewollten Freitod ausgegangen, nachdem er von seiner jungen Freundin erst kurz zuvor verlassen wurde. Ich bin schockiert, genauso wie die Miriam, die immer noch leichenblass auf meiner Couch hockt und abwesend Löcher in die Luft starrt.

»Was ich mich frage«, philosophiere ich laut vor mich hin. »Wer könnte ein Motiv gehabt haben, den Xaver aus dem Weg zu schaffen, und warum, schließlich war der doch ein frommer Gottesdiener mit einem riesigen Bauernhof und drei Kindern, und meines Wissens hat er nix und niemandem etwas getan.«

»Die Sina!«, schluchzt die Miriam unerwartet hervor, als sie sich aus ihrer Starre löst und das Gesicht in ihren Händen vergräbt.

»Die Sina, meinst du? Wie kommst du denn da drauf?«

»Na, man muss doch nur eins und eins zusammenzählen, Walli. Die Sina ist verschwunden, und der Xare ist tot. Umgebracht und aufgehängt. Und wenn sie wirklich so ein Biest war, wie die Johanna dir erzählt hat, dann hat sie mir in unserer Freundschaft auch nur etwas vorgespielt!«

»Du hast recht, ihr Verschwinden mit dem Mord am Xaver erscheint in dem Zusammenhang jetzt noch mysteriöser. Aber mal im Ernst, Miri, wie hätte die Sina mit ihrer zierlichen Statur den Xare denn überhaupt an den Strick binden sollen und warum? Wenn sie doch alles bekommen hat, was sie wollte, hätte sie dazu meiner Meinung nach doch gar keinen Grund gehabt. Seinen Goldesel zu ermorden, ist doch völlig idiotisch … außer … ja, außer man kann anderweitig noch mehr abgreifen!«, meine ich und grüble weiter nach einem passenden Motiv.

»Ich weiß nur, dass ich mittlerweile gar nichts mehr weiß. Meine angeblich beste Freundin ist verschwunden, ihr Lebensgefährte tot, und seine Tochter behauptet, dass die Sina eine gierige Made gewesen sei, die sogar die Oma Lisl ins Altersheim abschieben wollte«, meint die Miriam unglücklich.

»Wir müssen jetzt einen kühlen Kopf bewahren und die ganzen Fakten zusammentragen. Was wissen wir? Im Moment haben wir nur Johannas Aussage. Dass die aber vielleicht nicht als ganz objektiv zu beurteilen ist, weil sie bis dato ebenfalls davon ausgegangen ist, dass ihr Papa sich aus Liebeskummer umgebracht hat, dürfen wir nicht vergessen. Wir brauchen dringend noch mehr Infos über die Sina und aus welchem Grund sie den Xare angeblich so plötzlich verlassen hat. Gerade weil sie dir doch erzählt hat, dass sie mit dem Xare eigentlich sehr glücklich ist.«

»Stimmt, aber dazu müssen wir sie erst einmal finden«, meint die Wirtstochter und schnäuzt in ihr Taschentuch. Sollte die Sina wirklich für den Tod vom Xaver verantwortlich sein, muss die junge Frau die weibliche Reinkarnation vom Hulk sein. Der Xare hat gut und gerne achtzig Kilogramm auf die Waage gebracht. Welche Frau kann ohne Probleme ein gestandenes Mannsbild in die Luft stemmen, wenn man noch dazu davon ausgehen muss, dass der Xare sich nicht freiwillig an den Strick hat binden lassen? Schließlich hing sein Körper auch noch mehrere Zentimeter über dem Boden, was für eine zierliche junge Frau meiner Meinung nach kaum zu bewerkstelligen ist. Erst vor ein paar Wochen habe ich das Buch *Die weibliche Kreativität beim Morden* zu Ende gelesen, in dem ein US-amerikanischer Professor irgendeiner Universität, an deren Namen ich mich jetzt nicht mehr erinnern kann, beschreibt, wie das weibliche Geschlecht beim Töten vorgeht. »Frauen morden anders«, hieß es gleich im ersten Kapitel. Während Männer oft unüberlegt, der Professor nennt das die Neandertalerstrategie, und oft auch sehr brutal morden, legen sich Mörderinnen einen ausgeklügelten und perfiden Plan zurecht, den sie im Vorfeld, sogar nicht selten über Monate schmieden und erst später, nach Vollendung, in die Tat umsetzen. Häufig greifen die Täterinnen dabei zu Gift oder verabreichen ihren Opfern eine Überdosis eines tödlichen Medikaments, was nach der Meinung des Professors auf die körperliche Unterlegenheit der Frau zurückzuführen ist. Dazu würden die Todesumstände um den toten Xare eindeutig nicht passen. Hätte die Sina ihren Lebensgefährten um die Ecke bringen wollen, hätte sie es sicherlich einfacher haben können. Wobei, es gibt nichts, was es nicht gibt, das bestätigt auch der Professor im Buch und beschreibt noch explizit ein paar Ausnahmemörderinnen, die bei ihren Taten besonders kaltblütig und bestialisch vorgegangen sind. Dass es Mordfälle gibt, die an Kaltblütigkeit nicht zu überbieten sind, musste auch Burglbach in den letzten Jahren schon des Öfteren erfahren. »Würdest du deiner Freundin so etwas tatsächlich zutrauen?«, frage ich deshalb die Miri, doch die zuckt nur unschlüssig mit den Schultern und schaut niedergeschlagen drein. »Selbst wenn sie dich getäuscht hat, was eure Freundschaft und ihre Beweggründe für ihre Beziehung mit dem Xaver angeht, macht sie das immerhin doch nicht gleich zu einer Mörderin.« Die Miri sitzt einfach nur da und sieht ziemlich mitgenommen und hilflos aus. »Komm«, sag ich, »lass uns mal überlegen, was wir bis jetzt wissen. Und dann sollten wir endlich mit der Suche nach der Sina beginnen.«

Stumm nickend stimmt mir die junge Frau zu und wischt sich eine Träne der Verzweiflung von der Backe. »Der einzige Anhaltspunkt, den wir im Moment haben, ist doch dieser Dennis, ihr Cousin.«

»Ja, stimmt.«

»Wenn er im Frühjahr, als er mit euch auf dem Faschingsball war, nicht auf dem Allgaierhof übernachtet hat, wie die Johanna behauptet, müssen wir dringend herausfinden, wo er die Tage übernachtet hat, und können so vielleicht seine Wohnadresse ausfindig machen. Mich würde auch brennend interessieren, warum die Sina ihn nicht mit auf den Hof gebracht und Xares Familie vorgestellt hat, das ist doch irgendwie seltsam, findest du nicht?«

»Allerdings. Das finde ich auch.«

»Scheint fast so, als wollte die Sina ihren Cousin aus irgendeinem Grund vor der Familie verstecken. Hast du eine Idee, wo er untergekommen sein könnte?«

»Mh … Spontan würde mir jetzt nur die Pension ›Edelweiß‹ oder die Gästezimmer von der Resi Beierle einfallen. Die vermietet doch auch inzwischen an Feriengäste, seit ihre Jungs zum Studieren ausgezogen sind. Bei uns im Apostlwirt ist er jedenfalls nicht untergekommen. Das wäre mir erstens aufgefallen, und zweitens, wenn ich mich richtig erinnere, hat der Papa zur Faschingszeit grad alle Bäder renovieren lassen.«

Die Silly, verfluchte Axt. Sie führt die Pension Edelweiß, seitdem ihre Schwester vor ein paar Jahren einen Portugiesen kennengelernt hat und mit ihm an die Algarve gezogen ist. Mit der Silly, alias der besten Freundin der Berta Breitmeier, kann ich auch überhaupt nicht, denke ich genervt. Nicht zuletzt, weil der Wolfi mir ausgerechnet sie während meiner Gehirnerschütterung vergangenes Jahr als Wachhund an die Seite gestellt hat. »Rufst du die silly Cilli an, und ich probier's bei der Resi«, schlage ich der Miriam vor, doch sie hat die Resi wohl bereits an der Strippe und gibt mir ein lautloses Zeichen, ich solle es schon mal bei der Silly probieren. Nachdem ich Dr. Google nach der Nummer der Pension befrage, stellt mich dieser auch gleich freundlicherweise durch. Es ist mittlerweile nach einundzwanzig Uhr, und ehrlich gesagt wäre es mir nicht ganz unrecht, wenn die Silly bereits ruseln würde und ich die

Miriam morgen persönlich bei ihr vorbeischicken könnte. Doch schon nach dem dritten Klingeln, ich wollte gerade wieder einhängen, nimmt sie zu meinem Leidwesen ab. »Pension ›Edelweiß‹ im Allgäu, die Hanebichler Cilli am Apparat, was kann ich für Sie tun?«

»Ehm … Guten Abend, Silly«, kommt es mir nur schwer über die Lippen.

»Wer spricht denn da?« Voller Unbehagen räuspere ich mich und erkläre ihr dann, mit wem sie das Vergnügen hat. Ihre anfänglich noch freundlich klingende Stimme verändert sich schlagartig, und sie beginnt mich zu belehren, was es für eine Unverschämtheit sei, ihrer Busenfreundin Berta damit zu drohen, sie beim Burglbacher Bauamt wegen des neuen Wintergartens, den die Berta sich schon seit mehr als zehn Jahren sehnlichst wünscht, anzuschwärzen.

»Das war doch alles nicht so gemeint …«, versuche ich sie zu besänftigen, doch sie meckert in einer Tour weiter, ohne mich zu Wort kommen zu lassen. Meine Zündschnur ist verdammt kurz und für derartige Ausraster nicht ausgelegt, deshalb hänge ich eilig ein, bevor ich mich noch verbal vergesse. Gleichzeitig beendet die Miri ebenfalls ihr Gespräch mit der Resi. »Fehlanzeige, Walli! Bei der Beierle Resi war der Dennis nicht zu Gast«, sagt sie, und ich drücke ihr mein Telefon in die Hand.

»Hier, probier du dein Glück bei der Verrückten«, meine ich und drücke auf Wahlwiederholung.

»Was denn noch?«, schmettert sie in den Hörer, als sie erneut abnimmt.

»Cilli? Halloho! Hier spricht die Miri vom Apostlwirt.« Sie

erklärt ihr, dass sie dringend eine Information über einen ihrer Gäste brauche. Als die Silly daraufhin wissen will, ob ihre Anfrage mit dem Mord am Mesner zusammenhängt, wird mir klar, dass der Burglbacher Buschfunk wieder einmal schneller operiert, als die Kemptener Polizei überhaupt bis drei zählen kann.

»Ach i wo!«, meint die Miri scheinheilig und tischt der silly Cilli eine hanebüchene Geschichte auf, dass sich die Balken biegen. Die Hanebichlerin scheint ihr aber tatsächlich ihr Lügenkonstrukt abzukaufen und reagiert gerührt auf ihre erfundene Liebeslügengeschichte. »Also kannst du mal eben in deiner Kartei nach der Adresse schauen? Dieser Dennis hat mir so dermaßen den Kopf verdreht, ich muss ihn einfach wiedersehen«, sülzt die Miriam die Silly voll und zwinkert mir frech dabei zu. Wüsste ich nicht, dass ich in meinem Leben nur einen einzigen Sohn geboren habe, der dazu charakterlich auch so gar nicht nach mir kommt, könnte man fast meinen, die Miri mit ihrer Pfiffigkeit wäre von mir. Ihre Taktik, die störrische silly Cilli mit einer unerfüllten Liebesgeschichte zu belabern und dadurch handzahm zu machen, ist einfach nur genial. Durch den Lautsprecher hören wir, wie die Herbergsmutter durch ihr Reservierungsbuch blättert. »Ah ja, schau an. Da haben wir den jungen Mann ja schon. Ich glaube, ich kann mich noch gut an den erinnern. Der war nämlich viel zu hoch und zu breit für das kleine Dachzimmer im Obergeschoss. Jedes Mal, wenn der in sein Zimmer wollte, hat er sich sein Hirn an der Türzarge angeschlagen, dass es im ganzen Haus gescheppert hat.«

»Stimmt, ein Wahnsinnstyp, sag ich doch«, flunkert das junge Fräulein, ohne rot zu werden. Anscheinend macht ihr das Theaterspiel, das sie hier gerade telefonisch vollführt, dermaßen Spaß, dass sie der Silly nun auch noch von seinen Muskelbergen vorschwärmt und ihr gesteht, dass sie sich unsterblich in diesen Dennis verknallt hat. »Darf ich also seine Nummer haben, Silly?«, fragt sie mit zuckersüßer Stimme zum krönenden Finale, und wir beide freuen uns schon wie Bolle, wie einfach es doch jetzt im Nachhinein zu sein scheint, an die Infos von Sinas Cousin heranzukommen. »Tut mir wirklich leid, Miriam, aber die neuen Datenschutzbestimmungen verbieten es mir, Informationen meiner Gäste an Dritte weiterzugeben.«

»Wie bitte? Hat die den Schuss nicht gehört?«, zetere ich los, und die Miri hält blitzschnell den Hörer zu.

»Was hast du gesagt? Wer spricht da im Hintergrund? Ist die Walli etwa bei dir, und meint die etwa mich damit?«, keift sie spitz durch den Lautsprecher, und ich muss mich beherrschen, nicht vollends die Fassung zu verlieren.

»Nein, nein, das war nur … Warte kurz … Ich stell mal eben den Fernseher leiser«, sagt sie und wedelt hektisch mit der Hand herum, um mir zu signalisieren, dass ich gefälligst meinen Mund halten soll.

»Cilli, ich weiß, die Vorschriften … Aber könntest du für mich nicht mal eine klitzekleine Ausnahme machen?«

»Nein, das geht leider nicht. Vorschriften sind Vorschriften«, meint sie herzlos, und ich bin drauf und dran, durch den Hörer zu schlüpfen. Stattdessen presse ich mir ein Kissen vor den Mund, um nicht wieder ausfallend zu werden.

»Diese maximal behämmerte Frau ist doch total bescheuert«, schimpfe ich, nachdem die Miriam das rote Zeichen auf dem Display gedrückt hat und ich realisiere, wie nah wir der Lösung nach dem Verschwinden der Sina vielleicht schon gewesen sind.

»Aus der ist nix rauszubringen. Ich hab echt alles gegeben, aber …«, meint die Miri resigniert und lässt sich bockig nach hinten in die Kissen fallen.

»Wenn Plan A fehlschlägt, muss halt Plan B her«, meine ich und überlege krampfhaft, wo ich meinen ledernen Catsuit verstaut habe.

»Was hast du vor, Walli?«

»Miri, es ist doch ganz einfach. Wenn die Silly sich querstellt, muss man eben andere Geschütze auffahren.«

»Und das wäre?«

»Na ja, wir steigen bei der doofen Nuss einfach ein, holen uns, was wir brauchen, und im Handumdrehen haben wir unsere Infos und hasta la vista, Baby. So einfach ist das.«

»Walli, das ist Einbruch, das können wir doch nicht machen! Das ist strafbar, und außerdem …«, meint sie entrüstet.

»Strafbar ist ein dehnbarer Begriff. Eventuell hilft es, einen Vermisstenfall und im besten Fall auch noch einen mutmaßlichen Mord aufzuklären. Das sollte dir die Sina aber schon wert sein, immerhin ist sie deine beste Freundin, oder nicht?«

»Ja, aber …«

»Außerdem wäre das längst nicht mein erster.«

»Dein erster was?«

»Einbruch natürlich!«

Ungläubig schaut die Miri mich an, als hätte ich ihr einen vom Pferd erzählt.

»Gut. Also ich bin schon mal in eine Apotheke, in ein Fabrikgebäude und im Schwarzwald ebenfalls in eine Pension eingestiegen. Du siehst also, mit Pensionen kenne ich mich demnach auch schon aus, und im Einbrecherbusiness macht mir niemand so schnell was vor. Wer mit *MacGyver* groß geworden ist, und ich hab wirklich jede Folge mit dem Wolfi mindestens dreimal geschaut, weiß, wie der Hase läuft.«

Der Blick des jungen Fräuleins neben mir wechselt von unangemessener Bestürzung zu fassungsloser Skepsis. Mein Gefühl sagt mir, dass es nicht mehr viel braucht, um sie zu überzeugen, deshalb lege ich jetzt noch mal kräftig nach und erzähle ihr, dass ich zum Üben und Trainieren aus meiner eigenen Küche in den Garten ausgebrochen bin und das gleich ganze sieben Male hintereinander. Und wer kann schon von sich behaupten, eine wahre Ausbrechmeisterin zu sein?

»Ich weiß nicht, Walli. Können wir denn nicht irgendwas anderes machen, um an die Infos zu komm…«

»Wer A sagt, muss auch B sagen!«, unterbreche ich sie und ziehe die Schublade vom Sideboard auf, worin ich die Taschenlampe vermute.

Weil ich dummerweise keine neuen Batterien mehr im Haus habe, müssen wir unseren Einbruchsplan auf den nächsten

Tag verschieben. Ich glaube, der Miri ist das irgendwie ganz recht, und ich hoffe inständig, sie hält dem Druck stand und verquatscht sich in der Zwischenzeit nicht bei irgendjemandem. Ich dagegen ärgere mich gewaltig, dass die Funzel nicht mehr genügend Licht hergibt, und ahne noch nicht, dass ein weiteres Problem bereits auf mich wartet.

# WENN DAS WÖRTCHEN WENN NICHT WÄR

Am nächsten Morgen ist es zwei Jahre und fast auf den Tag genau drei Monate her, seitdem ich meinen dunklen Catsuit das letzte Mal beim Einbruch in die Apotheke getragen habe. Die Zeit, die seither vergangen ist, ist nicht das Problem, sondern die drei Komma acht Kilo, die in der Zwischenzeit drauf gekommen sind. Schweißgebadet liege ich rücklings auf meinem Bett und versuche das Ding mit strampelnden Bewegungen über meine Hüften zu rollen. Es ist nicht daran zu denken, den Reißverschluss, der sich über die komplette Vorderseite des Anzugs zieht, zuzukriegen. So brauche ich eine weitere Viertelstunde, um mich wieder aus dem Lacklederungetüm zu befreien. Es ist einfach eine Schande, dass man ab einem gewissen Alter nicht mehr futtern kann, was man will. Bei mir war dieses gewisse Alter das zwölfte Lebensjahr. Es ist ja nicht so, dass ich nicht auf meine Figur achte. Gestern erst habe ich im Apostlwirt meine Speisen vernunfthalber von einem Drei-Gänge-Menü auf ein Zweigangmenü reduziert. Trotzdem merke ich es schon seit geraumer Zeit, und was ich auch tue, mein Verbrennungsmotor arbeitet gegen mich. Nun gut, es hilft ja nix. Für eine Neubestellung in einer größeren Größe bei Beate Uhse ist es eh zu spät, weil die Post es immer noch nicht auf die Reihe gekriegt hat, die flächendeckende Drohnenlieferung in Deutschland endlich einzuführen. So wird es mit einem passenden Einbrecheroutfit für heute jedenfalls nix mehr. Meinem Frust lasse ich deswegen freien lauft und gönne mir ein ausgiebiges Frühstück mit allem, was mein Kühlschrank einschließlich der Gefriertruhe hergibt. Der Wolfi ist immer noch nicht zurück, was mir wirklich langsam seltsam vorkommt. Ermittlungen, schön und gut. Ein Mord, eine verschwundene Frau, der Einbruch ins Einkaufszentrum und ein Partner, der sich ein paar Tage mehr Urlaub gönnt, okay, aber der Wolfgang hat schließlich auch noch ein Privatleben, würde ich meinen, und im Moment verbringt er wirklich nicht viel davon mit mir. Wenigstens kann ich die Zeit, in der er nicht daheim ist, nutzen und mich noch mal in seinem Zimmer umsehen. Dieser Candle-Light-Dinner-Gutschein geht mir nämlich einfach nicht mehr aus dem Kopf, und vielleicht finde ich ja noch weitere Hinweise darauf, mit wem mein Sohn neuerdings hinter meinem Rücken herumbusselt. Ich habe stark die Vermutung, der Wolfi wird langsam paranoid, denn als ich versuche, in sein Zimmer zu kommen, ist das zu meiner Überraschung fest verrammelt. Natürlich besitze ich heimlich einen Zweitschlüssel und schrecke auch nicht davor zurück, diesen zum Einsatz zu bringen, was ich das eine oder andere Mal schon getan habe. Besonders dann, wenn es der Aufklärung einer heimlichen Liebschaft dient. Es scheint aber, als hätte mein

Sohn heimlich das Schloss getauscht, denn der Zweitschlüssel passt plötzlich nicht mehr, egal wie rum ich ihn auch drehe. Gestern Abend habe ich bei der Miriam noch große Töne gespuckt, dass ihr die Einbrecherkönigin des Allgäus gegenübersteht. An der Kinderzimmertür meines Sohnes beiß ich mir aber jetzt schon seit geschlagenen zwanzig Minuten die Zähne aus. Mein Verdacht, der Wolfi hat in meiner Abwesenheit in puncto Sicherheit noch mal aufgerüstet, wird immer wahrscheinlicher, denn als ich mein Drahtwerkzeug in das silberne Zylinderschloss einführe und in jede erdenkliche Position ausrichte, passiert rein gar nichts. Selbst das Tutorial auf YouTube kann mir nicht weiterhelfen. Mist. »Ist der eigentlich noch ganz zu retten«, schimpfe ich, nachdem ich mir die Finger wundgepfriemelt und trotzdem kein Erfolgserlebnis habe. Das hier ist immer noch mein Haus, und wenn ein Untermieter Schrägstrich Sohn bauliche Veränderungen vornimmt, so ist die Eigentümerin darüber vorab zu informieren und deren Einwilligung unerlässlich einzuholen. So steht es jedenfalls in der Bauverordnung vom BGH, und ich dulde es nicht, dass mein Sohn versucht, aus seinem Kinderzimmer Fort Knox zu machen.

Mit Nachforschungen in Sachen »Wolfstorie« wird es jetzt jedenfalls nichts, deshalb habe ich mir überlegt, den Ole darauf anzusetzen. Übers Internet bekommt man heutzutage doch so ziemlich alles heraus. Sobald der Junge aus der Schule kommt, werde ich ihn fragen, ob sich hackertechnisch da etwas machen ließe, und so konzentriere ich mich nun ganz auf mein Vorhaben für kommende Nacht. Ich bin ja nun wirklich nicht blöd, und so schaue ich mir das Objekt, also die Pension Edelweiß, vorab schon mal genauer an. Wie es echte Einbrecherbanden auch machen. Sillys Gästehaus liegt fußläufig ums Eck. Vom ersten Stock meiner Villa Kunterbunt aus kann man sogar einen Blick in dessen Vorgarten werfen. Von der Pension selbst sehe ich leider nur ein Stück des Giebels. Deshalb habe ich mich unauffällig in Schale geworfen und spaziere noch unauffälliger vor Sillys Haus ein paarmal auf und ab. Dadurch, dass die Unterkunft hinter einer blickdichten Thujahecke steht, kann ich immer nur einen kurzen Blick auf das grün-weiß gestrichene Haus erhaschen. Während ich meine Runden drehe und mir unzählige Notizen mache, von wo aus ich mich am besten anschleichen und ins Haus kommen kann, ohne gesehen zu werden, markiere ich am Schluss noch den Laternenpfahl, der unmittelbar vor dem Eingang ihres Grundstücks steht, mit drei weißen Kreidestrichen.

Gefühlte tausendmal bin ich in den letzten Jahren bereits an dem alten, aber sehr gepflegten Holzhäuschen vorbeigekommen, das nur einen Steinwurf von meinem Haus entfernt steht. Doch noch nie ist mir aufgefallen, wie wunderschön die Spitze des Giebels und die hellen Fensterzargen mit unzähligen handgeschnitzten Edelweißen verziert sind. Wenn ich wie geplant durch das Seitenfenster einsteigen kann, das im Moment nur angelehnt zu sein scheint, überlege ich, bräuchte ich nicht mal etwas zu beschädigen, um rein und an Sillys Reservierungsbuch zu kommen. Da es mir nur um die Adresse dieses Dennis geht und ich nicht daran interessiert bin, etwas Materielles zu klauen, lediglich eine läppische Information, und das auch nur, weil sich die Silly so zugeknöpft gibt, geht es doch im weitesten Sinn nicht mal um Diebstahl. Mal angenommen, ich würde geschnappt werden, würde das dann vor Gericht den Tatbestand eines Einbruchs überhaupt erfüllen? Ich bin mir fast sicher, der Richter würde das als Bagatellvergehen einstufen und den Fall schneller zu den Akten legen, als die Silly schauen kann. Immerhin könnte man bei einem angelehnten Fenster ja fast schon von einer Einladung der Hausherrin sprechen, oder etwa nicht? Mein Plan für kommende Nacht steht jedenfalls. Rein, im Reservierungsbuch die richtige Seite finden und abfotografieren, dank der Miriam weiß ich auch genau, nach welchem Datum ich suchen muss, und wieder raus. Ein Ding, das ich mit links schaffen werde und das wahrscheinlich keine zwei Minuten in Anspruch nehmen wird. Mein Outfitproblem hat sich inzwischen auch in Luft aufgelöst. Gott sei Dank. Bei Pinterest bin ich auf eine Anleitung gestoßen, wie man sich ein Low-Budget-Panzerknackerkostüm aus zwei schwarzen Strumpfhosen bastelt. Die dürfen sogar ein paar Laufmaschen haben, und das eine oder andere Loch wäre auch kein Drama. Zwar weist die Anleitung deutlich auf ein Kostüm für eine Faschingsparty hin, aber warum sollte das nicht auch für einen Einbruch, der in meinen Augen genau genommen ja gar keiner ist, funktionieren? Die weißen Längsstreifen aus Klebeband, die die Designerin sich in ihrem Tutorial gekonnt um den Leib pappt, lass ich besser weg. Schließlich möchte ich nicht aussehen wie einer der Panzerknacker. Nachdem ich die Miriam, das Nervenbündel, gleich zweimal telefonisch beruhigen musste und den Ole mit Cash dazu überreden konnte, sich mal die Onlineaktivitäten meines Sohnes anzuschauen, bin ich ziemlich gut drauf. Was soll denn jetzt noch kommen? Wenn's mal läuft, dann wie geschnitten Brot!

Den Wolfi habe ich heute schon wieder nicht zu Gesicht bekommen. Anscheinend ist er gerade so sehr mit der Aufklärung von Xares Tod und der Einbruchserie im Einkaufszentrum beschäftigt, dass er gleich zum zweiten Mal hintereinander auf der Dienststelle übernachtet. Mir soll's recht sein, denn dann kann ich mich ganz in Ruhe und entspannt auf meinen kleinen Ausflug heute Nacht konzentrieren und muss mich nicht einmal heimlich aus dem Haus stehlen.

Als ich um kurz nach eins die Miriam in einer dunklen Gasse hinter meinem Haus treffe, zappelt sie nervös von einem Bein aufs andere. »Ich hab Schiss, Walli«, meint sie und zieht nervös an einer Zigarette.

»Ich wusste gar nicht, dass du qualmst«, sage ich und wedle den stinkenden Rauch zur Seite. »Das habe sie auch noch nie«, erklärt sie hustend, aber nachdem sie über den Tag mehrmals das Flattern bekommen habe, habe sie sich heimlich an den Zigaretten ihres Kochs im Gasthof bedient und hofft nun, der Nikotinrausch würde ihre Nerven etwas betäuben und das mit mir vereinbarte Schmierestehen etwas erträglicher machen. Wenn es dazu dient, dass die Miri nun etwas gechillter an die ganze Sache rangeht, soll's mir recht sein. Von mir aus könnte sie auch direkt zu einer handgedrehten Havanna greifen, egal. Hauptsache, sie hat das Grundstück und die Umgebung im Blick, während ich mich im Haus umschaue.

Der aufgeschnittene Zwickel meiner Strumpfhose, den ich

mir verkehrt herum über den Kopf gestülpt habe und der mir somit als Oberteil dient, schränkt mich in meiner Bewegungsfreiheit etwas ein, stelle ich fest, als ich mich an der Außenseite der Fassade hinaufhangle. Ständig bin ich damit beschäftigt, das hautenge Dings wieder zurechtzuzuppeln, weil der Bund ständig über meine kleine Wampe rollt und somit meinen gesamten Vorbau freilegt. Auch dass ich mit dem dünnen Gewebe der Feinstrümpfe an sämtlichen Spänen der Holzfassade hängen bleibe und mir dabei eine Laufmasche nach der anderen zusätzlich zu den sieben schon vorhandenen hole, ist einfach nur nervig und kostet unnötig Zeit. Wenigstens brennt nirgends mehr ein Licht im Haus, und das Fenster, das mich ins Gäste-WC führt, steht auch jetzt zur Nachtzeit glücklicherweise immer noch offen.

Ich klettere über das Fenstersims und lasse mich auf den geschlossenen Klodeckel des WCs plumpsen. Ein billiger Veilchenduft vermischt mit einem penetrant riechenden Oceanfresh-Klostein bohrt sich in meinen empfindlichen Riechkolben. Pfui Teufel. Trotz des chemischen Gestanks, von dem ich gleich ganz benommen werde, ziehe ich das Fenster behutsam ran, lasse den Riegel aber offen stehen, sodass es nachher beim Aussteigen schneller geht. Das muss mir erst mal jemand nachmachen, denke ich beschwingt und klopfe mir dabei selbst anerkennend auf die Schulter. Eigenlob stinkt, sagt wer? Bevor ich mich aus dem winzigen Toilettenraum traue, öffne ich vorsichtig die Tür zum Foyer. Ich spitzle durch den engen Spalt und lausche ins Innere, bevor ich mich heraustraue. In der Pension Edelweiß ist es mucksmäuschenstill. Die Silly und ihre Gäste, sollte sie gerade überhaupt welche beherbergen, schlafen tief und fest, und so schleiche ich mich im Stockdunklen durch den schmalen Gang nach vorn in den Check-in-Bereich der kleinen Pension. Der alte Dielenboden gibt unter mir nach. Vorsichtig schiebe ich mich Stück für Stück weiter und bete, dass niemand die knarzenden Geräusche wahrnimmt und hellhörig wird. Als sich meine Augen an die Dunkelheit gewöhnt haben, spendet mir das grüne Notausgangsschild, das über dem Eingang hängt, gerade so genügend Licht, um mich in dem Vorraum der Pension zurechtzufinden. Der halbrunde Empfangstresen steht gleich gegenüber der Eingangstür, und so kann ich schwuppdiwupp das Reservierungsbuch auf dem Schreibtisch ausmachen. Wie auf dem Präsentierteller hat die Silly das Objekt meiner Begierde für mich angerichtet. Datenschutz nennt sie so was! Eilig schalte ich meine Taschenlampe an und blättere in dem in Leder gebundenen Kalender die Monate zurück, als ich plötzlich ein leises Knarren vernehme, dessen Herkunft ich im ersten Moment nicht zuordnen kann. Verdammt, da kommt wer. Vorsichtshalber lösche ich sofort das Licht und hoffe, dass ich mich nur verhört habe. Als ein weiteres Geräusch ertönt, bin ich alarmiert. Heilige Scheiße, irgendjemand ist doch noch wach und geistert hier im Dunklen durchs Haus, denke ich panisch und hoffe, nicht aufgeflogen zu sein. Anstatt wie geplant nur die Seite mit der Adresse dieses Dennis abzufotografieren, schnappe ich mir gleich das ganze Buch vom Schreibtisch und schiebe es mir zwischen Ober- und Unterteil meines Nylonanzugs. Nix wie raus hier, schießt es mir durch den Kopf, als ein quietschender Ton, als würde eine ungeölte Holztür geöffnet, die dunkle Stille durchbricht und mir einen eiskalten Schauer über den Buckel treibt. Der pulsierende Herzschlag in meinem Hirn klopft dermaßen laut, dass ich die Schritte, die sich mir unaufhaltsam nähern, nicht mehr hören kann. Als ich mich endlich aus meiner Angststarre lösen kann und durch die Haustür flüchten will, huscht wie aus dem Nichts Taschenlampenlicht über die Wände des kleinen Foyers, und erst jetzt bemerke ich den riesigen ausgestopften Hirschschädel, der neben mir an der Wand hängt und mit seinem mächtigen Geweih bedrohlich auf mich herunterblickt. Erschrocken lasse ich mich auf den Boden fallen und kann im letzten Moment einen Angstschrei verhindern. Warum, zum Teufel, schleicht die Silly hier mitten in der Nacht mit einer Taschenlampe durchs Haus, frage ich mich und robbe über den miefigen Filzvorleger auf die andere Seite des Eingangsbereichs auf die kleine Sitzgruppe zu. Mittlerweile wird mir auch klar, warum mein DIY-Strumpfhoseneinbrecheranzug in der Kategorie Low-Budget-Outfits zu finden war, denn als ich an der kleinen Sitzgruppe ankomme, ist davon so gut wie nix mehr übrig. Verdammt und zugenäht, was mach ich bloß, denke ich mir verzweifelt und presse mich flach auf den Boden. Sobald die Silly mitbekommt, dass ihr Reservierungsbuch verschwunden ist, wird sie doch eins und eins zusammenzählen und sofort Alarm schlagen. Für eine Flucht ist es zu spät. Halb nackt liege ich bei der besten Freundin meiner Busenfeindin Berta Breitmeier als Einbrecherin mitten in der Nacht auf dem Fußboden ihrer Pension und bin kurz davor zu hyperventilieren. Der Wolfi wird ausflippen, mich erneut in eine seiner Zellen einbuchten und den Schlüssel wegwerfen. Als ich die Erschütterungen der näher kommenden Schritte spüren kann, schlägt mein Herz so laut, dass ich befürchte, schon anhand des Klopfens in meiner Brust enttarnt zu werden. Die Schritte schwingen unterschiedlich im Takt, was mich irgendwie verwirrt. Bin ich jetzt total übergeschnappt oder erkenne ich tatsächlich zwei dunkel gekleidete Gestalten mit Sturmhauben, die sich in gebeugter Haltung vom hinteren Teil des Erdgeschosses schleichend auf mich zubewegen? Die Lichter ihrer Taschenlampen jagen unterdessen kreuz und quer durch den Raum, und ich versuche mich noch enger an den Boden zu drücken. Was wird das hier, frage ich mich. Ein Einbruch während meines Einbruchs? Also ein gleichzeitiger Doppeleinbruch? Von so was Unglaublichem habe ich noch nicht mal in der *BILD*-Zeitung gelesen. Knapp zwei Meter vor mir biegen die beiden Gestalten ab und begeben sich hinter die Rezeption. »Psst!«, zischt einer der beiden und horcht ins Dunkel. Der andere hält ebenso inne und lauscht. Mein Herz sackt gleich noch eine Etage tiefer, als ich verstohlen hinter der Zweisitzercouch hervorspitzle und die beiden beobachte, wie sie sich tatsächlich an den Schubladen und Türen der Wandschränke hinter der Anmeldung zu schaffen machen. Bei den beiden, auch wenn sie Sturmhauben und Handschuhe tragen, handelt es sich eindeutig um Mannsbilder, die das hier nicht zum ersten Mal machen. Gekonnt reißen sie eine Schublade nach der anderen auf, leuchten hinein und vergreifen sich schnell an der nächsten, weil sie offenbar noch nicht gefunden haben, wonach sie suchen. Blätterstapel fliegen umher, während bereits der nächste Schrank durchwühlt wird. Als der größere der beiden an einer verschlossenen Schublade rüttelt, wird mir klar, worum es den beiden geht. Kohle. Aber hier? Die Silly Hanebichler aus Burglbach ist mit Sicherheit nicht arm, aber große Reichtümer würde ich hier nun wirklich nicht vermuten. Wie kommt man drauf, dass es in einer kleinen Pension am Rand vom Nirgendwo etwas zu holen gibt?, frage ich mich, und spätestens jetzt, als einer der beiden zum Stemmeisen greift, wird mir klar, dass es sich hier nicht um zwei Kleinkriminelle handelt, sondern echte Profis am Werk sind. Das Schloss hat keine Chance. Bereits beim zweiten Versuch splittert das Holz und legt den Inhalt frei. Anscheinend juckt es die beiden dabei auch nicht, dass das Prozedere nicht ganz geräuschlos vonstattengeht und durchaus von der Hausherrin oder etwaigen Gästen in den oberen Etagen gehört werden könnte. Eine silberne Geldkassette blitzt kurz auf und verschwindet direkt in einem dunklen Sack, den der andere Typ bereithält. Was, um Himmels willen, passiert hier?, frage ich mich und kann kaum glauben, dass ich als Einbrecherin at work gerade Zeugin eines Diebstahls werde. Das kann doch kein Zufall sein. Ich muss dringend etwas unternehmen. Wer weiß, wie gefährlich die beiden mir werden können, sollten sie mich hinter der Couch entdecken. Ich muss hier raus, und zwar schnell, überkommt es mich. Bis zum Haupteingang sind es gut und gerne vier Meter. Zweieinhalb davon müsste ich ohne Deckung zurücklegen, was auf keinen Fall unbemerkt möglich wäre. Auch über die Gästetoilette zu flüchten, über die ich gekommen bin, ist keine Option. Der knarrende Holzfußboden würde mich spätestens nach der zweiten Diele verraten, und wer weiß, wozu die beiden Verbrecher hier imstande sind. Ein Geiseldrama um meine Person, im Haus der Silly, will ich unbedingt vermeiden. Zum einen, weil ich Wolfis Strafe fürchte, nachdem er definitiv herausfinden würde, warum ich mich in die Pension geschlichen habe, und zum anderen bin ich auch nicht gewillt, in meinem zerfledderten Feinstrumpfzustand irgendjemandem Rede und Antwort zu stehen. Warum hat die Miriam mich nicht gewarnt? Die sollte doch Schmiere stehen und mir eine Nachricht aufs Handy schicken, sollte sie irgendwas Ungewöhnliches beobachten. Bis zu dem Zeitpunkt, an dem die beiden hier aufgekreuzt sind, ist jedenfalls keine Warnung auf meinem Telefon eingegangen. Ich traue mich aber auch nicht, die Miriam um Hilfe zu rufen. Durch den Lichtschein meines Displays könnten die beiden auf mich aufmerksam werden und mich in Stücke reißen. So liege ich da, hoffend und betend, die beiden mögen sich schnellstmöglich dahin verkrümeln, wo sie hergekommen sind. Nie im Leben hätte ich damit gerechnet, dass im selben Objekt und zur selben Zeit ein weiterer Einbruch stattfinden könnte. Das endet hier alles noch in Absurdistan, sollte mir nicht schnellstens eine Lösung einfallen.

Als ich schon nicht mehr an ein Happy End glauben will, schleichen sich die Ganoven in das fensterlose Kämmerlein, das direkt hinter der Anmeldung liegt. Womöglich vermuten sie, darin Wertgegenstände zu finden. Das ist meine Chance. Blitzschnell krabble ich hinter der Couch hervor und stürze mich auf die angelehnte Tür, hinter der die beiden Ganoven munter weiter die Schränke aufziehen und Sillys Hab und Gut auf dem Boden verteilen. Mit einem beherzten Griff an den Türöffner ziehe ich die Tür zu und drehe gleichzeitig mit der anderen Hand den Schlüssel im Schloss. Die beiden Gangster sitzen in der Falle und schlagen gegen die Tür. Ich möchte mir gar nicht vorstellen, was die beiden Langfinger mit mir gemacht hätten, hätten sie mich ertappt. Nichts wie weg hier. Vollgepumpt mit Adrenalin stürme ich den dunklen Gang entlang. Noch bevor ich die Pension durch das Toilettenfenster verlasse, alarmiere ich die Polizei. Anonym natürlich. Schließlich muss der Einbrecherbande so schnell wie möglich das Handwerk gelegt werden. Der Wolfi klang ganz verdattert am Telefon, als ich ihm mit verstellter Stimme den Einbruch gemeldet habe. Ich hoffe, der Junge macht was draus und schnappt sich die Bande noch rechtzeitig. Ewig wird die Holztür des kleinen Kämmerchens dem Stemmeisen nämlich nicht standhalten.

Erst nachdem ich die kleine Pension hinter mir lasse und durch die Hecke schlüpfe, kann ich das erste Mal wieder richtig durchatmen. Im Sekundentakt ploppen nun Nachrichten auf meinem Display auf. Die Miri hatte doch versucht, mich zu warnen, die Nachrichten wurden mir nur nicht rechtzeitig zugestellt. Sie schreibt, ob ich okay sei und dass ich die Adresse dieses Dennis vergessen solle, weil sie gerade beobachten würde, wie zwei dunkle Gestalten sich der Pension näherten. »Walli, verschwinde!«, lautet die erste Mail. Und in der nächsten will sie verzweifelt wissen, ob sie die Polizei rufen soll, während ich noch im Haus bin. Ich schreibe ihr, dass ich bereits draußen bin und die Polizei schon alarmiert habe. Ich rate ihr, sich schnellstens vom Acker zu machen, falls sie das noch nicht getan hat. Als ich das Quietschen von Autoreifen vernehme, kann ich mich gerade noch rechtzeitig ins Gebüsch meines eigenen Gartens retten. Drei Polizeiwagen mit Blaulicht und Sirenen driften um die Ecke und rasen auf die Pension Edelweiß zu. Das ganze Szenario kommt mir vor wie in einem amerikanischen Actionfilm. Unmittelbar darauf gehen auch schon in sämtlichen Häusern ringsherum die Lichter an, an deren Fensterscheiben sich die neugierigen Burglbacher nun ihre Nasen platt drücken. Gut, dass die Miriam die Polizei nicht verständigt hat, sonst säße ich jetzt in der Falle. Stellt euch mal vor, ich wäre dem Wolfi ins Netz gegangen. Da wäre ein Zirkus programmiert gewesen. Ich gebe der Miriam kurz Bescheid, dass ich in Sicherheit bin. Erst als ich im Bett liege, ziehe ich Sillys Reservierungsbuch hervor und suche nach der Adresse. Mit einem befriedigenden Gefühl, weder von den Ganoven ertappt noch von der Polizei geschnappt worden zu sein, schlafe ich ein. Wenn doch bloß das Wörtchen wenn nicht wäre …

# ERSTENS KOMMT ES ANDERS, UND ZWEITENS ALS MAN DENKT

Dass ich nun die vollständige Wohnadresse dieses Dennis Kupschrat, so heißt Sinas Cousin mit Nachnamen, habe, ist gut. Sogar sehr gut, denn so weiß ich auch, dass er und Sina aus demselben Ort stammen. Leider hat die Silly seine Telefonnummer im Reservierungsbuch nicht vermerkt. Auch übers Telefonbuch und online werde ich nicht fündig. Sollte die Sina in ihre Heimat abgehauen sein, ist die Wahrscheinlichkeit groß, dass sie sich bei ihm gemeldet hat.

Der Wolfi ist gerade nach Hause gekommen, um sich ein paar Stunden aufs Ohr zu hauen, wie er meint. In letzter Sekunde habe ich es gerade noch geschafft, das Reservierungsbuch unauffällig in der Küchenschublade verschwinden zu lassen. Die Nacht war hart, erzählt er und reibt sich dabei die Äuglein. Ehe mein Sohn nach oben geht, will er noch schnell was frühstücken, und so schlägt er sich ein paar Eier in die Pfanne, während ich ihm Gesellschaft leiste. »Was war denn heute Nacht in Burglbach los?«, will ich scheinheilig von ihm wissen. Gähnend erzählt er mir, dass eine Einbrecherbande im

Dorf unterwegs war und in der Pension Edelweiß zugeschlagen hat. Leider waren die Einbrecher bereits getürmt, als die Polizei eintraf. Aktuell geht die Kemptener Kripo aber gleich von mehreren Tätern aus. Woher er denn das schon so kurz nach der Tat wisse, frage ich neugierig. Die Täter sind ganz offensichtlich gleichzeitig an unterschiedlichen Stellen ins Haus eingedrungen, erzählt er, während die Spiegeleier in der Pfanne brutzeln. Sowohl an der Kellerluke als auch am Fenster, das ins Gäste-WC führt, haben sich die Ganoven zu schaffen gemacht. Durch Faser und DNA-Spuren, die vom Fensterrahmen der Gästetoilette genommen werden konnten, ist der Wolfi sich sicher, wird er die Banditen früher oder später identifizieren können. Er vermutet, dass es sich dabei um dieselben Täter handeln könnte, die erst vor ein paar Tagen im Einkaufszentrum ihr Unwesen getrieben haben. Dass sie aber anscheinend nun auch in Privathäuser eindringen, während ihre Opfer nur ein Stockwerk höher friedlich schlafen, sei dabei sehr besorgniserregend. Das Risiko, von einem Bewohner auf frischer Tat ertappt zu werden, sei groß. Demnach müssten die Täter komplett abgebrüht sein. Am Laternenmast vor der Pension wurden sogar kryptische Kreidezeichnungen gesichert, die darauf hinweisen, dass das organisierte Verbrechen nun auch in Burglbach angekommen sei. Die Zeichen würden nun von einem Schriftsachexperten näher unter die Lupe genommen, erzählt er weiter, und mir huscht ein eiskalter Schauer über den Rücken. DNA am Fenstersims, kryptische Zeichen an der Laterne? Ich bin geliefert!

Gerade als der Wolfi sich ins Bad verkrümelt, um noch eine

heiße Dusche zu nehmen, bevor er sich für ein paar Stunden ausruhen will, klingelt es Sturm. Bitte nicht noch eine Hiobsbotschaft, hoffe ich und öffne angespannt die Tür. Eine Person mit beunruhigender Gesichtsverhüllung, Sonnenbrille und einem ledernen Köfferchen in der Hand steht wortlos vor mir. Sofort bekomme ich es mit der Angst zu tun. Ein Überfall am helllichten Tag in Burglbach? Der Wolfi hat gerade noch von dem organisierten Verbrechen berichtet, das ich vergangene Nacht sogar hautnah und am eigenen Leib miterleben musste. Nun ist es also auch bei mir, in meinen eigenen vier Wänden, angekommen. Sofort reiße ich, mich ergebend, meine beiden Hände in die Luft. »Was wollen Sie, ich habe doch nichts!«, rufe ich in der Hoffnung, der Gangster würde sich davon vertreiben lassen oder der Wolfi könnte von meinem Geschrei alarmiert werden und mir zu Hilfe eilen.

»Mach di it lächerlich und nimm die Händ' runta«, antwortet eine mir sehr vertraute Stimme.

»Friedl? Was ist denn mit dir los?«, frage ich entgeistert und hüpfe einen Schritt zur Seite, als sie meine Frage ignoriert und ohne ein Wort zielstrebig an mir vorbei ins Wohnzimmer marschiert. »Was soll der komische Aufzug? Fasching ist längst vorbei!«

»Fasching isch längscht vorbei«, äfft sie mich nach. »Des woiß i au. I bi auf d'Flucht. I ka nimme, Walli. Du musch mir helfa. I brauch a Obdach«, meint sie verzweifelt, nimmt zuerst die Sonnenbrille ab und zieht anschließend das hässliche orangebraune Kopftuch mit dem psychedelischen Muster vom Kopf. Ihr Anblick ist schockierend. Ich kann mich nicht erinnern, wann ich das letzte Mal etwas so Grässliches zu Gesicht bekommen hab, als mir einfällt, dass ich erst vor ein paar Tagen den leblosen Mesner mit hervorgequollenen Augäpfeln am Kirchengalgen vorgefunden habe und somit meinen letzten Gedanken revidieren muss. Die Friedl landet also nur auf Platz zwei hinter dem Xaver in meinem persönlichen Schockranking, wenn man den toten Jäger mit seinem zerschossenen Hackfleischgesicht von letztem Jahr außen vor lässt.

»Aber Friedl, was … Was hast du gemacht?«

»I doch it! Des war scho der!«

»Wer, der? Friedl, von wem redest du? Spuck's aus!«

Als sie mir aufgelöst gesteht, dass nur der Alok-Henry für die Tat infrage kommen kann, platzt mir fast der Kragen. »Dem Schnitzeldieb muss man endlich das Handwerk legen«, protestiere ich. Mitleid heischend erzählt sie mir, welchen Höllenqualen sie fast täglich ausgesetzt ist, seit ihre Tochter mit ihrem Terroristennachwuchs bei ihr angerückt ist. Meine Freundin tut mir unglaublich leid. »Aber warum hast du mir denn nicht schon früher gesagt, wie schlimm es wirklich ist?«

»Mei, Walli, die zwoi sind doch immerhi meine Enkele!«

»Friedl, Enkel hin oder her, aber Chilipulver auf dem Klopapier, Schuhcreme in der Zahnpastatube und ein verstopfter Abwasserkanal wegen vollgeschissener Windeln sind doch kein Pappenstiel. Ganz zu schweigen davon, dass der Alok-Henry sogar versucht hat, mir mein Schnitzel vom Teller zu klauen. Daran erinnerst du dich doch hoffentlich noch, oder hast du das etwa schon wieder verdrängt?«

»Noi, natürlich itter.«

»Die beiden haben einfach keine Erziehung, das ist das Problem. Die Babette braucht Erziehungsnachhilfe. Wo soll das alles denn noch enden? Schau dich mal an, Friedl!«

»I woiß, aber seit d'Alok au no vom Kindergarter suschpendiert worer isch, weil er d'Emma während m'Mittagsschlaf ihre zwoi Zöpf abgeschnitta hat, isch es erscht richtig eskaliert mit dem Bua. D'Alok muss ja irgatwo hi mit seim Temprament, und er muss sich entfalter könna. Grad nach derer Trennung von ihrer und m'Panjabi, hot d'Babette gmoint und mi um Nachsicht g'beter. Walli, was moinsch, glaubsch du, da ka ma no was retta?«, sagt die Friedl und deutet unglücklich auf ihr Haupt.

»Puh, jedenfalls nicht viel, würde ich schätzen«, meine ich skeptisch, als ich ihr blaugrün verfärbtes Gesicht und das farblich dazu passende Haar – gut, von Haar kann man in diesem Zusammenhang kaum mehr sprechen – fassungslos begutachte. Auf dem Schädel meiner Freundin prangt eine einzige, blaugrün verfilzte Super-Dreadlocke, die ihr wie ein fränkischer blauer Zipfel zur Seite herunterhängt und bis zu den Schultern reicht. Auch ihr Gesicht ist von den Ohren weg und über die komplette Stirn eingefärbt.

»Geht das denn nicht mehr ab?«, frage ich und rubble ihr mit meinem Spuckedaumen über die Stirn.

»Noi, i hab scho all's versucht«, meint sie verzweifelt und pflanzt sich schmollend auf die Couch.

»Aber wie, zum Teufel, konnte das überhaupt passieren?«

Als die um Asyl bittende Schlumpfine mir berichtet, wie es überhaupt zu dem ganzen Schlamassel gekommen ist, schnellt mein Blutdruck auf dreihundertachtzig. Als die Babette nämlich mal wieder, wie so oft in letzter Zeit, die ganze Nacht unterwegs war, hat der Alok-Henry in aller Herrgottsfrühe und in einem unbeobachteten Moment das alte Tintenfass in Friedls Schreibtischschublade entdeckt. Mit der blauen Tunke und der kleinen Tube Super-Triple-X-Sekundenkleber sowie Friedls Kräutershampoo hat er dann heimlich im Badezimmer herumexperimentiert, und als seine Oma nichts ahnend kurze Zeit später unter die Dusche gehüpft ist, war das Kind bereits in den Brunnen gefallen. »I ho scho g'merkt, dass irgat ebbes komisch isch, aber da war's scho z'spät. Im Spiegel hat mi dann fascht d'Schlag troffa! Schau her«, meint sie gequält und hält mir ihre Handflächen hin, die ebenfalls blaugrün schimmern. Jedenfalls an den Stellen, wo keine Haut fehlt. »Hast du denn der Babette gezeigt, was dieses kleine Monster schon wieder angestellt hat?«

»Ja, aber sie hat g'meint, dass i selbscht schuld dran hätt, weil i ja des Fass und den Kleba rumliega hab lassa.«

Empört über die unverschämte Aussage der Querulantenmutter, bin ich kurz davor, zum Moosbachhof zu fahren und die Babette eigenhändig übers Knie zu legen. Die Frau hat doch nicht mehr alle Tassen im Schrank. Wäre die Babette meine Tochter, würde ich ihr ein One-Way-Ticket zurück nach Düsseldorf kaufen und ihren Ex, den Panjabi, dazu zwingen, eventuell sogar mithilfe einer nicht unerheblichen Bestechungszahlung, sie nie wieder ins Allgäu zu lassen.

Gerade als ich mich ihrer Wurststrähne widmen will, um zu sehen, ob sich da noch etwas machen lässt, höre ich den Wolfi plötzlich brüllend gegen seine Zimmertür hämmern. Verdammt und zugenäht, das hatte ich ja ganz vergessen. »Friedl, los! Pack deinen Koffer und den ganzen anderen Kram zusammen, wir müssen hier verschwinden, und zwar schnell!«, rufe ich alarmiert und schnappe mir meine Handtasche vom Brett. »Was isch denn jetz scho wieder los, ka i net hier bleiba?«

»Nein, Friedl, komm, hier bist du nicht sicher!«, rufe ich hastig, packe sie am Ärmel und ziehe sie drängend hinter mir her. Als ich Wolfis wütende Schritte im Treppenhaus höre, sprinte ich los. Ohne groß Anstalten zu machen, folgt mir meine verdatterte Freundin in die Garage. »Los, rein da, beeil dich!«, sage ich aufgeregt und schiebe meine Freundin in den Wagen. Gerade als ich den Motor starte, sehe ich im Rückspiegel, wie der Wolfi mit erhobenen Fäusten und nur mit einem weißen Frotteehandtuch bekleidet auf den Wagen zustürmt. Aus Angst, er könnte uns doch noch einholen und mich für sein verschlossenes Zimmer zur Verantwortung ziehen wollen, gebe ich Gas. Der Motor heult auf, und am Ende der Rampe habe ich bereits so viel Speed drauf, dass mein Mustang abhebt und mit Karacho auf den Dorfplatz fliegt. Als wir aufkommen, werden wir beide kräftig durchgerüttelt. Die Friedl schreit, und es scheint, als würde meine Freundin von einer Panikattacke heimgesucht, denn plötzlich versucht sie hektisch die Beifahrertür zu öffnen und aus dem Wagen zu springen. »Lass das, bist du verrückt«, zische ich und zerre sie auf ihren Sitz zurück. Der Schreck steht meiner Freundin ins Gesicht geschrieben, aber ich bin mir sicher, das zitternde Elend mit dem blauen Zipfel auf dem Kopf wird sich gleich beruhigen, spätestens wenn ich ihr erkläre, wohin die Reise geht. Glücklicherweise ist auf dem Dorfplatz nix los, und so können wir ohne menschliche Kollateralschäden auf die Hauptstraße biegen. Die nächsten Tage kann ich unmöglich nach Hause. Schließlich muss ich dem Wolfi etwas Zeit geben, um den kleinen Vorfall von eben zu verdauen, und einen Schlüsseldienst organisieren, der Wolfis Zimmertür wieder in Ordnung bringt. Erst dann kann ich mich wieder der Suche nach der verschwundenen Sina widmen.

Als wir das Ortsschild längst hinter uns gelassen haben und auf die Autobahnauffahrt Richtung Norden biegen, weihe ich die Friedl in meinen Plan ein. Natürlich erzähle ich ihr dabei nur so viel, wie ihr Nervenkostüm gegenwärtig ertragen kann. Fast schon apathisch sitzt die Friedl da und krallt sich krampfhaft am Sitz fest. Dass ich diesem Dennis, jetzt, wo ich seine Adresse herausbekommen habe, einen Besuch abstatten will, verschweige ich natürlich, und so erzähle ich ihr von einer tollen Kurklinik an der Ostsee, in der wir es uns für die nächsten paar Tage so richtig gut gehen lassen werden. »Du brauchst also keine Angst zu haben, ich schick dich nicht zur Babette und ihrem Terrorkommando zurück. Ich denke, wir beide haben uns ein bisschen Entspannung verdient, meinst du nicht? Lass dich einfach überraschen«, meine ich verheißungsvoll, doch die Friedl zeigt keinerlei Regung und starrt weiterhin geradeaus. Ich bin mir nicht mal sicher, ob sie mir überhaupt zugehört hat.

Die Fahrt bis Stralsund ist lang. Fast eintausend Kilometer trennen die Allgäuer Alpen vom ostfriesischen Meer. Noch bevor wir überhaupt die Grenzen des Allgäus hinter uns lassen, überkommt mich ein Mordshunger. Wer hätte auch gedacht, dass wir beide so überstürzt und ohne ein durchgeplantes Konzept türmen müssen, um den Aggressionen meines Sohnes zu entgehen. Erst als der Wolfi oben Alarm geschlagen hat, ist mir wieder eingefallen, dass er nicht ohne Weiteres in sein Zimmer kommen wird. Die deutsche Wertarbeit ist eben auch nicht mehr, was sie einmal war. Wie sonst lässt sich erklären, dass die Spitze des Dietrichs, mit der ich gestern versucht habe, in sein Zimmer zu kommen, einfach so abgebrochen und im Schließzylinder stecken geblieben ist? Dass ich eh vorhatte, diesen Dennis zu besuchen, kommt mir natürlich jetzt ganz recht. Aber ohne große Vorbereitung, Gepäck und Proviant Burglbach im Eilverfahren zu verlassen, hatte ich natürlich nicht eingeplant. Gut nur, dass mir in Notsituationen instinktiv immer gleich das Richtige einfällt. Bevor ich also jetzt auch noch auf der Überholspur mit einer geistig verwirrten Person im Gepäck verhungere, beschließe ich, in Memmingen noch einen kurzen Boxenstopp einzulegen und für ein anständiges Frühstück zu sorgen. Der Mann, der gerade Tomaten in Scheiben schneidet, scheint etwas verblüfft zu sein, als ich um Viertel nach neun an seine Scheibe klopfe und ihn um zwei würzige Fleischwickel »mit ein bisschen scharf« bitte.

»Machen erst um zwölfe auf«, meint der bärtige Mann und zeigt auf die Wanduhr. Erst als ich einen grünen Schein mit Spucke an sein Schaufenster klebe, wirft er den Grill an. Keine

Viertelstunde später beißen die Friedl und ich in einen saftigen Döner, aus dessen Enden die Joghurtsoße nur so hervorquillt. Endlich, so scheint es zumindest, ist meine Freundin wieder ganz die alte. Sie meckert nämlich über das »bisschen scharf«, das ich auch für sie bestellt habe. »Ein Schlückchen Ayran, da schau her, Friedl, und alles ist gut«, beschwichtige ich sie.

Wir passieren Nürnberg und Bayreuth, und als auf dem blauen Schild Leipzig angepriesen wird, erinnere ich mich, wie ich das letzte Mal noch mit dem Adalbert hier war. Leipzig ist toll. Die vielen herrschaftlichen Villen im Jugendstil, die kleinen Cafés und Boutiquen rund um das alte Rathaus und der Naschmarkt waren meine absoluten Highlights der Stadt. Die Friedl war noch nie in Leipzig. Generell hat sie noch nicht so viel von Deutschland und der Welt gesehen. Als Bäuerin mit eigenem Hof war das in der Vergangenheit auch gar nicht so ohne Weiteres möglich, denn die tägliche harte Stall- und Feldarbeit hatten sie voll im Griff. Weiter als bis nach Düsseldorf und einmal nach Meran in Südtirol hat es die Friedl noch nicht geschafft. Meine Freundin ist einfach eine waschechte Allgäuerin, die ihre Heimat liebt und gerne da lebt, wo der Hase dem Fuchs Gute Nacht sagt. Deshalb wollte ich mich nach der Rettungsaktion im Bunker letztes Jahr auch erkenntlich zeigen und mich mit einem besonderen Erlebnis bei ihr bedanken. Die Friedl im Big Apple. Was für ein wunderbares Bild. Mit einem Donut in der Hand sah ich sie in meinen Vorstellungen schon auf dem Times Square mit offenem Mund die vielen bunten Lichter bestaunen und bei einer Bootsfahrt über den Hudson die Freiheitsstatue bewundern. Dass sie mir aber entgegen meiner ganzen Erwartungen einen fetten Strich durch die Rechnung macht, damit hatte ich nun wirklich nicht gerechnet. Aus Manhattan wurde nix, nur um es schon mal vorwegzunehmen. Denn obwohl ich ihr schon auf der Fahrt zum Flughafen und auch noch mal während des Boardings das eine oder andere Beruhigungsstamperl gereicht habe, hat sie sich wider Erwarten völlig danebenbenommen. Noch auf dem Rollfeld hat sie sich vehement geweigert, in das verdammte Flugzeug zu steigen, und andere Mitreisende laut krakeelend dazu aufgefordert, sie bei ihrer Sitzstreikblockade vor dem Treppenaufgang zum Flieger zu unterstützen. Natürlich habe ich versucht, sie vom Boden zu zerren und in die Boeing zu schieben, was dann aber zur Folge hatte, dass das Personal von der Flugsicherheit auf uns aufmerksam wurde und uns als Gefährder eingestuft und vom Rollfeld abgeführt hat. Zwei Tage und Nächte saßen wir getrennt in einem Münchner Gefängnis und wurden stundenlang vom BKA verhört, weil die Friedl im alkoholisierten Zustand während unserer Verhaftung auch noch irgendwas von einem terroristischen Akt gefaselt hatte. Dass ich exorbitant sauer auf die Friedl war, als wir endlich wieder frei waren, muss ich wohl nicht extra erwähnen. Auch dass mein Gepäck ohne mich nach Manhattan gereist und erst zehn Tage später wieder zurück war, hätte ich mir nie träumen lassen. Drei Wochen habe ich mit der Friedl kein einziges Wort mehr gesprochen. Erst als sie reumütig mit einem selbst gebackenen Apfelkuchen und einer plausiblen Entschuldigung – ihre neuen blutdrucksenkenden Mittel haben wohl in Kombination mit hartem Alkohol zu einer unerwarteten Kreuzreaktion geführt – vor mir stand, habe ich unserer Freundschaft noch mal eine Chance gegeben. Immerhin ist nach gut einem Jahr sogar schon etwas Gras über die ganze Geschichte gewachsen und unsere Freundschaft wieder so gut wie eh und je. Einen Fehler werde ich aber definitiv nie wieder machen. Die Friedl muss am Boden bleiben.

# WER SCHÖN SEIN WILL, MUSS LEIDEN ODER ZUR HAARSCHNEIDEMASCHINE GREIFEN

Nach sage und schreibe drei Pinkelpausen und neuneinhalb Stunden Fahrt kommen wir endlich an. Ich will mich nicht schon wieder beschweren, aber sicherlich wären wir um einiges früher angekommen, wären auf der Strecke nicht so viele Kriecher unterwegs gewesen. Es scheint, je weiter man ins Landesinnere Mecklenburg-Vorpommerns kommt, desto mehr nimmt die Fahrtauglichkeit der hiesigen Bevölkerung ab. So viele Sonntagsfahrer und Schleicher unter der Woche und auf einem Haufen habe ich jedenfalls noch nie erlebt. Selbst der ansässige Verkehrsminister scheint seinen eigenen Landsleuten fahrtechnisch nicht allzu viel zuzutrauen, wie sonst lässt sich erklären, dass auf sämtlichen Straßen Tempolimit fünfzig herrscht? Selbst außerorts ist man gezwungen, im Schneckentempo dahinzuschleichen. Die Friedl sieht das ganz entspannt. Während wir die Bundesstraße entlangtuckern, bewundert sie die gelb leuchtenden Rapsfelder, so weit das Auge reicht.

Verspannt, müde und gestresst von der Straßenverkehrsordnung, schleppe ich mich in den Eingangsbereich des riesigen Kurzentrums, in dem der Xaver vor knapp einem Jahr die Sina kennengelernt hat. Um auf der Suche nach der Sina nichts unversucht zu lassen, mieten wir uns natürlich auch genau hier ein. Ich habe der Friedl geraten, ihr Kopftuch besser erst einmal aufzubehalten, um nicht schon am Anfang einen schlechten Eindruck zu hinterlassen. Was sollen die Mitarbeiter denn sonst von uns denken? Immerhin sieht die Friedl aktuell wie ein Punk aus. Der Eingangsbereich des Kurhauses ist hell und freundlich gestaltet. Limettengrün und Pink sind die dominierenden Farben, was mir ziemlich zusagt und den Stress von der langen Fahrt sofort von mir abfallen lässt. In der Mitte der Halle plätschert ein Brunnen beruhigend und sanft vor sich hin. Wohlklingende Entspannungsmusik beschallt den Raum, und der Duft nach ätherischen Ölen verleiht mir gleich ein ganz wohliges Gefühl.

»Ich darf Sie herzlich im Ostseekurhaus Stralsund begrüßen. Mein Name ist Celina. Ich hoffe, Sie hatten eine angenehme Anreise. Sie beide kommen zum Check-in?«, rattert die junge Frau mit Pfälzer Dialekt ihren auswendig gelernten Begrüßungstext herunter.

»Grüß Gott. Walli Schimmel mein Name, und das ist meine Freundin Friedl Moosbach.«

»D'Esel nennt sich immer z'erscht!«, höre ich es hinter mir. Ohne auf die gemeine Anspielung meiner Freundin weiter einzugehen, fahre ich fort. »Wir zwei würden uns gerne ein paar Tage in Ihrem Haus verwöhnen lassen. Zwei

Einzelzimmer mit Meerblick in ruhiger Lage, für Nichtraucher bitte.«

»Mh, Schimmel und Moosbach, hatten Sie gesagt?«

»Richtig«, bestätige ich die junge Frau, die daraufhin in ihrem Computer herumdaddelt.

»Also in unserem System kann ich Ihre Reservierung leider nicht finden. Haben Sie denn von Ihrer Krankenkasse den Bewilligungsbescheid zur Hand?«

»Welchen Bescheid denn? Wir wollen doch nur ein bisschen Wellness machen.«

»Wir sind ein Rehazentrum, kein Hotel im herkömmlichen Sinn. Unsere Patienten werden direkt von den Krankenkassen zu uns geschickt«, meint sie bedauernd.

»Und kann man da nicht mal eine Ausnahme machen, mir tut von der langen Fahrt alles weh, und meine Freundin hier ist auch nicht mehr im besten Zustand, sehen Sie?«, meine ich und lüfte ihr Kopftuch. »Aua, lass das gefälligst«, brumme ich, als die Friedl mir daraufhin ihre Fußspitze in mein Schienbein rammt.

»Sie möchten Ihren Aufenthalt also selbst bezahlen, verstehe ich das richtig?«

»Genau, wir bezahlen selbst«, meine ich erleichtert und lege bereits die Kreditkarte auf den Tresen.

»Walli, spinnsch du jetz komplett. Was glaubsch du, was des koschtet? A private Kur in derer Klinik hier. Bisch du noch ganz bei Troscht?«, goschelt sie ungeniert im Beisein der Mitarbeiterin, was mir überaus unangenehm ist.

»Bitte entschuldigen Sie uns für einen klitzekleinen Moment, wir sind gleich wieder da«, sage ich pikiert und ziehe den störrischen Esel neben mir außer Hörweite. »Sag mal, Friedl, was ist eigentlich los mit dir? Willst du etwa zurück zur Babette und den Kindern?«

»Noi, auf gar koin Fall, aber des wird doch alls viel z'deier.«

»Mach dir mal um das Finanzielle keine Sorgen, das übernehme ich, aber wenn du auch nur den Hauch eines Gedankens daran verschwendest, eine ähnliche Show wie letztes Jahr am Flughafen abzuziehen, dann schick ich dich höchstpersönlich zurück nach Burglbach. Ist das angekommen?«

»Verstanda!«, meint sie resigniert und schiebt die blaue Haarwurst zurück unters Kopftuch.

Nachdem wir beide unsere Zimmerschlüssel entgegengenommen haben, holt die Friedl noch schnell ihr Köfferchen aus dem Auto. Unsere Zimmer liegen direkt nebeneinander. Es gibt sogar eine Verbindungstür, worüber sich die Friedl riesig freut und deshalb sogar vorschlägt, die Türen wie damals im Landschulheim offen stehen zu lassen. Die Zimmer sind nüchtern und spartanisch eingerichtet. Ein Bett, ein Stuhl, ein kleiner Tisch. An der nicht vorhandenen Zimmerdekoration und den fehlenden bunten Farbakzenten an den Wänden erkennt man eindeutig, dass man hier am falschen Ende gespart hat. Die einladende Eingangshalle war eindeutig eine Mogelpackung und grenzt an Bauernfängerei. Wenigstens ist die Aussicht ganz passabel. Der rote Leuchtturm inmitten der grasbewachsenen Dünen vor dem schmalen Streifen der Ostsee ist postkartenverdächtig. Nichtsdestotrotz würden sich sicher auch Rehapatienten, die nach einem Unfall oder mit chronischen Erkrankungen hier behandelt werden, über ein bisschen Chichi hier und ein bisschen Firlefanz da in ihren Zimmern freuen.

Na, was soll's, schließlich bin ich nicht hier, um Urlaub zu machen, sondern um die vermisste Ex-Freundin vom toten Xaver zu finden. Bevor ich mit der Friedl wieder unter Leute kann, braucht sie eindeutig erst mal ein anständiges Makeover. In diesem Zustand ist sie jedenfalls nicht gesellschaftstauglich, und deshalb habe ich ihr gleich mal einen Termin bei der Hausfriseurin organisiert. Im Anschluss daran wird die Kosmetikerin noch bei ihr Hand anlegen müssen, mit den blauen Stellen an Stirn und Ohren können wir uns unmöglich später im Speisesaal sehen lassen, schließlich freue ich mich jetzt schon auf ein köstliches Menü in gemütlicher Atmosphäre. Nachdem ich die Friedl in dem winzigen Salon bei der Renate in gute Hände gegeben habe, bleibt mir genügend Zeit, um zu der Adresse zu fahren, die ich aus Sillys Pension gestohlen hab.

Das Navi schickt mich an den Ortsrand von Stralsund. Die wunderschöne Kleinstadt, die so idyllisch an der Ostsee und direkt vor der Überfahrt nach Rügen liegt, ist wirklich einen Besuch wert. Von dem Charme, den die unzähligen verzierten Backsteinhäuser mit ihren spitzen Giebeln im Stadtkern versprühen, ist hier, etwas außerhalb, allerdings nichts mehr zu sehen. Der Straßenzug am Ortsrand ist komplett heruntergekommen. Es scheint fast so, als wäre ich plötzlich in einer komplett anderen Welt gelandet. Die verschmutzten Fassaden, die renovierungsbedürftigen Blöcke, bei dem einer dem anderen gleicht, schreien nach einem neuen Anstrich. Fast alle Häuser sind mit Graffiti zugeschmiert und mit herumliegendem Müll verschandelt. Langsam setze ich meinen Wagen neben den Bordstein, direkt vor den Eingang des dreistöckigen Mehrfamilienhauses, das als einziges weit und breit ohne Sprühdosenbemalung und vermülltem Eingang daherkommt. Trotzdem sieht es alles andere als einladend hier aus. Dass die Sina diese Gegend freiwillig gegen das Allgäu und ein Leben auf dem Allgaierhof mit seinem wunderbaren Blick auf die Alpen tauscht, kann ich mir kaum vorstellen, und so checke ich die Adresse ein zweites Mal, nur um sicherzugehen, dass mein Navi mich nicht versehentlich zu einer falschen Adresse gelotst hat. Die Straße und die Hausnummer passen, und so verlasse ich meinen Wagen mit einem etwas mulmigen Gefühl, schließlich fällt mein roter Flitzer hier auf wie ein bunter Hund und zieht vielleicht Aufmerksamkeit von Personen auf sich, auf die ich lieber verzichten würde. Was tut man nicht alles, um eine verschwundene junge Frau zu finden, ich hoffe, mein Einsatz zahlt sich am Schluss auch aus. Trotz ein paar defekter Klingelschilder und zweien, die schlichtweg ganz fehlen, finde ich Dennis Kupschrats Klingel auf Anhieb. Ich läute mehrmals, aber es tut sich nichts. Gut, vielleicht ist der junge Mann noch auf der Arbeit, denke ich, als ich einen Blick auf die Uhr werfe. Die Friedl ist mindestens noch zwei Stunden mit ihrer Entschlumpfizierung beschäftigt, genug Zeit also, um zu warten, ob der Kerl vielleicht doch noch aufkreuzt. Gerade als ich mich auf die Betonstufen vor dem Hauseingang pflanzen will, geht parterre ein Fenster auf. Eine hutzlige alte Dame, ich schätze sie auf Mitte achtzig, streckt neugierig ihren Kopf heraus. Auf ihrem Arm balanciert sie einen kleinen Hund, der heiser zwei halbherzige Beller von sich gibt. »Willst du wohl ruhig sein, Bommerle. Guten Tag, kann man Ihnen helfen?« Nachdem ich mich kurz vorgestellt und mein Anliegen erklärt habe, erzählt sie mir ohne Umschweife, dass ihr Nachbar Dennis schon seit mehreren Tagen nicht mehr zu Hause gewesen sei. Verdammt, sollte Sinas Cousin hier vielleicht inzwischen gar nicht mehr wohnen, bin ich den ganzen Weg vom Allgäu völlig umsonst gefahren. Frau Wurm beruhigt mich, ausgezogen sei er sicher nicht, das hätte sie sofort mitbekommen, denn ohne jegliches Schamgefühl berichtet sie mir, dass es zu ihrer Hauptaufgabe gehört, von morgens bis abends vor dem Küchenfenster zu sitzen und zu beobachten, was im Viertel, in dem sie seit fast einem halben Jahrhundert lebt, vor sich geht. »Heutzutage muss man aufpassen, wer hier herumlungert. Vor der Wende war hier noch alles in Ordnung und gut in Schuss, aber mit der Abwanderung vieler Familien verkommt das Quartier immer mehr«, meint sie und seufzt verbittert. Ich erfahre, dass Hermann, Frau Wurms Ehemann, der damalige Hausmeister hier im Block, schon vor über drei Jahren das Zeitliche gesegnet hat und es nun ihr obliegt, ihr Heim zu schützen. »Es kommt hin und wieder schon mal vor, dass ich höchstpersönlich, mit Besenstiel und Pfefferspray bewaffnet, für Ordnung hier in der 7 sorgen muss«, erzählt die alte Dame stolz. Auch in Zukunft sollten die Hauswände ihres Blocks von Graffitischmierereien verschont bleiben. Nur zweimal am Tag würde sie das Haus kurz verlassen, um ihren Zwergpudel auf dem Grünstreifen direkt gegenüber austreten zu lassen, meint sie. Und weil sie seit Monaten so ungut zu Fuß sei, würde auch das nur noch wenige Minuten in Anspruch nehmen, und sogar dabei habe sie immer ein Auge auf das Haus im Vogelweg. Wer eine Frau wie Ilse Wurm zur Nachbarin hat, braucht keinen Wachhund mehr, denke ich amüsiert, als ich bemerke, wie eine Gruppe Jugendlicher auf der anderen Straßenseite sofort das Weite sucht, als sie die alte Dame auf ihrem Beobachtungsposten entdecken. Frau Wurm ist sozusagen das Upgrade, die 2.0-Version unserer Berta Breitmeier im Dorf. Die alte Dame schreckt auch nicht davor zurück, mir brühwarm von ihren neuesten Beobachtungen zu berichten, denn seit gut zwei Wochen hegt sie nach eigenen Angaben den argen Verdacht, dass Herr Müller aus dem dritten eine heimliche Affäre mit der jungen Rothaarigen aus der 9 hat, die im Souterrain wohnt. Ganz sicher sei sie sich zum jetzigen Zeitpunkt aber noch nicht, das müsse sie noch genauer verifizieren, bevor sie Frau Müller davon erzählen will. Mein irritierter Blick muss Frau Wurm nicht entgangen sein, denn wie zu ihrer eigenen Bestätigung wiederholt sie ihre erste Aussage erneut. »Der Dennis ist schon seit über einer Woche nicht mehr hier gewesen. Das ist so sicher wie das Amen in der Kirche. Außerdem steht sein silberner Toyota auch nicht mehr da. Schauen Sie, da hat der immer so blöd auf dem Randstein geparkt«, meint sie und zeigt mit dem Finger auf den leeren Stellplatz neben meinem Wagen. Der Vogel scheint also tatsächlich ausgeflogen zu sein. Na toll. Da fährt man an die eintausend Kilometer und dann das. Nehmen wir mal an, Sinas Cousin ist wirklich seit Tagen unterwegs, im Urlaub oder wo auch immer, dann wird die Sina wohl sicher nicht bei ihm untergekommen sein. Meine heiße Spur hat sich soeben in Luft aufgelöst, befürchte ich, denn auch nachdem ich Frau Wurm ganz gezielt danach frage, ob ihr in letzter Zeit eine junge Frau bei ihrem Nachbarn aufgefallen sei, verneint sie das mit einhundertprozentiger Sicherheit. Das letzte Mal, dass sie bei ihm Frauenbesuch registriert hat, ist über ein Jahr her. Den Vermerk dazu findet sie fast schon ad hoc in ihrem Spionagebüchlein, in dem die auskunftsfreudige Dame alles ganz genau und detailliert notiert. Verdammt und zugenäht. Frau Wurm erwähnt noch, dass Dennis in einer Eisengießerei im nahe gelegenen Zarrendorf arbeiten soll. Ich bedanke mich für den Tipp und hinterlasse meine Nummer mit der Bitte, sie möge mich anrufen, falls der junge Mann doch noch auftauchen sollte. Die Eisengießerei hat heute bereits geschlossen. Gleich morgen, nach meiner Anwendung bei der Sabrina, werde ich da mal vorbeischauen.

# ENTGIFTUNG? NICHT MIT UNS

Als ich in mein Zimmer komme, sitzt die frisch gestutzte und zu meiner Verwunderung auftoupierte Reinkarnation von Dolly Parton im Schneidersitz auf meinem Bett und erwartet mich bereits ungeduldig. Dass die offene Verbindungstür zwischen unseren Zimmern ganz offensichtlich keine gute Idee ist, war mir von Anfang an klar. »Wo warsch jetz du so lang, Herrgott! Seit zwanzig Minuta isch Abendessazeit, und mir knurrt scho seit Stunda da Maga«, wirft sie mir vor und dreht den Fernseher ab.

»Ist ja gut, Friedl, reg dich nicht auf. Wie ich sehe, hat die Renate sich ganz schön ins Zeug gelegt. Ich hab mir noch ein paar Klamotten besorgt. Ich kann ja schließlich nicht tagelang dasselbe Outfit tragen«, sage ich und leere die Tüten aufs Bett. »Ich hab uns morgen fürs Aquafitness eingetragen, und hier, ich hab dir auch gleich einen Badeanzug mitgebracht«, meine ich und halte ihr das ultraschicke Teil in Gold, das zusätzlich mit fetzigen grünen Palmenblättern bedruckt ist, entgegen. Ohne meinem Geschenk einen gebührenden Dank entgegenzubringen, kriecht sie vom Bett, stapft zum Ausgang und drängt mich, ihr zu folgen. Schon als wir aus dem Lift steigen, werden wir von klirrenden Gläsern und wuseligem Stimmengewirr empfangen. In der Luft liegt ein eigenartiger säuerlicher Geruch, und als wir näherkommen, hat der karge Kellerraum mit seiner dürftigen Aufmachung in puncto Dekoration und Wohlfühlfaktor nicht sehr viel mit einem edlen Hotelrestaurant gemein. Hell erleuchtet und mit quietschendem Linoleum à la Krankenhausflur empfängt uns der kahle Saal, der eher an eine Massenfütterungsstelle einer großindustriellen Firmenkantine erinnert. »Na, prost Mahlzeit«, meine ich, während sich die Friedl bereits eines der orangefarbenen Plastiktabletts schnappt und sich hungrig in der Essensschlange einreiht. »Tschuldigung. Sie, wo ka i denn da hane a Brettl finda?«

»Entschuldigung, was meinen Sie?«

»I such oifach a Brettl fürs Essa.«

Die freundliche Frau hinter der Theke schaut etwas perplex. »Friedl, du musst hier schon Hochdeutsch sprechen. Dein Allgäuer Kauderwelsch versteht hier doch niemand«, flüstere ich ihr zu und frage höflich nach einem Teller.

»Ach so, einen Teller suchen Sie.«

»Ganz g'nau, an Della.«

»Die haben wir weggeräumt.«

»Weggraumert moiner Sie, aba wieso?«

»Wir haben Detox-Week, da wären Teller überflüssig«, erwidert sie lächelnd und verweist auf den grünen Aufsteller neben dem Eingang, der uns auf die »Happy-Detox-Week« einstimmen soll, als würde uns etwas Großartiges bevorstehen.

»Ja, und was soll des jetz heißa? Wie soll i denn ohne Brettl ebbes essa!«

»Während unserer Detox-Week gibt's keine feste Nahrung. Sie nehmen ausschließlich Flüssiges zu sich. Diese Saftkur hier, sehen Sie, wird Sie ganz wunderbar entschlacken, und schon nach ein paar Tagen werden Sie sich wie neugeboren fühlen.«

»Ja, so an dermaßena Scheißdreck ha i ja no nia g'hert«, beschwert sich die Friedl außer sich vor Hunger über die Theke und schaut ungläubig umher. Im Saal verstummen plötzlich die Gespräche, und alle Augen liegen auf uns. Der jungen Dame hinter der Ausgabe ist das freundliche Lächeln mittlerweile vergangen. Pure Angst liegt stattdessen nun in ihrem Blick. »Jung's Fräulein«, raunzt das Dolly-Double mit bedrohlichem Tonfall. »I ho an Mordskohldampf. Heut Morga musst i von meim oigener Hof flüchta, weil mei Enkel a unkontrollierbarer Terrorischt isch und bis auf an Döna mit a bissle scharf, bei dem mir des Bissle eigatlich scho viel z'scharf war, ho i heut sonscht no nix andres gessa! Also geben's mir jetzat was A'ständigs zum Mampfa, sonscht werd i hier glei narrerd!«

Das Fräulein räuspert sich voller Unbehagen und schaut unsicher zu mir. Wo die Friedl recht hat, hat sie recht, der Alok ist ein unkontrollierbarer Übeltäter, und auch mich plagt der Hunger schon seit Stunden. Dass die Friedl jetzt hier ausrastet und zur Diva wird, kann ich ihr nicht verübeln. Wenn ich dem jungen Ding einen guten Rat geben dürfte, dann wäre ihr gut daran gelegen, sie würde uns schnellstens etwas Kohlenhydrathaltiges über die Theke schieben. Stattdessen hält sie uns aber zwei unterschiedlich farbige Flaschen vor den Latz.

»Folgende Geschmacksrichtungen kann ich Ihnen anbieten: Schwarzwurzelspinat mit Ananas oder Sellerie-Rote-Bete mit Kurkuma, Topinambur-Mango-Ingwer ist leider schon aus, da haben sich heute alle wie die Geier drauf gestürzt«, meint sie und nickt zu den besetzten Tischen hinüber, von wo aus die Gäste uns immer noch interessiert mustern. »Greifen Sie zu. Durch die entschlackende Wirkung werden die Giftstoffe in Ihrem Organismus einfach ausgespült. Glauben Sie mir, Sie werden morgen schon eine positive Entwicklung verspüren. Wenn Sie noch mehr übers Detoxen wissen wollen, dahinten liegt Infomaterial aus.« Die junge Frau stockt, als sie bemerkt, wie sich Friedls Erscheinungsbild zunehmend verändert. Ich weiß nicht, ob es nur an ihrer übertriebenen auftoupierten Mähne liegt, aber meine Freundin sieht aus, als würde sie gleich explodieren. Eigentlich ist die Friedl sehr friedliebend und immer diejenige, die besonnen und ruhig reagiert, aber seit die Terroristenvereinigung sich bei ihr eingenistet hat, ist nichts mehr wie vorher und ihr sonst so strapazierfähiges Nervenkostüm schlichtweg nicht mehr vorhanden. Jetzt mache ich mir aber langsam wirklich Sorgen. Die Friedl hat eine seltsame Haltung eingenommen und sieht dabei aus wie ein kampfbereiter Vogel, der sein Gefieder drohend aufstellt, kurz bevor er zum Angriff übergeht. Ehe sie gleich aufgeht wie eine Dampfnudel und im Hungerwahn noch Dinge sagt oder tut, die sie später bereuen könnte, zerre ich meine Freundin zu ihrem eigenen Schutz aus dem Saal. Die Fahrt an die Ostsee war ein Fehler! Weder konnte ich bis jetzt die vermisste Sina ausfindig machen, noch gibt es hier im Geringsten etwas Anständiges zu kauen. Im Aufzug habe ich eine Idee. Zurück auf unserem Gemeinschaftszimmer, die Friedl denkt erst gar nicht daran, in ihr Zimmer rüberzuwechseln, bestelle ich uns was Leckeres beim Lieferdienst. »Die können uns mal«, sage ich und zwinkere meiner Freundin zu, die nur noch grummelige Geräusche von sich gibt. Erst nachdem wir unser XXL-Schnitzel mit Pommes Schranke vertilgt haben, ist meine Freundin wieder ansprechbar. Ihre schlechten Blutwerte habe ich natürlich nicht vergessen, aber sie war nicht dazu zu bewegen, sich für die vegane Kichererbsen-Quinoa-Bowl zu entscheiden. Die Friedl wünscht sich unbedingt, den *Bergdoktor* zu schauen. Hans Sigl ist für Friedl, was für uns George Clooney ist. Das würde sie aber niemals offen zugeben und schmachtet lieber im Stillen den feschen Doktor an. So liegen wir also vollgefressen Seite an Seite in einem viel zu engen Bett und ziehen uns gegenseitig die Decke weg. »Grad schee isches, Walli!«, meint meine Freundin vergnügt und gähnt genüsslich. Auf die Idee, die Friedl könnte ihre eigene Decke von drüben holen, kommen wir nicht. Zu müde sind wir beide von den turbulenten Ereignissen des heutigen Tages.

# MANCHMAL IST MEHR DOCH MEHR

Als ich aufwache, liegt die Friedl halb über mir und schnarcht dabei in mein Ohr. Meine rechte Körperhälfte ist stocksteif gefroren, die andere taub von ihrem Gewicht. »Friedl, wach auf!«, brumme ich und schiebe sie unsanft von mir herunter. Schlaftrunken umarmt sie mich wie ein Klammeräffchen und faselt irgendetwas von einer willkommenen Untersuchung vom lieben Herr Doktor. Beherzt greife ich rüber und reiße ihr die Decke vom Leib. Wer nicht hören will, muss eben fühlen. »Hee, lass des!«, goschelt sie, doch da kennt sie mich schlecht.

»Jetzt wird aufgestanden. Wir sind spät dran. Unser Aqua-aerobic fängt sonst noch ohne uns an!«

Nur widerwillig erhebt sie sich und watschelt ins Bad.

»He, in dein Bad gefälligst!« Ich bin drauf und dran, die Verbindungstür zwischen unseren Zimmern zu verbarrikadieren und den Schlüssel in der Toilette zu versenken, wenn das hier so weitergeht. Wir haben gerade mal Tag zwei in unserer Best-Friends-Urlaubs-WG, und die Friedl raubt mir schon jetzt den letzten Nerv.

In unsere Bademäntel gehüllt, geht es auch schon ins Untergeschoss. Als wir das Schwimmbad betreten, schlägt uns der wohlbekannte chlorhaltige Hallenbadduft entgegen, den ich noch gut aus Kindertagen kenne. Wie ich es bereits prophezeit habe, sind wir die Letzten. Das lässt uns Robin, unser Fitnesstrainer, auch ungeniert und lautstark vor den anderen Teilnehmern wissen und scheucht uns zur Beeilung. »Hopp, hopp, ins Wasser, Mädels. Wer zu spät kommt, schwimmt drei Extrarunden!«, ruft er und klatscht dabei auffordernd in die Hände. Als die Friedl ihren Bademantel lüftet, wird's plötzlich still im Becken. »Walli, was meinsch, isch des it a bissle z'gwagt«, flüstert sie und hält beschämt die Hände davor.

»Zeig mal her«, meine ich, nicht ahnend, dass meine Freundin mich hier in ein moralisches Dilemma manövriert. »Ach i wo. Friedl, das kannst du gut tragen.« Eine gute Freundschaft besteht nicht darin, sich immer schonungslos die Meinung zu geigen, manchmal hilft es um des Friedens willen und auch wegen dem Selbstbewusstsein, nicht skrupellos ehrlich zu sein. Und come on, heutzutage ist Bodyshaming wirklich ein No-Go. Ein Hoch auf die Orangenhaut.

»Meinsch wirklich, Walli. Isch des it a bissle z'knapp?«, vergewissert sie sich erneut und zuppelt dabei hektisch an dem mageren Stück Stoff herum, das nicht einmal ansatzweise die Hälfte ihres Hinterteils bedeckt. Egal zu welcher Seite sie das Ministöffchen auch zupft, der Zwickel ist verdammt hoch ausgeschnitten und legt mehr frei, als der Friedl lieb ist. Erst jetzt wird mir klar, was die Verkäuferin gestern mit »Brazilian Cut« gemeint haben könnte, als sie den Badeanzug als absolutes Instagram-It-Piece angepriesen hat. Glücklicherweise hat der Designer bei meiner Baderobe nicht am Material gespart. Wie man anhand Friedls Hauch von Nichts sieht, ist doch nicht immer alles Gold, was glänzt, aber ich werde mich hüten, ihr das auf die Nase zu binden. Mit unseren Schwimmnudeln bewaffnet, geht's auch schon los. Kaum sind wir im Wasser, sorgt Robin dafür, dass der Friedl überhaupt keine Zeit bleibt, noch länger über ihr knappes Höschen nachzudenken. Die laute Musik dröhnt in der kleinen Schwimmhalle und sorgt für ausgelassene Stimmung unter den Wasserratten. Wie ein amerikanischer Drill Instructor animiert der Sportlehrer seine Einheit zur Höchstleistung und kennt dabei kein Erbarmen mit uns. Nach fünfundvierzig Minuten sind wir platt. »Bis morgen, Mädels!«, meint unser Peiniger motiviert und klatscht jede einzelne Teilnehmerin ab. Eigentlich wäre es jetzt an der Zeit für ein anständiges Frühstück mit Buttercroissants, Rührei und Speck. Doch wie ich bereits vermute, bleibt die Küche auch heute kalt, und auf der Anrichte der Speisenausgabe stehen wie gestern Abend bereits bunte Fläschchen mit fragwürdigem Inhalt. Um noch schnell zum Bäcker zu sausen, fehlt uns leider die Zeit, denn die nächste Anwendung wartet bereits. Die Friedl boykottiert weiterhin den Detoxmarathon und will nicht einmal davon probieren. Ich schnappe mir im Vorbeigehen eines der Fläschchen, um wenigstens einmal davon zu kosten. Während unserer Reisen durch alle Welt haben der Adalbert und ich so einiges an fremden Köstlichkeiten probieren dürfen. Ich erinnere mich noch gut an unsere Koreareise, als ich mich auf einem heimischen

Foodmarket einmal quer durch das komplette Angebot gefuttert habe. Fremde Länder, fremde Sitten, könnte man sagen. Mit dem Viktualienmarkt in meiner geliebten Heimat hatte der Markt in Seoul nämlich gar nichts zu tun. Da gab's Getier, das ich noch nie zuvor gesehen hatte. Neben einem vergorenen hundertjährigen Entenei und frittierten Skorpionen habe ich auch von einem Penisfisch gekostet. Gut, es hat so geschmeckt, wie es sich anhört. Obszön und glitschig, und es war wirklich eine kulinarische Provokation, aber immerhin hat es meinen Horizont erweitert und mich darin bestärkt, das zähe Genitalientier nicht noch einmal zu versuchen. »Rosenkohl-Wirsing mit Himbeeren« steht auf dem kleinen Etikett. Nase zu und durch, denke ich mir und schlucke das grüne Gesöff in mich hinein. Es schmeckt tatsächlich so, wie Friedls Gesichtsausdruck nur durchs Zusehen aussieht. Beschissen auf ganzer Linie. Gut, das war zu erwarten. Nach meiner Physiostunde weiß ich wenigstens schon, wo unsere Reise hingeht.

»Bitte kommen Sie herein. Frau Schimmel, richtig?«

»Wie sie leibt und lebt«, antworte ich mit einem Zwinkern und folge ihr in den kleinen Raum mit Sprossenwand, in dem neben einem grünen Gymnastikball eine große Behandlungsliege steht. Die Friedl wurde bereits fünfzehn Minuten vorher ins Nebenzimmer gebeten. Nun höre ich sie durch die dünne Wand glucksen und fröhlich feixen. »Und Sie sind die Sabrina, richtig?«

»Stimmt, Ihre Physiotherapeutin während Ihres Aufenthalts bei uns«, meint das junge Fräulein freundlich und tippt dabei auf das kleine Namensschildchen an ihrem Oberteil. »Bitte nehmen Sie doch Platz, wir haben erst mal einiges zu besprechen. In Ihrer Akte ist nämlich noch gar nichts vermerkt. Wo drückt denn bei Ihnen der Schuh?«

»Seitlich rechts um den kleinen Zeh herum und links, da, schaun's, genau hier. Ich glaub, am Hallux, oder wie das da heißt. Aber woher wissen Sie denn das?«

»Was weiß ich?«

»Ja, woher wissen Sie, dass mich der Schuh drückt?«

Verdutzt schaut mich die etwas pausbäckige Sabrina in ihrem kiwigrünen Poloshirt an. Dann beginnt sie zu lächeln. »Das war nur so ein Spruch. Für Füße bin ich nicht zuständig. Das sollten Sie mal beim Orthopäden abklären lassen.«

»Ach so, verstehe.«

»Aber wegen Ihrer Füße sind Sie ja nicht hier, oder?«

»Nein, meine Latschen sind tatsächlich nicht der Grund. Sie können aber gerne an meinem Buckel hier und hier, sehen Sie, genau da herumkneten. Seitdem ich letztes Jahr von einem Verrückten in einem Bunker an eine Steinwand gefesselt wurde, zwickt's eigentlich überall. Also tun Sie sich keinen Zwang an.«

»Wie bitte?« Das junge Mädel starrt mich irritiert an, als hätte ich versucht, ihr einen Bären aufzubinden.

»Also …«, meint sie skeptisch, doch da schneide ich ihr das Wort ab. Bevor sie mich noch komplett für plemplem hält, lege ich die Karten auf den Tisch. »Also eigentlich sind wir hier, weil meine Freundin vor ihrem Enkel flüchten musste, weil der kleine Scheißer sie seit Monaten drangsaliert. Aber das ist eine andere Geschichte.«

Sie beginnt meinen Nacken zu lockern. »Isses so recht? Wenn's wehtut, melden Sie sich bitte.«

»In Ordnung«, meine ich und genieße die Massage. »Sabrina?«

»Ja, Frau Schimmel? Ist es zu fest?«

»Nein, nein, das ist super. Es gibt noch einen weiteren Grund, warum wir ausgerechnet gerade hier gelandet sind.« »Aha«, meint die Sabrina, während sie meine Schulterblätter bearbeitet. »Und der wäre?«

»Ich bin auf der Suche nach einer jungen Frau, die bis vor ungefähr einem Jahr hier gearbeitet haben soll. Vielleicht kennen Sie sie? Ihr Name ist Sina Mertens.«

»Mh ...«

»Sie kennen die Sina also?«

»Ja ... Sie war meine Kollegin. Aber wie Sie schon gesagt haben, die arbeitet schon länger nicht mehr bei uns«, meint sie und beginnt beide Schultergelenke gleichzeitig nach hinten zu biegen. »Haijeijei ... Das zieht aber!«

»Das wundert mich überhaupt nicht. Sie sind ja auch total verspannt. Aber das kriegen wir schon wieder hin«, ermuntert sie mich und rammt mir ihren Ellenbogen mit kreisenden Bewegungen in die Rippen.

»Hab ich doch gesagt, seit dem Bunker ist alles ... Ach, egal. Hauptsache, Sie bekommen mich wieder in Schuss.«

»Ich werde mein Bestes geben.«

Also angenehm ist wirklich was anderes, aber was tut man

nicht alles, um an Informationen über eine vermisste junge Frau zu kommen. »Und waren Sie beide näher bekannt?«, frage ich neugierig, als der Schmerz es kurz zulässt.

»Warum wollen Sie denn das alles wissen?«

»Also … Die Sina gilt als verschwunden!«

»Wie meinen Sie das, verschwunden? Sie ist weggezogen.«

»Nein. Ich weiß, dass sie hier in der Klinik den Xaver kennengelernt hat und mit ihm ins Allgäu gezogen ist. Aber seit etwas über einer Woche fehlt von ihr jede Spur.«

»Die Sina ist weg?«

»Ja, ihre beste Freundin, die Miri, war mit ihr zum Ausreiten verabredet, doch dazu ist sie nie aufgetaucht und seitdem auch nicht mehr erreichbar. Die Miri macht sich nun schrecklich Sorgen um ihre Freundin, und da hatte sie die Idee, dass die Sina vielleicht zurück in ihre Heimat abgehauen sein könnte. Warum auch immer. Jedenfalls haben wir inzwischen die Adresse ihres Cousins herausgefunden, und den wollte ich nun fragen, ob er vielleicht weiß, wo die Sina stecken könnte, aber der ist ebenfalls weg. Wissen Sie, Sabrina, der Xaver ist tot. Er wurde ermordet, und seine Freundin ist verschwunden. Das ist alles sehr mysteriös. Und um das aufzuklären, bin ich hier.«

»Der Xaver, also der Herr … Wie hieß er noch?«

»Xaver Allgaier.«

»Stimmt. Der Herr Allgaier wurde ermordet, meinen Sie?«

»Ja.«

Die junge Therapeutin stoppt abrupt. Als ich mich drehe und zu ihr hochschaue, hat sie die Farbe gewechselt. »Wir sind fertig für heute, Frau Schimmel.«

»Schon? Das waren doch jetzt höchstens zehn Minuten, wenn's hochkommt.«

Ohne auf meine Frage einzugehen, verabschiedet sich die Sabrina eilig und verschwindet aus dem Behandlungszimmer. »Hey, warten Sie! Ich hätte da noch ein paar Fragen …«, rufe ich, doch da ist die junge Frau bereits über alle Berge.

Was war denn das, bitte schön? Als ich mich wieder komplett angezogen habe und aus dem Zimmer trete, ist die Friedl, wie zu erwarten, noch in ihrer Behandlung. Erst nach weiteren zehn Minuten taucht sie auf und wirkt irgendwie verändert. »Mei war des guat.«

»Was?«

»Also der Rodrigo, gell, Walli, der hat ja Händ, sag i dir, wie a junger Gott! Der hat mein Körper durchgwarglert, hossa, d'Waldfee. Erscht war's mir a bisserle peinlich, mi so halb nackert vor am Fremder und dann no vor so am junga guat aussehender Ma da auf die Pritsche z'lega, aber du, i fühl mi jetzat richtig bueno, wie der Rodrigo saga würd«, gluckst sie vergnügt und zeigt mit ihrem Daumen nach oben.

»Wie bitte?«, frage ich verwirrt, weil meine Gedanken immer noch an dem merkwürdigen Verhalten meiner Physiotherapeutin hängen. Freudestrahlend quasselt meine Freundin weiter auf mich ein und meint, dass sie sich wie neugeboren fühle und sie sich für morgen gleich noch mal einen Termin beim Rodrigo gesichert habe. Ich freue mich sehr für die

Friedl und dass ihr der spanische Masseur so viel Freude bereitet, aber ich muss dringend die Sabrina finden und fragen, warum sie es plötzlich so eilig hatte. »Bisch b'reit für a g'scheits Frühstück, mir knurrt scho da Maga?«

»Friedl, ich muss noch was erledigen. Der Bäcker ist gleich um die Ecke, holst dir was, wir sehen uns später. Ciao!«, rufe ich und lasse sie einfach stehen. An der Anmeldung frage ich nach der Sabrina. Die Rezeptionistin telefoniert kurz und meint dann, dass die Sabrina sich für den Rest des Tages krankgemeldet hat. Morgen sei sie für meine Behandlung sicher wieder fit. Also wenn mich meine Schnüfflernase nicht ganz trügt, stimmt hier was ganz gewaltig nicht. Spontan krank: So ein Blödsinn. Als ich erwähnt hatte, dass der Xaver ermordet wurde, ist die junge Frau plötzlich käsweiß geworden und hatte es schlagartig ziemlich eilig. Ich bin mir sicher, die Sabrina weiß irgendwas. Hier und jetzt komme ich jedenfalls erst mal nicht weiter, deshalb fahre ich nach Zarrendorf zu der Eisengießerei, in der Sinas Cousin angeblich arbeiten soll.

Die Fahrt dorthin dauert nicht lang. Zarrendorf liegt quasi um die Ecke. Natürlich würde ich die dreizehn Kilometer im Normalfall deutlich unter sechs Minuten schaffen, aber durch die Schleicherkolonne vor mir bin ich gezwungen, meinen Bleifuß im Zaum zu halten, und brauche sage und schreibe unfassbare achtzehneinhalb Minuten bis zum Ziel. Die Eisengießerei liegt abgelegen in einem alten Industriegebiet. Die Anlage aus roten Backsteinziegeln ist riesig und unübersichtlich. Weil ein Gebäude dem anderen gleicht, ist mir auch nicht auf Anhieb klar, wo ich denn nun gezielt hin muss. Zwar steigt aus zweien der hinteren Gebäude dunkler Qualm auf, doch komischerweise sind auf dem Gelände weit und breit keine Arbeiter zu sehen. Das massive Eisentor, das auf das Gelände führt, ist verschlossen. Weder an der Fassade des Backsteinkomplexes noch am Tor kann ich eine Klingel entdecken. Wie, zur Hölle, soll ich denn hier den Dennis finden, wenn es schon daran scheitert, dass ich überhaupt nur aufs Gelände der Eisenschmelzerei komme? Ich winke der Überwachungskamera, die seitlich über dem Tor hängt, mehrmals zu, um auf mich aufmerksam zu machen. Doch auch nach mehreren Minuten, in denen ich wie Falschgeld herumstehe und es mit Rufen versuche, passiert nichts. Als ich über die Straße zurück zum Auto laufe, setzt sich das Tor plötzlich wie durch Geisterhand in Gang. Ich mache kehrt und spurte, so schnell es meine Wedges zulassen, zurück zum Tor, als ein langer Sattelzug vom Gelände rollt. Nachdem der Transporter das Gatter passiert hat, schlüpfe ich hinein. Schon hinter der nächsten Ecke entdecke ich einen Gabelstaplerfahrer, der einen weiteren Transporter mit Eisenware belädt. »Entschuldigung!«, rufe ich und wedle dem Fahrer hektisch zu.

»Ja?«

»Entschuldigung. Ich bin auf der Suche nach dem Dennis. Dennis Kupschrat, sagt Ihnen der Name was? Der soll hier angeblich arbeiten.«

Der Mann hinter dem Steuer überlegt kurz und schiebt seine Kappe zurecht. »Sagt mir nichts. Aber Sie können es mal dahinten in der Halle probieren. Fragen Sie nach dem Günther, der kann Ihnen sicherlich weiterhelfen«, meint er hilfsbereit, und mit einem Salutgruß fährt er auch schon weiter. Als ich auf das große Gebäude zulaufe, spüre ich direkt die Hitze, die die brennenden Eisenöfen abstrahlen und die durch das offene Hallentor nach draußen dringt. Es ist laut, zischt, und an mehreren Stellen steigt gewaltiger Rauch auf. Zwei Männer in silbernen Schutzanzügen und Gesichtsvisier sind damit beschäftigt, flüssige Eisenschmelze aus einem riesigen Bottich in einen weiteren Behälter zu kippen, aus dem die Funken nur so sprühen. Die gelbrote Schmelze erinnert mich an die glühend heißen Lavaströme, die der Adalbert und ich 1983 während einer Hawaiireise am Kilauea bestaunen durften. Ich weiß noch genau, dass das abgekühlte Lavagestein am Strand aussah, als hätte jemand tonnenweise gebratenes Hackfleisch verteilt.

Die Hitzewelle des heißen Eisens rollt direkt auf mich zu und versengt mir meine neuen Wimpern, die die Jacqueline mir letzte Woche doch erst neu angeklebt hat. So ein Mist aber auch. Ich krieg kaum noch meine Augen auf. Auch mein flatterndes Kakadukleid, das ich mir erst gestern neu gekauft habe, klebt plötzlich an meinem Körper wie ein Latexanzug und umspielt und beschönigt rein gar nichts mehr. »Entschuldigung! Hallo?«, rufe ich einem Herren zu, der, mit Blaumann und Sicherheitshelm bekleidet, mit dem Rücken zu mir vor einer Maschine steht und irgendetwas von einer Skala abliest, um es auf einem Klemmbrett zu notieren. Der Mann scheint mich gar nicht wahrzunehmen. Erst als ich ihm auf die Schulter klopfe, fährt er erschrocken herum. »Können Sie mir weiterhelfen? Ich suche den Günther!«

»Moment! Was?«, schreit der Arbeiter gegen das laute Zischen im Hintergrund an und zieht sich seinen Gehörschutz aus den Ohren. »Guten Tag. Ich suche den Günther«, wiederhole ich. »Das bin ich. Aber wie kommen Sie eigentlich hier herein?«, meint er erstaunt und mustert mich von oben bis unten. »Durchs Tor. Wie denn sonst?«

Der Lärm nimmt noch mal deutlich zu, als ein weiterer Handwerker in Schutzmontur mit einem großen Hammer schwungvoll auf einen Amboss eindrischt. »Kommen Sie. Ich verstehe kein Wort.« Als wir die Halle verlassen, wird es schlagartig angenehmer. Der Lärm und auch die brütende Hitze würden mich auf Dauer ganz kirre machen. Wie muss das bloß im Hochsommer sein, wenn es draußen auch noch bei dreißig Grad im Schatten unbarmherzig herunterbrennt? Gibt es eigentlich so was wie Hirnschmelze? Man muss schon ausgesprochen hartgesotten sein, um tagtäglich dieser anstrengenden Arbeit hier nachzugehen, finde ich.

»Also Sie sind der Günther?«

»Jep. Sie wissen aber schon, dass das ein abgeschlossenes Firmengelände ist und Unbefugte hier nichts verloren haben?«

»Mh, tut mir leid, ich bin auch gleich wieder weg, versprochen. Ich habe nur eine kurze Frage.«

»Na, dann schießen Sie mal los«, meint der Mann Mitte vierzig mit dunklem Oberlippenbart. Er klemmt sich sein Notizbrett unter die Achsel und zündet sich eine Zigarette an. Zu seiner Frisur kann ich keine näheren Angaben machen, da diese gut versteckt unter dem gelben Sicherheitshelm liegt. »Walli Schimmel mein Name. Ich komme aus dem Allgäu, und ich bin auf der Suche nach dem Dennis Kupschrat. Der soll hier arbeiten, richtig?«

Mein Gegenüber mustert mich etwas skeptisch und verzieht dann sein Gesicht. »Da haben wir beide etwas gemeinsam. Ich wüsste auch gern, wo der steckt!«

»Sie auch?«

»Sicher. Der ist schon seit über einer Woche hier nicht mehr aufgekreuzt. Wegen eines Großauftrags versinken meine Männer in Arbeit, und er macht sich 'nen faulen Lenz und lässt seine Kameraden hängen. Wenn Sie ihn finden, richten Sie ihm einen Gruß aus, er kann bis Ende des Monats seinen Spind räumen, sonst werden seine Sachen entsorgt«, meint der Günther hart und dreht sich bereits zum Gehen. »Moment, warten Sie. Vielleicht weiß einer seiner Kollegen ja etwas?«

»Sicher nicht, die sind auch nicht gerade gut auf ihn zu sprechen, schließlich lässt man seine Kumpel nicht einfach im Stich. Eisengießen ist nämlich Ehrensache, da hält man zusammen, und der eine ist für den anderen da, verstehen Sie?«

»Verstehe. Es klingt jetzt vielleicht ein bisschen eigenartig, aber eigentlich suche ich nach seiner Cousine Sina. Sagt Ihnen Sina Mertens etwas?«

»Mertens … Nein, tut mir leid, nie gehört. Der Name sagt mir nichts.«

»In Ordnung. Schade, aber trotzdem danke für Ihre Zeit.« Der Günther nickt kommentarlos und begleitet mich zum Tor. Er wartet tatsächlich so lange, bis das Gatter hinter mir geräuschvoll ins Schloss fällt. Ob aus Höflichkeit oder purem Verantwortungsbewusstsein, mich sicher vom Firmengelände zu wissen, kann ich schwer einschätzen. Es ist wirklich zum Mäusemelken. Egal welchem Anhaltspunkt ich auch nachgehe, es endet in einer Sackgasse. Weder finde ich eine neue Spur zu diesem Dennis noch irgendeinen Hinweis darauf, wo die Sina sich aufhalten könnte. Einfach jeder Ansatz endet im Nichts. Wer hat den gottesfrommen Xaver ermordet und, die wichtigste Frage überhaupt, was war das Motiv für den Mord? Wenn ich das herausfinde, klärt sich vielleicht auch das Verschwinden der Sina auf. Was mich zu der nächsten Frage bringt. Warum ist dieser Dennis zur selben Zeit verschwunden wie seine Cousine? Das kann doch kein Zufall sein. Ich hab nichts! Null. Nada. Niente. Der Fall um den Fischlinger Ludwig und die Aufklärung am Mord vom Lerpscher Schorsch waren das reinste Kinderspiel dagegen. Es scheint, als würde ich mir an diesem Fall die Zähne ausbeißen. Möglicherweise hat die Kemptener Kripo inzwischen ja schon etwas herausgefunden, überlege ich. Doch auch nach dem zu urteilen, was ich im Internet alles über den Fall vom Xare nachlese, tappt die Polizei, was das Motiv betrifft, völlig im Dunklen. In einem Artikel finde ich ein Statement, in dem die Johanna offen darüber spekuliert, dass die Sina ihren Vater ermordet hat. Wenn ich aber mal die Timeline durchgehe, beziehungsweise das, was die Miri und ich bis jetzt herausgefunden haben, fehlt von der Sina ja schon einen Tag vor dem Mord am Xaver bereits jede Spur. Auch weiß ich nicht, wie der Trutschlik überhaupt darauf gekommen ist, dass der Xaver ermordet wurde. Bis auf dass der tote Mesner am Galgen hing und eine Verletzung am Hinterkopf hatte, die, wie ich dachte, vom Donnern seines

Kopfes an die Kante der Glocke kam, sah der Körper tatsächlich unversehrt aus. Den Wolfi kann ich das alles aber im Moment unter gar keinen Umständen fragen. Aus seinen Nachrichten, die er mir nach unserer Flucht aus dem Allgäu gestern aufs Handy geschickt hat, nachdem ich seine Anrufe allesamt ignoriert habe, geht ganz deutlich hervor, dass er mehr als sauer auf mich ist. Blutsnarrerd, könnte man seinen derzeitigen Gemütszustand in Friedls Worten beschreiben. Der Freirer Harald hat durchaus das eine oder andere Mal auch schon als gute Informationsquelle gedient, doch der ist mit der Biggi immer noch nicht aus dem Griechenlandurlaub zurück, und beim Trutschlik kann ich es gleich vergessen, ihn nach seinen Untersuchungsergebnissen zu fragen. Der Kemptener Gerichtsmediziner wird mittlerweile längst mitbekommen haben, dass ich ihm am Telefon eine fiese Falle gestellt habe, in die er prompt und mit voller Wucht hineingestiefelt ist. Meine Quellen sind versiegt. Selbst die Sumpfkuh Berta, die immer auskunftsfreudig den neuesten Tratsch in Burglbach verbreitet, ist nicht nur wie sonst lediglich schlecht auf mich zu sprechen, sie hat mich inzwischen zu ihrem persönlichen Feindbild erklärt und hetzt nun sogar schon ihre Anhängerschaft auf mich, seit ich ihr damit gedroht habe, sie beim Bauamt wegen ihres blöden Wintergartens zu verpfeifen. Ich brauche schleunigst einen Geistesblitz, eine Spur oder einen entscheidenden Hinweis, sonst bleibt der Mord am Xaver eventuell ungesühnt und das Mysterium um Sinas Verschwinden ein ewiges Rätsel.

Als ich an meinem roten Flitzer ankomme, steckt ein zusammengefalteter Zettel unterm Scheibenwischer. »Verdammt noch mal! Warum, zum Teufel?«, fluche ich und schaue mich um, ob ich die Politesse noch irgendwo erwische. Was für eine erbärmliche Frechheit. Wenn ich mit einer Berufsgruppe auf Kriegsfuß stehe, dann sind es die werten Mitarbeiter des Straßenverkehrsamtes. Wir befinden uns hier auf einem halb leeren Parkplatz in irgendeinem Industriegebiet. Wen, verdammt, stört es da bitte, dass ich vielleicht nicht ganz regelkonform gerade, sondern quer über zwei Stellplätze geparkt habe, weil ich mir das nervige Rangieren sparen wollte. Als ich das Papier hervorziehe, um es zusammengeknüllt in die nächste Pfütze zu werfen, stelle ich aber fest, dass es sich nicht um ein offizielles Knöllchen, sondern um eine handschriftliche Notiz handelt, auf der Folgendes zu lesen ist:

*Eventuell kann ich Ihnen weiterhelfen. Rufen Sie mich nach 18 Uhr an.*

Kein Name, darunter nur eine Telefonnummer. Die kantige Schrift auf dem mit Asche verschmutzten Papier ist nicht sehr gut zu lesen, aber die Message ist eindeutig. Hier weiß jemand etwas. Sofort werde ich ganz aufgeregt. Suchend schaue ich mich nach der Person um, die mir den Zettel unter die Windschutzscheibe geklemmt haben könnte, doch der Parkplatz ist leer. Als ich im Wagen sitze, lese ich noch einmal Wort für Wort.

Heiliger Bimbam, vielleicht habe ich endlich eine Spur. Ein freudiger Schauer überkommt mich. Ich sehe mich schon, wie ich mit stolzgeschwellter Brust zurück nach Burglbach kehre und die Sina im Schlepptau nach Hause bringe. Vielleicht wird sich dann auch klären, wer den Xaver um die Ecke gebracht hat. Es könnte doch sein, dass die Sina irgendwas beobachtet oder rausgefunden hatte, was mit dem Xaver zu tun hatte und nicht für ihre Augen bestimmt war, und deswegen musste sie daraufhin ganz überstürzt fliehen, bevor sie in etwas hineingezogen wird. Das wäre doch eine plausible Schlussfolgerung, oder? Immerhin wurde der Xaver kurz nach ihrem Verschwinden erledigt. Und auch noch in einem Gotteshaus. Das würde kein gottesfürchtiger Katholik machen. Nach dem Schafkopfen am Samstagabend in der Alten Sau, unserer Dorfkneipe, hat den Xaver auch niemand mehr gesehen. Das Wieso ist also der Schlüssel zum Täter. Aber welches Motiv könnte der Mörder gehabt haben? Überall, wo ich mich umgehört habe, war das Echo das gleiche. Der Xaver war ein unbescholtener Christ, Landwirt und Vater. Sogar manchmal eher etwas zu gutmütig, nehme ich an, wenn ich der Johanna Glauben schenken will und der Xare der Sina tatsächlich so gut wie jeden Wunsch von den Augen abgelesen hat. Die Theorie, dass der Xaver Sina umgebracht haben könnte, um dann nur einen Tag später selbst zum Opfer eines kaltblütigen Mörders zu werden, schließe ich aus. So viel Drama, das gibt's doch nur made in Hollywood, oder nicht? Die Anfangstheorie, der Xaver könnte Selbstmord begangen haben, weil die Sina ihn verlassen hat, klang eigentlich ziemlich einleuchtend. Aber wie der Trutschlik nun offensichtlich herausgefunden hat, handelt es sich beim Xare nicht um einen Selbstmörder. Wie geht das alles zusammen?, frage ich mich. Der Fall um die Allgaiers ist wirklich verzwickt. Nervös schaue ich auf die Uhr, es sind noch sage und schreibe sieben Stunden, bis ich die geheimnisvolle Nummer anrufen kann, und schon jetzt kann ich an nichts anderes mehr denken. Bevor ich zurück zum Kurhaus düse, die Friedl fragt sich bestimmt schon, wo ich so lange bleibe, ist mir noch etwas eingefallen. Ich fahre noch mal in den Vogelweg, denn als ich gestern dort auf der Suche nach diesem Dennis war, hatte ich ganz vergessen, mich nach Sinas lila Ford Fiesta umzusehen. Das ist zwar eine wirklich schwache Spur, aber manchmal schon hat genau so eine Kleinigkeit zur Lösung eines Falles geführt. Als ich in die Straße biege, ist klar, dass weder ein lilafarbener Kleinwagen noch ein anderes Auto mit Oberallgäuer Kennzeichen dort abgestellt ist. Der Schlenker hat mich leider kein Stückchen weitergebracht.

Als ich meinen Wagen vor dem Kurhaus abstelle, kommt bereits die Friedl auf mich zugespurtet. Grantig will sie von mir wissen, wo ich die letzten gut eineinhalb Stunden gewesen sei. Natürlich kann ich ihr nicht sagen, dass ich mich in der Eisengießerei nach diesem Dennis und der Sina umgehört habe. Sollte sie überhaupt davon Wind bekommen, dass wir grundsätzlich gar nicht wegen ihrer Erholung, sondern eigentlich nur wegen dem Allgaier Fall hier im fast tausend Kilometer entfernten Stralsund gelandet sind, wird sie mich in Stücke reißen. Im Handumdrehen säßen wir beide in meinem Wagen Richtung Burglbach, da bin ich mir sicher. Und auch, dass sie dem Wolfi alles brühwarm erzählen würde. Dann wäre die Kacke wirklich am Dampfen. Es ist einfach ein Jammer, da habe ich vielleicht nun endlich eine heiße Spur aufgetan, und ich muss schweigen wie ein Grab.

»Also, schieß los, wo warsch jetzt, du?«

»Friedl, ich bin eine erwachsene Person und habe ein Recht auf Privatsphäre. Nachdem du mich schon in meinem Zimmer belagerst, brauch ich auch mal etwas Frei…«

»Papperlapapp, wozu isch denn a Verbindungsdier da, hä? Sicherlich warsch eh bloß wieda irgatwo shoppa und hasch zehndausert Euro zum Fenschter nausgworfa. Egal, jetzt, wo mir scho amal do sind, will i au s'Meer seher«, meint sie und wedelt gefährlich nah vor meiner Nase mit einem bunten Prospekt herum. »D'Rodrigo hat g'moint, des könnt ma uns amal a'schaua. Des wär a echta G'heimtipp.«

»Ein Ausflug nach Rügen? Wieso eigentlich nicht.« Die Idee hätte auch von mir sein können. Bis heute Abend muss ich die Zeit sowieso rumbringen, und schon jetzt bin ich dermaßen nervös, dass ein bisschen Ablenkung gerade recht kommt.

# DAS FETTE-SOSSE-FIASKO

Nach einem kurzen Boxenstopp in der nahe gelegenen Bäckerei mit einem Sanddornstriezel und einem ganz passablen laktosefreien Cappuccino mit Milchschaumberg bin ich auch schon bereit. Die Überfahrt von Stralsund nach Rügen ist allein schon spektakulär. Fast drei Kilometer lang ist die schmale Brücke, die das Festland mit der größten Ostseeinsel Deutschlands verbindet. Ein wolkenloser blauer Himmel empfängt uns, und unser erster Stopp führt uns ans Kap Arkona, der Tourihotspot schlechthin, wie wir schon kurz nach der Ankunft feststellen müssen. Denn mit uns machen sich gleichzeitig gefühlt fünftausend weitere Touristen auf denselben Weg hinauf zum Aussichtspunkt, den jeder Besucher gesehen haben muss. So viel zu Rodrigos Geheimtipp. Der Wind pfeift uns gehörig um die Ohren, und die Aussicht on top der senkrecht abfallenden Steilküste auf das offene Meer ist gigantisch. »Walli, so ebbes ha i ja no nia g'seha. Mach doch amal a schens Foto von mir. Des war echt a guater Tipp vom Rodrigo, find'sch it au, Walli?«, quiekt die Friedl vergnügt und wirft sich ganz tourilike vor dem alten Leuchtturm in Pose. Natürlich schieß ich gleich noch ein paar Selfies für meinen Whatsapp-Status hinterher. Wir wandern ein Stück den Weg entlang, und die Hitze nimmt immer mehr zu. Die Wasseroberfläche glitzert in den schönsten Farben, und als uns ein verdammt wohlriechender Duft in die Nase kriecht, ist die Friedl sofort alarmiert. Wie ein Trüffelschwein nimmt sie sofort die Fährte auf, die uns nach ein paar Hundert Metern in ein kleines Dörfchen an der Steilküste führt. In einer der vielen kleinen mit Stroh gedeckten Holzhütten wird neben Basteleien und allerhand maritimem Krimskrams auch geräucherter Fisch in einer krossen Schrippe und mit einer ordentlichen Portion Remoulade serviert. »Oh ja, könnt i bitte no an anständiga Klecks von dem da haber?«, meint die Friedl gierig und nötigt den Fischer mit Handzeichen, noch mehr von der fetten Soße auf ihr Fischbrötchen zu klatschen. Die Friedl ist ein absolutes Schleckermäulchen, zugegeben ich auch, aber manchmal kennt sie einfach keine Grenzen. Natürlich ist ihr bewusst, dass der Dr. Brandl beim halbjährlichen Blutcheck mit ihren Werten ganz und gar nicht zufrieden war, aber anscheinend juckt sie das im Angesicht eines verführerischen Fischbrötchens nicht die Bohne. Wenn sie nicht selbst auf sich aufpassen kann, dann muss ich das wohl übernehmen! »Friedl, so viel fettes Zeug ist überhaupt nicht gut für dich.«

»Des brausch du mir it saga, des woiß i scho selba, was guat für mi isch und was it!«, motzt sie trotzig und deutet dem Fischverkäufer trotzdem mit dem Finger, wo die Soße genau platziert werden soll. Anscheinend reicht es nicht, dass es gestern zum Frühstück schon einen Döner und am Abend sogar noch Schnitzel so groß wie Elefantenohren gegeben hat. Außerdem hatte die freundliche Bäckereifachverkäuferin vorhin bei der Friedl noch mal nachgefragt, ob ihr die beiden Stücke Sanddornkuchen mit Schlagsahne und das Schokocroissant heute Morgen zum Frühstück geschmeckt hätten. Also irgendwo muss einmal Schluss sein, finde ich. Natürlich kann man schlemmen, aber genug ist genug, und wenn die Friedl sich ihrer Grenzen nicht bewusst ist, muss sie gestoppt werden. Bevor also die Remoulade vom Schöpfer auf die aufgeklappte Hälfte ihres Brötchens platscht, setze ich einen gezielten koreanischen Jireugi-Schlag gegen ihr rechtes Handgelenk. Die fettige Kräutersoße, das hatte ich blöderweise nicht bedacht, verfehlt ihr eigentliches Ziel und landet wie ein ekliger Möwenschiss direkt auf meinem Wildlederschuh. Gleichzeitig wird das Makrelenbrötchen meiner Freundin in die Höhe katapultiert und trifft den Fischverkäufer am Kopf, bevor es schließlich zu Boden geht und über den sandigen Boden kullert. Mist, natürlich war das so nicht geplant. Wer bitte ruiniert schon freiwillig seine Wildlederpumps im Dalmatinerlook, die noch nicht mal vierundzwanzig Stunden alt sind? Während die Friedl immer noch perplex auf ihre nun leere Pfote starrt, in der noch vor wenigen Sekunden ein echter Leckerbissen steckte, fuchtelt der Imbissverkäufer schimpfend und fluchend mit seiner Soßenkelle drohend vor meiner Nase herum.

»Sag amal, bisch du no ganz bei Troscht? Was fällt dir eigentlich ei?«, fährt mich die Friedl an und macht einen Satz auf mich zu.

»Deine Gesundheit, Friedl, ich wollte doch nur … Mein Schuh!«

»Gib her«, meckert sie, reißt mir ohne Vorwarnung mein eigenes Fischbrötchen aus der Hand, taucht es bis zum Anschlag in den Remouladeneimer vor uns, sodass auch noch ihre Finger bis zur Hälfte mit der Kräutersoße besudelt sind, und beißt, ach, was sag ich, sie reißt wie ein hungriger Wolf mit ihren fletschenden Hauern gut zwei Drittel der belegten Schrippe auf einmal ab, stopft und schoppt sich alles auf einmal in den Mund und stiert mich mit großen Augen an, was wohl bedeuten soll, dass sie sich nicht die Butter vom Brot beziehungsweise den Fisch vom Brötchen nehmen lässt. Gut, ich muss zugeben, der Taekwondo-Schlag, den ich damals von einem echten Großmeister in Südkorea gezeigt bekommen habe und den ich nun zum Schutz ihrer Blutwerte gegen sie eingesetzt habe, war definitiv zu hart, wenn man sich das Ausmaß meines zerstörten Pumps einmal genauer anschaut. Den Fettfleck werde ich niemals mehr rausbekommen. Wahrscheinlich wird er sogar noch von grünen Kräuterflecken durchzogen sein, die ich unter der öligen Masse erkennen kann. »Also, es tut mir wirklich leid, Friedl. Du bist aber halt auch unvernünftig. Wir zwei müssen doch auf unsere Gesundheit achten«, meine ich und rupfe nebenher mehrere Servietten aus dem Spender, als ein mittelgroßer Köter auf mich zuspringt und mir mit wedelndem Schwanz die Soße vom Schuh leckt. »Verschwinde! Pfui, lass das!«, motze ich und schiebe den gierigen Mischling zur Seite. Das war's endgültig. Das Ding ist hin. Als ich aufschaue, ist die Friedl weg. »Wo ist sie hin?«

»Den Eimer Remoulade ersetzen Sie mir, und dann ziehen Sie Leine. Und lassen Sie sich hier nicht mehr blicken, verstanden? Ich habe die Schnauze voll von euch blöden Touris«, beschwert sich der aufgebrachte Mann hinter seiner Auslage und zieht sich wütend den Schurz vom Leib. Auch nachdem ich mich umdrehe und suchend das kleine Sträßchen entlangblicke, aus dem wir nur Minuten vorher gekommen sind, hört der Fischverkäufer nicht auf zu maulen. »Hey, hören Sie? Sie müssen das bezahlen!«

Verdammt, wo ist die Friedl nur hin? Gerade war sie doch noch neben mir. Ich schmeiße dem Schreihals einen Zwanziger hin und laufe das kleine Dörfchen ab, doch von der Friedl fehlt jede Spur. In meinem Kopf ploppt schon ein Flugblatt mit Friedls Konterfei auf. Missing Friedl will ich auf jeden Fall verhindern. Als eine weitere Touristenhorde das Dorf stürmt, verliere ich komplett den Überblick. Bunte Anoraks und wimmelnde Hüte, so weit das Auge reicht. Natürlich ist die Friedl mit ihrer neuen wasserstoffgebleichten und auftoupierten Dolly-Parton-Gedächtnisfrisur anno 1980 kaum zu übersehen, aber sie ist eben auch nicht die Größte, und in der Menschenmenge könnte sie dann doch im Getümmel untergehen. Ich rufe ihren Namen und drängle mich wie ein Pingpongball durch die Masse, doch meine Freundin bleibt verschwunden. »Wo, zum Teufel, steckt das Weibsbild nur?«, fluche ich, als ich nach einer gefühlten Ewigkeit so gut wie alles in dem kleinen Küstenörtchen abgesucht habe. Erst als ich mich neben einem kleinen Reetdachhaus erschöpft an die Fassade lehne, erblicke ich sie zufällig. Da hockt sie ja! Auf einem abgesägten

Baumstamm hat sie es sich unter einer alten Linde gemütlich gemacht. »Friedl!«

Erschrocken blickt sie sich um. Als sie mich entdeckt, ergreift sie erneut die Flucht.

»Friedl, also jetzt … Lass uns doch … Das ist doch lächerlich … Bleibst du wohl gefälligst …« Wie eine beleidigte Leberwurscht schwingt sie ihre Hüften und stampft über die Sanddünen. Ich habe wirklich zu tun, meine wütende Freundin einzuholen. »Bleib doch endlich stehen. Der Dr. Brandl … deine Blutwerte! Es tut mir leid. Ich hatte doch nur dein Bestes im Sinn!«

»Mei Beschdes, pff? Hasch vielleicht scho amal was vom Fruschtfressa g'hört, hä? Des isch doch alls bloß wega dena, wo soll i denn hi, wenn mir wieder hoimkommert?«

Dass das Babette-Thema für ihren maßlosen Kalorienkonsum herhalten muss, ist fast schon putzig. Meine Friedl hat schon immer gern etwas über die Stränge geschlagen. Mir würde es wohl genauso gehen, wenn ich so gut kochen und backen könnte wie die Friedl. Von luftigen Dampfnudeln über würzig gespeckte Krautkrapfen bis hin zum Schweinsbraten mit krosser Kruste und Kartoffelsalat hat sie einfach alles drauf, was anhand des sauguten Geschmacks natürlich jedem irgendwann zum Verhängnis werden kann. Dass aber das ganze Drama um ihre Tochter samt Brut für ihre kulinarischen Exzesse verantwortlich sein soll, kann ich kaum glauben. Dennoch. Die Babette muss weg, das war mir schon gleich nach dem »Schnitzelgate« letztes Jahr klar. Aber davon wollte die Friedl damals ja noch nix hören. Stattdessen war sie fest entschlossen, ihren Omapflichten verantwortungsvoll nachzukommen, und im guten Glauben, die drei und besonders den Alok-Henry in absehbarer Zeit in den Griff zu bekommen. Dass sie mit ihrem Vorhaben kläglich gescheitert ist, brauche ich ihr erst gar nicht unter die Nase zu reiben. Das wurde ihr spätestens bewusst, als der Alok-Henry vor ein paar Monaten heimlich Frischhaltefolie um die heimische Toilettenschüssel gewickelt hatte, kurz bevor die Friedl mal Groß musste. Zugegeben, da konnte ich mir das Kichern einfach nicht verkneifen, als sie mir schockiert davon berichtete und mich um strengste Geheimhaltung ihres kleinen Malheurs gebeten hat. Der Alok ist ein Satansbraten par excellence, aber auch die kleine Babuna-Rosa mit ihrer ausgefeilten Technik, ihre Speisen regelmäßig an Böden, Wänden und Decken zu platzieren, steht ihrem großen Bruder in nichts nach. Ich dachte ja, dass sich das Verhältnis zwischen mir und Friedls Enkelkindern nach der Bunkerbefreiung im letzten Jahr entspannt hätte, aber davon kann nun keine Rede sein. Wer meine Freundin drangsaliert, schikaniert und aus ihr ein nervliches Wrack macht und dazu noch ihre Gesundheit in Gefahr bringt, wird zu meinem persönlichen Feind erklärt. Letztlich ist doch an allem nur die Babette schuld. Sie hat aus kleinen süßen unschuldigen Babys mit strubbligem schwarzem Haar mit ihren lapidaren Erziehungsmethoden und fragwürdigen Ansichten im wahrsten Sinne des Wortes monströse Monster produziert. Da hätte sie sich mal ein Beispiel an der Flitzi, ihrer großen Schwester, nehmen sollen. Die Franzi alias Flitzi, den Spitznamen trägt Friedls älteste Tochter bereits seit dem Kleinkindalter, weil sie wegen diverser Lebensmittelunverträglichkeiten ständig Durchfall hatte, lebt schon seit über sechzehn Jahren im Ausland und hat mit ihrem kanadischen Ehemann Elvis eine echte Bilderbuchfamilie gegründet. Vier wohlerzogene Buben mit nicht mal im Ansatz so bescheuerten Namen, wie Babettes Brut sie trägt, nennen nicht nur zahlreiche Sportauszeichnungen und diverse Wissenschaftsnachwuchspreise ihr Eigen. Die vier Orgelpfeifen besuchen auch allesamt eine Eliteschule in Montreal. Sprechen gleich mehrere Sprachen fließend und wissen, wie man sich benimmt. Ein höfliches Bitte und Danke, ein »Sehr gerne, Großmama« und »Kann ich dir behilflich sein?« gehören zum Standardrepertoire im Hause Moosbach-Whittaker. Sollte der Wolfi jemals auf die Idee kommen und planen, mich zur Großmutter zu machen, wäre ein wohlerzogenes Enkelkind à la Flitzi ein absolutes M-U-S-S. Apropos Wolfi. Ich muss dringend den Ole anrufen. Bis jetzt habe ich nämlich noch nichts von dem Buben gehört. Schließlich sollte der doch schnellstmöglich herausfinden, was der Wolfi vor mir verheimlicht. Mittlerweile habe ich die Friedl eingeholt und einmal herzhaft gedrückt. Auch wenn sie das nur widerwillig und stocksteif über sich ergehen ließ. Natürlich kann meine Freundin so lange bei mir unterkommen, wie sie will. Das ist aber natürlich auch keine Dauerlösung, schließlich liebt die Friedl ihren Hof. So kann es also nicht weitergehen, und eine Lösung muss her. Meine Idee, den Panjabi zu zwingen, die Babette zurückzunehmen, notfalls mittels Gewaltandrohung oder mit einem verlockenden finanziellen Angebot, findet die Friedl aber trotzdem blöd. Immerhin will sie ihre Tochter nicht zu ihrem indischen Nochehemann zurückschicken, der sie bereits während ihrer Hochzeitsfeier mit einer Bollywoodtänzerin betrogen hatte.

# MR. X

Um die Zeit bis zum Abend und bis zum Anruf des geheimnisvollen Zettelschreibers schneller rumzubringen, fahren wir noch ein Stück weiter. Dank dem Rodrigo, der der Friedl auch noch den Besuch zweier weiterer Sehenswürdigkeiten unbedingt ans Herz gelegt hat, ist sie auch schnell davon zu überzeugen, wieder in meinen Wagen zu steigen. Rügen ist einfach eine Schau. Fast schon majestätisch erhebt sich die riesige Kreidefelsformation entlang des Ostseeufers aus dem Meer, die wir mit offenen Mündern bestaunen. Der Königsstuhl ist mit seinen rund hundertachtzehn Metern der größte Kreidefels hier auf Rügen und wirklich eine Reise wert. Bevor wir zurück aufs Festland tuckern, will ich mir unbedingt noch die Selliner Seebrücke ansehen. Schon lange war es mein Wunsch, das wunderschöne Gebäude, das auf massiven Holzpfählen über dem Meer erbaut wurde, einmal live und in Farbe zu sehen. Die Reise nach Rügen mit dem Adalbert war bereits fest geplant, doch dann kam alles anders, und er verstarb urplötzlich. Heute, an diesem wunderbaren sonnigen Tag, ist nun die Friedl an meiner Seite und darf mit mir den Prachtbau mit seinen unzähligen Sprossenfenstern und geschindelten Türmchen bestaunen. Auf Instagram finden sich massenweise Bilder dieses Meisterwerks, das erstmals, wenn ich mich recht erinnere, um 1900 erbaut wurde und durch einen Brand und ein schweres Eisschollentreiben schon zweimal komplett zerstört wurde und wieder neu aufgebaut werden musste. Ein Selfie davor ist auf jeden Fall ein Must-have, und so wandern wir die lange Häuserallee hinauf, bis wir an die steile Treppe gelangen, die uns hinunter zur Seebrücke und dem rundum liegenden Strand mit seinen Hunderten rot-grün gestreiften Strandkörben führt.

»Friedl, schau mal, wie schön!«, quieke ich erfreut und kann es gar nicht erwarten, das herrschaftliche Gebäude zu betreten. Nix isses. Das Ding hat zu! Wie kann so was sein? Da fährt man quer durch ganz Deutschland, und dann das! Wegen interner Weiterbildung heute geschlossen, lese ich auf einem Schild. Verdammt und zugenäht. »So ein Mist, lass uns fahren!«, maule ich und drehe mich zum Gehen.

»Walli, warte, i muss mal! Dringend!«

»Hier gibt's nix. Ist alles dicht«, meine ich genervt und stapfe den langen Steg zurück. Um zu meinem Wagen zu gelangen, müssen wir jede einzelne Stufe wieder emporkraxeln, weil der Aufzug seitlich des Treppenaufgangs ebenfalls heute blaumacht. Was für ein Reinfall.

Als wir beide schweißgebadet im Auto sitzen, die Stufen waren wirklich eine echte Tortur, geht's zurück Richtung Stralsund. Unter meiner schwarz-weißen Bluse, die mit schlängelnden Klaviertasten bedruckt ist, rinnt mir die Brühe nur so herunter, und die Friedl schnauft und keucht auch noch, nachdem wir die Küste längst hinter uns gelassen haben, wie ein Walross nach einem Hundertmeterlauf. Bereits in etwas weniger als eineinhalb Stunden kann ich endlich die geheimnisvolle Nummer anrufen, und ich bin schon jetzt gespannter, als ein Flitzebogen überhaupt sein kann. Was werde ich da erfahren? Es ist einfach eine Schande, dass ich der Friedl nix von meinen Nachforschungen erzählen kann, weil sie absolut kein Verständnis für mein Hobby hat und meint, ich müsse die ganze Materie schon meinem Sohn überlassen. Wozu ist der Wolfi schließlich sonst zum POK, also zum Polizeioberkommissar, der Kemptener Kripo gekürt worden? Auf die Frage, warum gerade mein Sohn zum Häuptling der Mordkommission auserkoren wurde, kann ich keine plausible Antwort finden. Bis heute ist mir die Entscheidung einfach schleierhaft. Mein anfänglicher Verdacht, er könnte sich hochgeschlafen haben, hat sich glücklicherweise nicht bestätigt. Die Polizeichefin hat nämlich vergangenen Herbst geheiratet. Eine Frau. So bin ich zu dem Schluss gekommen, dass das nur aus einem einzigen Grund passieren konnte: massiver Fachkräftemangel. Wer will schon in der heutigen Zeit noch zur Bullerei, bei den immer massiver werdenden Aggressionen gegen unsere Polizeibeamten?

»Hey, was soll das?«, fluche ich und hämmere auf meiner Hupe herum, als die roten Rücklichter des Anhängers vor mir schlagartig aufleuchten und ich im letzten Moment eine Vollbremsung reinhauen kann. Es ist nicht zu glauben. Heute Morgen konnten es die Touristenschwärme kaum erwarten, die Insel zu stürmen, nur um sie anscheinend auch gleichzeitig und im Kollektiv wieder verlassen zu können und Rügen über die einzige Abfahrt den Rücken zu kehren.

Schon seit geschlagenen vierzig Minuten stehen wir und sind keinen einzigen Millimeter vorwärtsgekommen. Die Friedl wird auch immer ungeduldiger und zappelt nervös auf dem Sitz hin und her.

»Walli, s'bressiert wirklich, i halt's glei nimme aus!«

»Friedl, du musst's noch aushalten oder hier irgendwo hinter den Busch gehen, was anderes wird dir nicht übrig bleiben!« Na bravo, denke ich mir und kann noch nicht mal die Brücke erkennen, die uns zurück aufs Festland bringen soll. Das könnte entweder daran liegen, dass ich dem Holländer mit seinem unästhetischen Wohnwagen in Eiform zu dicht aufgefahren bin, oder daran, dass wir uns noch meilenweit vor der eigentlichen Überfahrt befinden. Es ist zum Mäusemelken. Auch mein Versuch, mich an dem Niederländer und seinem peinlichen Schlafcontainer seitlich vorbeizuschummeln, scheitert kläglich, weil der Kerl bereits auf dem Standstreifen sein Lager beziehungsweise sein Klappstuhlset, bestehend aus Stuhl und Fußablage, aufgeschlagen hat und tiefenentspannt an seinem Bier nuckelt. »Wenn das so weitergeht, holt der gleich noch den Grill raus!«, schimpfe ich, und die Friedl schleckt sich schon ihr Mäulchen. Ich hupe und lasse mehrmals den Motor aufheulen, doch der Plattländer lässt sich davon überhaupt nicht beeindrucken und prostet uns lächelnd zu. Ich ahne bereits, dass ich zu meinem mysteriösen Telefondate noch zu spät kommen werde. Denn wie, bitte schön, soll ich unbefangen meine Fragen stellen, wenn der Spion mir im Nacken sitzt und ungefragt mithört? Dass Friedls Ohren so groß wie eine ganze Blumenkohlplantage werden, allein wenn ich die Worte Sina, verschwunden und Mord am Xaver nur erwähne, ist so klar wie Kloßbrühe. Ohne jegliches schlechtes Gewissen wird sie mich beim Wolfi verpfeifen, darüber bin ich mir im Klaren. Ich kenne meine Freundin und weiß, dass sie mit meinem Sohnemann bei diesem Thema vollkommen d'accord geht. Einfach aussteigen kann ich nicht. Sollte sich der Stau auflösen, muss ich blitzschnell reagieren, schließlich kann ich nicht einfach die Fahrbahn blockieren. Kurzum, die Friedl ist das Problem. Und wie löst man so ein Problem? Natürlich. Die Friedl muss weg! Inzwischen ist es bereits 17.31 Uhr, und mir bleiben noch genau achtundzwanzig Minuten und dreiundfünfzig Sekunden, sie aus dem Weg zu schaffen. Also nur im übertragenen Sinn. Aber wie?, frage ich mich und krame in meinem Hirnkastl nach einer effektiven und zielführenden Problemlösung. Weil mir nix Besseres einfällt, drehe ich kurzerhand die Heizung bis zum Anschlag. Aus allen Ritzen strömt nun ein unangenehm heißer Wind und bläst Friedls neue wasserstoffblond gefärbte Mähne wild durcheinander.

»He, was soll denn des? Bisch du irre, des isch doch viel z'hoiß«, stänkert sie und dreht den Regler wieder ab. Ich wende den Schalter erneut auf Dunkelrot, und was macht sie? Sie dreht den Heizungsschalter abermals nach links. So geht es einige Male hin und her, bis mir fast der Kragen platzt. »Finger weg, lass das gefälligst!«, zische ich und drehe den Schalter erneut auf Powerheat. Dass die Friedl ein renitentes Weibsbild ist, wusste ich schon vorher, aber mit so viel Widerstand hätte ich nicht gerechnet. »Der Motor überhitzt gleich. Das muss sein«, schwindle ich und wehre ihren erneuten Abdrehversuch ab. Die Hitze in dem kleinen Fahrzeugraum ist unerträglich, und der Schweiß, der nach unserer Treppenerklimmung gerade erst getrocknet war, quillt uns abermals aus allen Poren. Als meiner Freundin der Schweiß erneut auf der Stirn steht, versucht sie, mit dem Rügenflyer in der klebrigen Hand wedelnd etwas Abhilfe zuzufächern. Anstatt Linderung zu erzeugen, entsteht jedoch der Saunaeffekt. Durch ihr hektisches Gewedel verteilt sie die Hitze nur noch mehr, was mir allmählich neben meinem Verstand auch den Atem raubt. Doch ich habe mir fest vorgenommen, das Ding hier tapfer auszusitzen. Irgendwann muss sie doch das Weite suchen, denke ich mir verzweifelt und schalte heimlich ihre Sitzheizung zusätzlich auf volle Pulle, um ihrem natürlichen Fluchtinstinkt endlich auf die Sprünge zu helfen.

»Mach doch wenigschtens die Fenschter auf, Walli. S'isch so hoiß hier drinna, und i muss so dringend aufs Klo, i halts glei nimme aus!«, jammert sie und knibbelt erfolglos an den elektrischen Fensterhebern herum. Glücklicherweise verfüge ich über einen taktisch hochsensiblen Verstand, und so hatte ich ihre Aktion bereits vorab kommen sehen und ihren Fensterheber über das Bedienmenü an meiner Innentür mit einem simplen Knopfdruck deaktiviert. »Geh doch da, hinter den

Busch. Da sieht dich doch keiner«, animiere ich sie, endlich den Wagen zu verlassen.

»Noi, i konnt doch scho als Kind it wildbiesler, des woisch doch, und schau amol die lange Schlange hinter uns a. Die werda mir doch alle zugugga. Noi, des ka i it macha«, weigert sie sich störrisch und verzieht dabei ihr Gesicht. Nur noch dreizehn Minuten, und mir platzt gleich der Kragen. »Hier, Friedl, trink mal was«, meine ich gespielt fürsorglich. »Bei der Hitze brauchst du dringend Flüssigkeit.«

»Her damit!«, meint sie gierig und reißt mir die bieselwarme Sinalco buchstäblich aus der Hand. Mit einem einzigen Zug leert meine Freundin die Flasche bis auf den letzten Tropfen und wischt sich beherzt mit ihrem Ärmel den Mund. Die Lüftung bläst immer noch erbarmungslos hauptsächlich natürlich in ihre Richtung, trotzdem beginne auch ich auf meinem Sitz langsam, aber sicher dahinzuschmelzen. Wie dehnungsfähig kann eigentlich die Blase meiner Freundin sein, frage ich mich hoffnungslos und ersehne ein Wunder. Schon vor über einer Stunde, noch auf der Selliner Seebrücke, hatte die Friedl angekündigt, mal dringend zu müssen. So eilig kann es ja dann wohl doch nicht gewesen sein, wenn sie noch immer wie angewurzelt auf meinem Beifahrersitz hockt, ärgere ich mich und sehe meinen Plan, sie mit Hitze und einem halben Liter Sinalco aus dem Wagen zu bugsieren, als gescheitert an. Noch sieben Minuten. Innerlich habe ich meine Niederlage bereits angenommen. Wenn alle Stricke reißen und die Friedl es aussitzen will, okay. Mein Gott, dann soll sie es halt erfahren. Immerhin tue ich mit meinen Ermittlungen niemandem weh, und der Wolfi ist wegen dem Türschlossfiasko eh immer noch sauer auf mich. Wenn er noch ein paar Wochen länger schmollt, ist das, denke ich, machbar. Wenn sich so der Fall um den Xaver und die Sina lösen lässt, auf jeden Fall, immerhin bin ich gewillt, für einen Ermittlungserfolg Opfer zu bringen. So bin ich eben. Selbstlos im Kampf gegen Kriminelle.

Der Stau nimmt einfach kein Ende. Unser Goudafreund hat mittlerweile sogar seinen Sonnenschirm aufgespannt und prostet uns erneut freundlich grinsend zu. Verdammt und zugenäht, irgendwann muss das zähe Stück neben mir doch klein beigeben, denke ich, als sie urplötzlich und völlig unerwartet die Wagentür aufreißt und aus dem Auto stürmt. »Tu dir keinen Zwang an, Friedl!«, rufe ich ihr hinterher, schalte den Regler auf Cooldown und verriegle die Türen von innen. Noch als ich die Nummer eintippe, beobachte ich, wie die Friedl auf dem Grünstreifen neben der Fahrspur verzweifelt nach einem geeigneten Plätzchen für ihr Geschäft sucht. Wie ein Hase auf der Flucht huscht sie kreuz und quer von Busch zu Busch, bückt sich und muss leider kurz darauf feststellen, dass ihr das Gewächs nie und nimmer genügend Schutz vor neugierigen Blicken der Stauschlange vor und hinter uns bieten wird. Die pure Verzweiflung in ihrem Gesicht und ihr komischer watschelnder Gang querfeldein verraten mir, dass sie es nicht mehr lange halten kann. Darüber kann ich mir, auch als gute Freundin, in diesem Moment jedenfalls nicht den Kopf zerbrechen und tippe die Nummer vom Zettel konzentriert Zahl für Zahl in mein Telefon ein. Ich drücke auf Anruf, als im selben Moment mein Telefon beginnt zu klingeln.

»Walli Schimmel am Apparat. Mit wem spreche ich?«, meine ich gespannt und frage mich, woher der ominöse Zettelschreiber eigentlich meine Telefonnummer hat. »Walli?«

»Miri, hä? Wieso?« Als ich schnalle, wer sich tatsächlich am anderen Ende der Leitung befindet, wimmle ich die Miriam so schnell es geht ab. Hastig quassle ich in den Hörer, dass grad ein ganz schlechter Zeitpunkt zum Quatschen ist und ich später zurückrufe. Ohne eine Antwort abzuwarten, hänge ich ein. Dafür wird die Miri sicherlich Verständnis haben, denke ich mir und hoffe, die Person, mit der ich nun hoffentlich gleich sprechen werde, verrät mir, wo dieser Dennis sich aufhält. Gerade als ich abermals auf Anruf drücken will, schellt es erneut. Schon wieder versucht die Miriam mich anzurufen. Ist die schwer von Begriff, oder was?, ärgere ich mich und drücke sie erneut weg. Noch einmal tippe ich die Nummer vom Zettel ein, und diesmal habe ich Glück.

# DAS PHANTOM BEKOMMT EIN GESICHT

Erst als die Friedl wütend gegen die Scheibe der Beifahrertür hämmert, schrecke ich aus meinem Gedankenkarussell hervor. »Walli, mach auf!«

Was ich eben am Telefon von Mike, einem Kumpel und Arbeitskollegen vom Dennis, und seiner Freundin erfahren habe, ist mehr als beunruhigend. »Machsch du jetzat endlich die Dier auf, s'goht weita, Zement!«, zetert die Friedl außerhalb des Wagens auf mich ein und zerrt mehrmals hintereinander ungeduldig am Türgriff. Gedankenverloren löse ich die Zentralverriegelung, und als meine Freundin die Tür aufreißt, nehme ich das grölende Gehupe hinter uns erst wahr. »Walli, Kreuzkruzefix, was soll denn des? Fahr los, Zefix!«, goschelt sie, schmeißt sich in den Sessel und legt den Gurt an. Mechanisch starte ich den Wagen und trete aufs Gas. Der Camper unseres niederländischen Hopfenfreundes ist nur noch in weiter Ferne zu erkennen, als ein ungeduldiger Audi-Fahrer gefährlich nah auffährt und versucht, sich seitlich über den rechten Standstreifen an uns vorbeizuschieben. Ich bin fassungslos, nicht über den bescheuerten Drängler hinter mir, der mich im Normalfall gehörig auf die Palme bringen würde, sondern was ich über diesen Dennis, der ganz offensichtlich nicht der ist, für den er sich ausgegeben hat, gerade erfahren habe. Die ganzen Informationen, die gerade am Telefon auf mich eingeprasselt sind, habe ich, bei Gott, nicht erwartet. Für mich war dieser Kerl bis dato ein Phantom ohne Gesicht, das uns eventuell zur Sina führen kann, doch nun habe ich Dinge erfahren, die mir einen eiskalten Schauer über den Buckel jagen und sämtliche meiner Theorien zum Tod vom Xaver und dem Verschwinden der Sina infrage stellen. Ich muss dringend mit der Miri sprechen und ihr alles erzählen, aber so lange die Friedl neben mir im Auto sitzt, ist das unmöglich.

Als wir über die Brücke Richtung Festland rollen, kann ich noch immer kaum glauben, was das Pärchen mir über ihren gemeinsamen Freund berichtet hat, und muss alle Informationen noch einmal rekapitulieren, um sie in einen stimmigen Konsens zu bringen.

Dennis ist und war überhaupt nie Sinas Cousin! In Wahrheit kennen die beiden sich aus dem Kinderheim, in dem sie gemeinsam eine Weile gelebt hatten. Die erste große Liebe zweier Teenager, die beide aus schwierigen Familienverhältnissen stammen. Sprich, Dennis ist in Wahrheit Sinas Ex, und wie Mike mir am Telefon eben erzählt hat, war Sina sein Ein und Alles. Seine Jugendliebe und Leidensgenossin, der Mensch, der seine Dämonen und Ängste nur zu gut nachvollziehen konnte, und sein Anker, die Konstante im Leben, die seine leibliche Familie ihm nicht geben konnte. Die plötzliche Trennung war also ein absoluter Schock für den jungen Mann. Was Mike und Sabrina angesichts der Tatsachen, die die beiden während ihrer Kindheit und gemeinsamen Heimzeit durchgemacht hatten, gut verstehen können. Mit achtzehn und der Volljährigkeit endete die Obhut des zuständigen Jugendamts, und so mussten Dennis und Sina raus. Am Stadtrand fanden sie eine kleine Wohnung, in die sie gemeinsam zogen und das erste Mal auf sich allein gestellt waren. Mike, der Dennis schon kannte, bevor er wegen Vernachlässigung durch seine Eltern ins Heim kam, hatte bei seinem damaligen Chef ein gutes Wort für ihn eingelegt, und kurz darauf konnte auch Dennis im selben Betrieb eine Ausbildung zum Schweißer beginnen. Auch Sina, die eigentlich lieber Tierarzthelferin geworden wäre, war schließlich froh über die Zusage für einen Ausbildungsplatz als Physiotherapeutin. Durch Sina habe Mike auch später seine jetzige Freundin Sabrina kennengelernt. Genau die Sabrina, die mich heute Morgen noch während meiner Physiostunde so plötzlich und mehr als unprofessionell abserviert und die Flucht ergriffen hat, nachdem ich sie nach der verschwundenen jungen Frau gefragt und ihr vom Mord am Xaver erzählt hatte. Mike und Sabrina waren also zu meiner Überraschung gemeinsam in der Leitung. Nach meiner abrupt beendeten Therapiestunde hatte Sabrina sofort Mike angerufen und ihm völlig aufgelöst berichtet, ich zitiere: dass Sinas Uraltlover in Bayern ermordet worden sei und von Sina schon seit Tagen jede Spur fehle. Kurz darauf sei ich auch schon bei Mikes Arbeitsstelle aufgekreuzt, und als er mitbekommen habe, dass ich mich beim Günther nach seinem Kumpel und dessen Aufenthaltsort erkundige, seien auch seine Alarmglocken erstmals aufgeschrillt. Das unentschuldigte Fernbleiben seines Freundes auf der Arbeit hatte ihn bis zu diesem Zeitpunkt nicht groß besorgt, weil Dennis in der Vergangenheit immer mal wieder ein paar Tage blaugemacht hatte. Vor einigen Wochen hatte Dennis ihm bei einem Bier erzählt, dass er übers Wochenende in Bayern war, nachdem er endlich herausgefunden hatte, wo seine Ex mittlerweile lebte. Überrascht sei die Sina gewesen, Dennis zu sehen, trotzdem habe er sofort gespürt, dass zwischen ihnen immer noch diese besondere Verbindung bestehe und, sobald seine große Liebe endlich zur Vernunft komme, sie auch wieder eine Chance hätten, ein glückliches Paar zu werden. Denn wahre Liebe vergehe nicht. Niemals, hatte Dennis gemeint. Mike hatte damals die Worte seines Freundes nicht wirklich ernst genommen und die Brisanz seiner Worte, sein Kumpel könnte sich da in etwas verrannt haben, nicht richtig gedeutet. Nachdem er aber nun erfahren habe, dass Sinas neuer Partner ermordet worden sei und von der jungen Frau seit Tagen jede Spur fehle, teile er die Sorgen seiner Freundin Sabrina und befürchte, dass Dennis mit der ganzen Geschichte eventuell etwas zu tun haben könne.

Damals, ein paar Wochen vor der Trennung von Sina und Dennis, hatte Sabrina bemerkt, dass ihre Arbeitskollegin sich außergewöhnlich intensiv um einen ganz bestimmten Patienten kümmerte. Aufgrund des großen Altersunterschieds hätte sie, nach eigener Aussage, aber niemals an eine Liebschaft zwischen der Sina und dem Xaver gedacht, meinte die junge Physiotherapeutin während unseres Telefonats, was ich gut nachvollziehen kann. Wer nimmt schon an, dass eine Zwanzigjährige auf einen doppelt so alten Bauern und Witwer abfährt, der ein beschauliches und gemütliches Leben abseits des Trubels auf einem einsamen Hof im Allgäu am Rand vom Nirgendwo führt? Auch für Mike und Sabrina kam die Trennung völlig überraschend. Ihr Kumpel sei nach der Trennung einfach nicht mehr derselbe gewesen. Auf meine Nachfrage hin, was genau sie damit meinten, und meine Bitte, etwas konkreter zu werden, erklärten die beiden, dass Dennis anfangs noch guter Dinge gewesen sei und angenommen habe, dass seine Sina nur eine kurze Beziehungspause einlegen wolle. Zu diesem Zeitpunkt habe Dennis aber auch noch nichts von seinem Nebenbuhler geahnt und fest an ein Liebescomeback geglaubt. Erst nachdem Sina keine Anstalten machte, zu ihm zurückzukehren, habe er begonnen, seiner Ex-Freundin nachzustellen. Über Wochen soll er versucht haben, die Beziehung zu kitten, und Sina immer wieder um erneute Treffen gebeten haben. Kleine Geschenke, die er ihr unter die Windschutzscheibe geklemmt oder bei der Arbeit an der Rezeption für sie abgegeben habe, hätten die junge Frau zunehmend unter Druck gesetzt, und irgendwann habe sie den Kontakt gänzlich abbrechen wollen. Eines Abends habe Dennis dann die beiden frisch verliebten Turteltauben heimlich auf dem Parkplatz hinter dem Kurhaus beobachtet. Danach seien ihm sämtliche Sicherungen durchgebrannt, und er habe damit begonnen, seine einstige große Liebe regelrecht zu stalken. Mike meinte, er habe damals mehrmals versucht, mit ihm zu reden. Aber Dennis habe niemanden an sich rangelassen. Ab da habe es auch angefangen, dass er sich von seinem einstigen Freundeskreis immer mehr abgekapselt habe. Auch seine Passion, das Tuning und Pimpen seines heiß geliebten Wagens, habe er von heut auf morgen komplett eingestellt. Dennis hat sich völlig eingeigelt, meinte Sabrina, und für Mike war der neue Mann an Sinas Seite für all das verantwortlich. Von Sina hatte Sabrina erfahren, dass Dennis angefangen hatte, sie Tag und Nacht mit Text- und Sprachnachrichten zu bombardieren, und sie das Gefühl hatte, er würde abends auch öfters vor ihrer Wohnung stehen und sie beobachten. Die junge Frau war total verängstigt und fühlte sich nirgends mehr sicher. Sabrina hatte ihr geraten, die Polizei einzuschalten, doch das kam für Sina nicht infrage, weil sie befürchtete, ihren Ex damit nur noch mehr anzustacheln. Eines Tages hatte die junge Physiotherapeutin aber trotzdem genug von all dem Psychoterror und schließlich die Reißleine gezogen. Von heute auf morgen habe sie ihre Wohnung und Arbeitsstelle gekündigt und sei ohne ein Wort verschwunden. Niemand habe gewusst, wo Sina steckt. Natürlich hatte Sabrina den Verdacht, die junge Frau könnte zum Xaver ins Allgäu geflüchtet sein, aber zum Schutz ihrer ehemaligen Arbeitskollegin habe sie selbst ihrem Freund Mike nie von ihrer Vermutung erzählt. Als ich heute Morgen auf Sabrinas Pritsche lag und erzählte, dass ich aus dem Allgäu komme und auf der Suche nach der Sina sei, weil diese seit Tagen gesucht werde, war die Besorgnis natürlich groß. Nachdem ich von den beiden kurz vor Ende unseres Gesprächs wissen wollte, ob sie mir sagen könnten, wo sich ihr gemeinsamer Kumpel im Moment aufhalte, meinte Mike plötzlich, dass das letzte

Bild im Status seines Freundes zwar schon einige Tage her sei, aber er sich gut daran erinnere, weil darauf ein skurril aussehender Baumstamm zu sehen war, der, von Pfählen gestützt, auf dem Gipfel eines Berges stand und aussah wie ein riesiger Holzpenis.

»Stopp, Walli, halt an!«, brüllt die Friedl plötzlich von ihrem Sitz herüber und erschreckt mich damit fast zu Tode.

»Was denn?«

»Halloho, Erde an Walli!«

»Ja?«, meine ich verdattert und haue eine Vollbremsung rein. »Was ist denn, Herrgott?«

»Walli, mach doch amol deine Gucka auf! Des Kurhaus liegt hinta uns. Du bisch oifach vorbei g'fahrer, heiligs Blechle!«, meint die Friedl und steigt aus dem stehenden Wagen. »Was isch eigentlich los mit dir, hä? Seit dem Stau bisch du komischer als komisch«, nörgelt sie ungehalten, und erst jetzt bemerke ich, dass wir auf wundersame Weise längst an unserem Ziel angekommen sind. Gut, ein paar läppische Meter dahinter, aber in Gedanken an das Gespräch mit der Sabrina und dem Mike bin ich die ganze Strecke, ohne geistig wirklich anwesend gewesen zu sein, unfallfrei bis hierhergefahren. Das muss mir erst mal jemand nachmachen, denke ich stolz. »Jetzt komm i no z'spät zu meim Termin mit m'Rodrigo.« Ungeduldig kramt sie ihre Sachen vom Rücksitz.

»Du hattest heute Morgen doch schon eine Behandlung.«

»Na und, stört's di etwa? Der Rodrigo hat g'moint …«

»Der Rodrigo hat g'moint!«, äffe ich sie nach.

»Wenn's mir guat duat, ka i gern heut Abend no amal vorbeischaua. Also, mir seher uns späta«, meint sie, knallt die Autotür zu und watschelt die hundert Meter zum Zentrum zu Fuß zurück.

# EIN HOLZPENIS, EINE BÖSE VORAHNUNG UND EIN ÜBERRASCHENDES GESTÄNDNIS

»Miriam?«, rufe ich aufgeregt in den Hörer, als es in der Leitung knackt. Nachdem ich die Friedl endlich los bin, muss ich meinem schlimmen Verdacht endlich Luft machen, sonst platze ich noch. Nur ein einziger Riesenphallus hat in den letzten Wochen weltweit für Schlagzeilen gesorgt und die Leserschaft gleichzeitig zum Schmunzeln und Kopfschütteln gebracht. Und genau dieses obszöne Teil steht im Allgäu. Genauer gesagt auf der Gipfelspitze des Grünten, einem massiven Gebirgszug, der vielen auch als »Wächter des Allgäus« bekannt ist. Als nur Miris Mailbox anspringt, weiß ich gar nicht wohin mit der ganzen Informationsflut, die mein Hirn während der Fahrt zurück nach Stralsund verarbeiten musste und nun bereit ist, in Worten ausgespuckt zu werden. »Miriam, wenn du das hier abhörst, ruf mich sofort zurück! Ich bin mir sicher, ich weiß, wer den Xaver auf dem Gewissen hat, und deine Freundin schwebt in akuter Lebensgefahr! Hörst du? Sina ist in G-E-F-A-H-R! Dennis ist überhaupt nicht ihr Cousin, die beiden sind noch nicht mal irgendwie miteinander verwandt. Deine Freundin hat gelogen, das stimmt, aber ich glaube, dass sie das nicht freiwillig getan hat. Dieser Dennis ist in Wahrheit ihr Ex, und ich glaube, ich weiß, wo der Typ stecken könnte. Ruf mich bitte an …« Mit einem lang gezogenen Pieps beendet die deutsche Telekom einfach meinen Anruf. Bravo! Ich war noch längst nicht fertig. Eigentlich wollte ich ihr noch mehr von dem Gespräch zwischen Mike, Sabrina und mir berichten. Meine Bedenken, der Dennis könnte die Sina nicht nur entführt, sondern auch ermordet haben, macht mir Angst. Ganz offensichtlich handelt es sich bei diesem Typen um einen gewalttätigen Psychopathen, der nicht mal vor Mord zurückschreckt. Sofort wähle ich die Nummer vom Wolfi, doch auch er geht und geht nicht ran. Was ist das hier?, frage ich mich. Da finde ich endlich heraus, wer womöglich für den Mord an unserem Mesner verantwortlich ist, und keine Sau scheint es zu interessieren. Wäre ich nicht schlappe eintausend Kilometer und damit eine ganze Tagesfahrt vom Allgäu entfernt, befände ich mich längst auf dem Weg zum Zipfel des Gipfels, um nach dem Ex-Freund und Stalker der vermissten Frau und denkbaren Mörder vom Xare zu suchen. Wer, wenn nicht er, hätte ein Motiv gehabt, den bigotten Bauern aus dem Weg zu schaffen? Dass mir das nicht vorher aufgefallen ist, ärgere ich mich und wähle die Nummer vom Freirer Harald. »W…a…l…l…i…?«

»Freirer!?«

»Ich … b… am …ughafen …«, tönt es abgehackt durch die Leitung, und ich kann kaum ein Wort verstehen.

»Verdammt«, ärgere ich mich und haue aufs Lenkrad. »Der Säckel hockt tatsächlich immer noch bei den Griechen!«, maule ich und wähle die Nummer der letzten Hoffnung. »Polizeiinspektion Kempten, PMA Siebzehnrübl am Apparat. Wie kann ich Ihnen helfen?«

»Zefix, ausgerechnet«, zische ich, als ich genervt den Hörer herunterreiße und mich frage, ob es denn wirklich sein kann, dass sich das gesamte Universum genau jetzt gegen mich verschworen hat, jetzt, wo ich endlich einen Verdächtigen mit einem Eins-a-Motiv gefunden habe.

»Hallo? Halloho …? Wer spricht da bitte?«, fragt der Typ am anderen Ende, mit dem es vergangenes Jahr beinahe zu einem Gerichtsprozess gekommen wäre, hätte der Wolfi nicht besonnen und deeskalierend auf ihn eingewirkt und schadensbegrenzungstechnisch zwischen dem Siebzehnrübl und mir erfolgreich vermittelt. Verflucht und zugenäht! Reiß dich zusammen, Walli, sonst endet das erneut in Absurdistan. Ich hole tief Luft. Hier und heute wird mir also wirklich alles abverlangt, aber was tut man nicht alles, um potenziell das Leben einer jungen Frau zu retten. »Für einen Jux habe ich keine Zeit. Nennen Sie mir Ihr Anliegen, oder blockieren Sie nicht weiter die Leitung«, meckert der massiv bescheuerte Polizeianwärter mit dem absolut idiotischsten Nachnamen, den ich jemals gehört habe, und schnauft dabei ungeduldig in seinen Diensthörer. Um das Gespräch nicht gleich eskalieren zu lassen, wenn er erfährt, wer sich am anderen Ende befindet, verstelle ich meine Stimme und nenne ihm einen falschen Namen.

»Hhm …«, räuspere ich mich. »Sechzehnübel mein Name, ich würde gerne den POK Wolfgang Schimmel sprechen, wenn's recht ist«, zwitschere ich mit einer absolut idiotisch klingenden Stimme in den Hörer, dass ich mir gleich selbst vollkommen lächerlich vorkomme.

»Wie bitte? Verarschen Sie mich etwa? Wer spricht da? Hallo?«

Verdammt und zugenäht, da war meine Quassel mal wieder schneller als mein Verstand. Dass der Vollpfosten sich nun veräppelt vorkommt, ist absolut nachvollziehbar. »Hören Sie, falls es Ihnen nicht klar ist. Hier spricht die Polizei, und auf meinem Display wird jede einzelne Zahl Ihrer Nummer angezeigt. Ich kann Ihren Anruf also ganz einfach nachverfolgen. Ihre Nummer lautet 017...«, donnert der Honk griesgrämig in den Horcher. Ich lege blitzschnell auf.

Als ich in das Behandlungszimmer stürze, sitzt die Friedl auf Rodrigos Pritsche und lässt vor Schreck eine der grünen Detoxflaschen fallen, die sie vorgestern noch partout abgelehnt und schamlos verschmäht hatte.

»Walli, hasch du mi erschreckt! Was isch denn los?«, meint sie und versucht die Flasche vor mir zu verstecken.

»Friedl, pack deine Sachen, wir fahren.«

»Nein.«

»Was nein? Das war keine Frage«, stelle ich klar und versuche den störrischen Esel namens Friedl von der Behandlungsbank zu zerren. »Los jetzt, wir müssen zurück ins Allgäu.«

»Warum? I würd gern no a bissle hierbleiba.«

»Warum, warum ist die Banane krumm!«, antworte ich bissig. Muss das Weibsbild denn immer so ein Theater machen, frage ich mich.

»Also, i bleib!«, rebelliert sie aufmüpfig gegen meine Anweisung und wehrt mich einfach ab.

»Nix da, du kommst schön mit.«

»Aber wir sinde noch nichte fertig mit die Behandlung, junge Fräulein«, mischt sich der Rodrigo mit seinem verdammt charmant klingenden spanischen Akzent plötzlich ungefragt ein.

»Das kann schon sein, aber hier geht es um Mord. Einen Toten und dessen Freundin, die sehr wahrscheinlich in akuter Lebensgefahr schwebt, capito, Rodrigo?«

»Si, entendido!«, erwidert der junge Physiotherapeut perplex und wirft der Friedl einen fragenden Blick zu. Dass capito wohl eher aus dem Italienischen stammt, ist halt so. Mein Spanisch war noch nie gut. Hab ich aber auch nie behauptet. Hauptsache, die Message ist beim Rodrigo angekommen, und er lässt mich mit der Detoxheuchlerin ziehen.

Erst nachdem ich der Friedl reinen Wein einschenke und ihr vorgespielt reumütig gestehe, dass ich in Sachen des toten Xaver und der vermissten Sina schon seit einiger Zeit heimlich ermittle und nun endlich eine heiße Spur zum Mörder vom Xaver gefunden habe, kommt sie endlich in die Gänge. Nicht aber, ohne mir im Lift die Leviten zu lesen. Nachdem ich ihr alles haargenau erkläre, wie und was zusammenhängt und dass wir, wenn wir uns jetzt schicken, eventuell sogar Sinas Leben retten könnten, packt sie ihre Moralkeule wieder ein, mit der sie mir jedes Mal, wenn es um das leidige Thema meiner nicht ganz koscheren Ermittlungsarbeit geht, eine verpasst. »Gib Stoff, Walli! Die junge Fehl muss doch g'funda werda«, spornt sie mich an, und ohne zu zögern drücke ich den Pushdown-Knopf am Armaturenbrett, den ich mir schon vor einiger Zeit für solch eine Aktion in der Autowerkstatt extra einbauen hab lassen. In weniger als fünf Sekunden dreht mein Tachometer die Nadel bis zum Anschlag, und wir rasen in Lichtgeschwindigkeit Richtung Süden. Hinter Hamburg wird's kurz brenzlig, als uns völlig unerwartet ein gelber Daihatsu schneidet. Während ich im letzten Moment das Lenkrad herumreißen kann und wie ein Berber vor mich hin goschle, packt die Friedl schweigend ihren Finger in internationaler Zeichensprache aus und schwenkt diesen dem Kamikazefahrer eindrücklich und unübersehbar entgegen. »Also Friedl, woher kommt der denn jetzt so plötzlich?«, staune ich nicht schlecht.

»Hab i vom Alok g'lernt«, meint sie trocken und nimmt den Stinkefinger erst wieder runter, als der Daihatsu bereits längst unsere Staubwolke zu fressen bekommt. Da hat der Junge seiner Oma doch tatsächlich etwas Nützliches beigebracht, resümiere ich beeindruckt und lehne mich entspannt zurück. Unsere frühzeitige und überstürzte Abreise vom Kurzentrum hat natürlich für einigen Wirbel an der Rezeption gesorgt, besonders als die Mitarbeiterin erfahren hat, dass es sich um einen Mordfall handelt, in den eine vermisste ehemalige Arbeitskollegin verwickelt ist. Hinter Fulda, es ist längst stockdunkel draußen, und die Friedl schlummert schon seit Hildesheim friedlich in ihrem Sportsitz vor sich hin, klingelt mein Telefon. »Miriam?«

»Walli, hi. Ich habe gerade deine Nachricht abgehört.«

Zu meinem Erstaunen klingt die Miriam keineswegs überrascht von dem Inhalt meiner Mailboxnachricht. »Ich habe mehrmals versucht, dich zu erreichen, Walli«, meint sie, und erst jetzt bemerke ich einen bedrückten Unterton in ihrer Stimme. »Ich weiß, aber da war ich grad an einer Spur dran, die sich als brandheiß entpuppt hat. Ich bin mir ziemlich sicher, dass der Mörder vom Xare dieser Dennis ist, und es könnte sein, dass die Sina in großer Gefahr schwebt. Wir müssen diesen Dennis dringend finden. Ich habe auch einen Hinweis gefunden, wo er sich aufhalten könnte. Ich vermute, dass der Typ sich immer noch im Allgäu befindet. Wir sind schon auf der Rückfahrt. Ich schätze, wir kommen in drei bis vier Stunden in Burglbach an. Wir müssen also schleunigst …« »Walli. Hör zu«, unterbricht sie mich einfach. »Hast du denn noch gar nicht mit dem Wolfi gesprochen?«

»Nein, wieso? Der war nicht erreichbar.«

»Ich komm gerade von der Wache, Walli. Ich musste eine Aussage machen!«

»Warum?«, will ich verblüfft wissen. »Na, kurz bevor ich dich versucht habe anzurufen, habe ich einen Anruf vom Wolfi bekommen. Ich müsse schleunigst auf die Wache kommen und ihnen genau erzählen, wie und wann ich die Sina zum letzten Mal gesehen habe. Meine Aussage wurde dann von einem Kollegen vom Wolfi protokolliert. Der Dennis hat sich heute Morgen der Polizei gestellt! Er hat zugegeben, dass er den Xaver umgebracht hat.«

»Was, wie bitte? Der hat was?«, meine ich entgeistert. Will die Miriam mich gerade verscheißern? Hätte dieser mörderische Vollpfosten nicht einfach mit seiner Beichte warten können, bis ich ihn in die Finger bekomme und höchstpersönlich bei den Bullen abgeliefert habe? Dieser Idiot hat mir die Tour vermasselt. Meine ganze Ermittlungsarbeit kann ich in die Tonne kloppen. Ich bin stinksauer. Was hätte ich in der Zeit alles machen können, frage ich mich. Mir eine feurige Massage beim Rodrigo gönnen zum Beispiel, oder ich hätte mir Stralsund nicht nur über Google Maps, sondern vielleicht in echt ansehen können. Kruzifix. Natürlich hätte ich mir die Fahrt an die Ostsee getrost sparen können, wird mir schlagartig bewusst. Ich koche vor Wut und würde diesem Dennis am liebsten den Hintern versohlen. »Walli, bist du noch dran?«

»Ja, wo soll ich denn sonst sein?«, antworte ich genervt.

»Der Wolfi verhört den Dennis gerade. Das habe ich zufällig am Rande mitbekommen, als ich auf dem Gang auf einen der Ermittlungsbeamten warten musste.«

»Aha, schön für ihn«, antworte ich genervt.

»Aber von der Sina fehlt immer noch jede Spur. Ich mach mir solche Sorgen, dass er mit ihr das Gleiche gemacht hat wie mit dem Xare«, jammert sie und beginnt hemmungslos zu flennen. Von dem lautstarken Geheule am anderen Ende erwacht auch die Friedl wie auf wundersame Weise von den Toten und will wissen, wer oder was da so herzzerreißend heult. Als die Friedl im Bilde ist, wird sie plötzlich auch ganz sentimental, und es scheint, als wäre ich die Einzige, die sich über das freie Geständnis, das mit einem Schlag meine ganze Arbeit zunichtegemacht hat, echauffiert.

# EINEM ASYLANTRAG WIRD STATTGEGEBEN

Als wir die Tore Kemptens passieren, ist es bereits hell. Der weiß-blaue Himmel taucht die Allgäuer Alpenkette am Horizont in ein perfektes Licht und lässt die Berge ganz nah erscheinen. Die ganze Nacht sind wir durchgefahren, und ich bin immer noch angefressen. Die Friedl hat dazu einen nicht ganz unerheblichen Beitrag geleistet, indem sie mir puren Egoismus vorgeworfen und mich als ein, ich zitiere: »uneinsichtiges und selbstsüchtiges Rindviech« bezeichnet hat, weil sie meinen Unmut über das freiwillige Geständnis dieses Dennis einfach nicht nachempfinden kann. Seit Feuchtwangen schweigen wir deshalb. Mein Magen knurrt. Friedls übrigens auch, aber das versuche ich geflissentlich zu ignorieren. Nachdem unsere Freundschaft gerade auf dem Tiefpunkt ihrer Karriere angekommen ist, brauche ich mir keine Hoffnungen darauf zu machen, dass die Friedl gleich noch den Kochlöffel schwingen wird. Deshalb entscheide ich mich für die einzig richtige Maßnahme und lege einen Stopp auf dem Kemptener Wochenmarkt ein, der auf einem Platz unterhalb der imposanten Basilika stattfindet. »Ich nehm gleich noch mal eine, bitte!«, rufe ich der Christine über die Theke des kleinen umgebauten Oldtimers zu, in dem sie mit ihrem Mann im Akkord die besten Allgäuer Kässpätzle weit und breit hobelt, mit viel Käse vermengt und gerösteten Zwiebeln garniert. Himmlisch! Die Friedl schmatzt auch genüsslich vor sich hin und wischt sich die Käsefäden vom Rüssel. »Lecka, i würd au no a Portion nehma!«, meint sie und hält ihre leere Schale dem Marcel hin.

»Walli?«

»So heiße ich.«

»I ho dis it so gmoint. Du bisch koi egoistisch's Rindviech, ehrlich net. Des isch mir oifach so rausgrutscht. S'duat ma leid. Simma wieda guat?«, meint sie und streckt mir ihre Flosse hin.

»Hmmm.«

»Jetzat komm, gib dir an Ruck.« Als ich zögere, schubst sie mich mit ihrer Hüfte an.

»Na gut, dann will ich mal nicht so sein.«

»Danke, Walli. Freundschaft for eva! Oder wie des auf Neumodisch hoißt!«

»Forever, Friedl, das hat mit Eva nix zu tun«, scherze ich. Ohne Vorwarnung zieht sie mich an sich heran, herzt und knuddelt mich, und ich ertrinke schier zwischen ihrem üppigen Busen. »Jetzt reicht's aber, Friedl.«

»Du schickst mi aber jetzat it hoim, gell?« Aha, daher weht also der Wind. Schau an, schau an. Der Friedl geht also der Arsch gehörig auf Grundeis, weil sie nach unserem kleinen Disput befürchtet, ich könnte ihren Asylantrag ablehnen und sie auf direktem Weg auf dem Moosbachhof abliefern, wo schon die nervige Sippschaft nur darauf wartet, die Oma weiter zu drangsalieren. Verhandlungstechnisch sitze ich, mein Gott, wie ich so etwas doch liebe, nun am eindeutig längeren Hebel. Mal sehen, was sich rausschinden lässt und zu welchen Opfern die Friedl bereit ist, um bei mir und dem Wolfi Unterschlupf zu finden, denke ich mir und habe da schon so ein paar nicht ganz uneigennützige Ideen. »Aber Friedl, meinst du nicht, die Babette und die Kinder vermissen ihre Oma schon ganz schrecklich?«, argwöhne ich und spiele mit ihrer Panik.

»Noi, des glaub i itta! Auf gar koin Fall denk i des.« Hallo! Sie hat mich ein egoistisches Rindvieh genannt. Es ist mein gutes Recht, aus ihrem schlechten Gewissen meine Vorteile zu ziehen und sie ein bisschen zappeln zu lassen. Oder ist irgendwer hier anderer Meinung? Auch wenn ich seit Pippos toskanischem Gemüsestand schon nicht mehr sauer bin, weil ich zugeben muss, dass ein Fünkchen Wahrheit in ihrer Aussage steckt, was sie natürlich niemals erfahren darf, muss ich ja nicht gleich die Waffen strecken. Natürlich ist es eine gute Sache, dass dieser Dennis sich freiwillig gestellt und zugegeben hat, den Xaver getötet zu haben. Aber ich war eben verdammt nah dran herauszufinden, wo der Typ sich versteckt hält, und ihn zu kriegen. Nicht einmal einen sachdienlichen Hinweis zur Ergreifung konnte ich melden, weil der Siebzehnrübl mich einfach nicht zum Wolfi durchstellen wollte. Okay, zu diesem Zeitpunkt hatte sich der Mörder vom Xaver bereits freiwillig überführt, wie ich im Nachhinein von der Miri erfahren habe. Dennoch, den Siegeszug in der Presse und die Anerkennung, als local hero und ernst zu nehmende Ermittlerin endlich in die Geschichtsbücher Burglbachs einzugehen, wollte ich mir nicht entgehen lassen. Ich hoffe nur, dass dieser Dennis ein umfassendes Geständnis abgelegt und dafür gesorgt hat, dass die Sina im Handumdrehen und wohlauf gefunden werden konnte. Am Kiosk besorge ich mir deshalb schnurstracks eine Ausgabe der *Allgäuer Zeitung* und blättere hektisch Seite für Seite nach den neuesten Informationen zum Fall durch. Den Wolfi habe ich übrigens noch immer nicht erreichen können. Nachdem er wohl mit dem Verhör des dringend tatverdächtigen Dennis bis spät in die Nacht beschäftigt war, hat er, wie ich laut meiner Bewegungsmelder-App feststellen konnte, die restliche Nacht nicht zu Hause verbracht. Während meiner Abwesenheit an der Ostsee habe ich nämlich nicht nur die Reparatur von Wolfis Zimmertür veranlasst, sondern auch gleich noch die Installation einer Kamera mit Bewegungsmelder im Eingangsbereich meiner Villa Kunterbunt in Auftrag gegeben. »Sobald sich auch nur eine mickrige Wanze auf Ihre Haustür zubewegt, Frau Schimmel, garantiere ich Ihnen, nimmt das Ding jedes noch so kleine Detail auf und sendet per Livestream alles direkt auf Ihr Smartphone«, hatte mir der freundliche Türenbauer, Herr Schwagelbräuer, versprochen und mir ein unschlagbares Angebot unterbreitet. Wer hätte da nicht zugeschlagen, denke ich mir und freue mich, ein tolles Schnäppchen gemacht zu haben. Jetzt kann ich auch endlich rausfinden, mit wem der Wolfi heimlich herumbusselt, wenn ich nicht daheim bin. Der Ole konnte auf Nachfrage zu diesem Thema nämlich noch immer nichts in Erfahrung bringen, weil er meinte, dass die heutigen Diensttelefone der Polizei über eine sehr ausgefeilte Schutztechnik verfügten und hackertechnisch ein wirklich harter Brocken seien. Wenigstens hat mich der Freirer Harald direkt nach seiner Ankunft am Münchner Flughafen um kurz nach sechs morgens zurückgerufen und wollte wissen, was ich denn so Dringendes von ihm wolle. Auf meine offenen Fragen zum Fall, warum der Dennis den Xaver überhaupt ermordet habe und ob die Sina bereits gefunden worden sei, hatte er aber keine einzige Antwort parat. Er müsse sich nach seiner Rückkehr erst einmal in den Fall einarbeiten, hatte er gemeint, während die Biggi im Hintergrund ihm ständig dreingeschwatzt hat und meinte, der Harald sei noch nicht im Dienst. Aus der Zeitung erfahre ich leider nichts, was ich bis dato nicht auch schon von der Miriam erfahren habe. Ich bin hundemüde. Eintausend Kilometer stecken mir in den Gliedern, und Pi mal Daumen etwa ein halbes Kilo Käsemehlgemisch in meinem Magen tut sein Übriges. Die Friedl kommt natürlich mit und darf das Gästezimmer im dritten Stock einweihen und von mir aus auch gleich die ganze Etage in Beschlag nehmen.

# FRIEDE, FREUDE, EIERKUCHEN

Fünf Wochen, drei Tage und gut zwei Stunden später wohnt die Friedl immer noch bei uns. Mit dem Wolfi hat sich glücklicherweise alles wieder eingerenkt. Nachdem er nie den wahren Grund für Friedls und meine kleine Spritztour an die Ostsee erfahren hat und er annimmt, die Alleinherrschaft über sein Zimmerschloss in Form zweier Schlüssel zu besitzen, war der Drops für ihn gelutscht. Natürlich habe ich Herrn Schwagelbräuer dazu verdonnert, den zusätzlich bestellten dritten Schlüssel niemals vor dem Wolfi auch nur zu erwähnen, sei ihm sein Ruf in diversen Bewertungsportalen wichtig. So leben wir nun in unserer neuen Dreier-WG, und es läuft gar nicht mal so schlecht. Ich glaube sogar, die Friedl fühlt sich eigentlich ganz wohl, auch wenn sie ihren Hof vermisst. Sie schläft zwar nicht mehr wie zu Beginn im Gästezimmer, das laut Bauplänen eigentlich als Büro für den Bauamtsleiter gedacht war, sondern nächtigt nun im ursprünglich geplanten Einwohnermeldeamt, weil ihr da die orangefarbenen Tapeten besser gefallen, die die Monika Grünspahn, die Verwaltungsbeamtin vom Dienst, sich für ihren Wirkungskreis damals anbringen ließ. Die Friedl hat freie Wahl, denn Platz ist in unserer Hütte wahrlich genug, und der Adalbert würde sich freuen, wenn sein letztes Werk, wenn auch auf gänzlich andere Art, endlich mit Leben gefüllt wird. Meine Bedingungs- und Forderungsliste zu ihrem Einzug war nicht wirklich sehr umfangreich und bestand im Großen und Ganzen gerade mal aus drei wesentlichen Aspekten. Erstens, ich bestehe darauf, dass uns die Friedl während ihres Aufenthalts in der Villa Kunterbunt mindestens an drei, besser wäre aber an vier Tagen in der Woche mit ihren Köstlichkeiten aus der bayerischen Küche verwöhnt. Die anderen Tage, habe ich ihr vorgeschlagen, können wir gerne was beim Indonesen oder Kasachen oder von mir aus auch beim Chinarestaurant bestellen oder einfach bei der Miri im Apostlwirt speisen. Die Prämisse lautete nur, es muss lecker sein und darf Friedls Blutfettwerte nicht noch mehr in die Höhe schrauben. Deswegen sind Sahne und Butterle hier und Butterle da vorerst tabu. Den zweiten Punkt habe ich gleich mehrfach mit neonfarbenem Textmarker unterstrichen, nur um sicherzugehen, dass dieser Punkt unumgänglich ist: Für ihre familiäre Terrorvereinigung gilt absolutes Hausverbot. Ihr töchterliches Muttertier mit Blümchentee und dem Satansbraten Alok-Henry sind unerwünscht, und Ausnahmen werden nicht geduldet und mit einem sofortigen Auszug geahndet. Sollte die Friedl ihren Omapflichten nachkommen wollen, muss dies außerhalb meines Grundstückes passieren. Und drittens, der wichtigste Punkt überhaupt, die Friedl muss ihren Rand halten und darf dem Wolfi nichts von meinen geheimen Ermittlungen stecken. Sollte sie mich verpfeifen, ist sie schneller wieder auf ihrem Hof, als ihr lieb ist. Die Friedl war, wenn auch zähneknirschend, was Punkt drei betrifft, damit einverstanden und hatte den ihr vorgelegten Vertrag ohne eine juristische Vorabprüfung anstandslos unterschrieben. So wohnen wir also, und ich kann mich wirklich nicht beschweren. Von A bis Z wurden der Wolfi und ich bereits bekocht und bebacken, was man daran erkennt, dass ich seit gut zwei Wochen nicht mehr in meinen Gürteltierzweiteiler passe. Die Schuppen verzeihen nix. Deshalb sind seit Anfang der Woche neben Sahne und Butter auch Weizenmehl und Zucker verboten. Mal sehen, wohin das führt. Die Friedl hatte in dem Punkt zwar ihr Veto eingelegt, aber das Sagen hier habe glücklicherweise immer noch ich.

Eigentlich wäre jetzt alles perfekt. Der Xaver wurde in einer sehr schön gestalteten Trauerfeier neben seiner ersten Frau, der Bärbel, beerdigt, der Dennis sitzt in U-Haft und wartet auf seinen Prozess, und die Babette hat eine kleine Wohnung in Aussicht, deren Vermieter auch gewillt ist, ihre zwei Quälgeister mit aufzunehmen. Alles könnte perfekt sein, würde … ja würde nicht von der Sina immer noch jede Spur fehlen. Seit über sieben Wochen ist das Mädel nun schon verschollen. Der Dennis hat zwar gestanden, dem Xaver damals in der Kirche aufgelauert zu haben, um den Neuen seiner Ex zur Rede zu stellen. Immerhin, so seiner Aussage nach, sei der verwitwete

Mesner überhaupt erst an allem Übel schuld gewesen, was der Xare einfach nicht einsehen wollte. In einem Anfall von Eifersucht und angesichts der fehlenden Einsicht vom Xaver habe er dann rotgesehen und den neuen Lebensgefährten seiner einstigen Partnerin im Streit erwürgt und zur Vertuschung der Straftat am Glockenstrick aufgehängt. Mit dem Verschwinden der Sina will er aber nix zu tun haben. Die war wohl schon weg, als der Dennis im Allgäu eintraf. Das muss anhand der Handydaten aber erst noch analysiert und ausgewertet werden. Die Krux an der Geschichte ist, dass Sinas Telefon mit ihr verschwunden ist. Angeblich, so erzählt man sich, soll der inhaftierte Dennis den Beamten der Kemptener Justizvollzugsanstalt Tag und Nacht die Ohren vollheulen, jemand müsse sich auf die Suche nach der jungen Frau, seiner einzig wahren Liebe, machen. Aus Zeitungsberichten der letzten Wochen und ein paar Insiderinformationen vom Freirer im Austausch gegen ein paar wirklich hilfreiche Beziehungsratschläge, was die Biggi betrifft, weiß ich, dass die Kripo auf Hochtouren nach der jungen Pferdenärrin sucht. Laut dem Harald hat sich ihr Handy zum letzten Mal im einzigen Funkmast von Burglbach eingeloggt, bevor es ausgeschaltet oder zerstört wurde, und auch von ihrem Ford Fiesta fehlt bis heute jede Spur. Der Kleinwagen steht nun auch offiziell auf der Fahndungsliste des BKA. Wie kann ein ganzes Auto, auch wenn es sich dabei um einen Kleinwagen handelt, einfach verschwinden?, frage ich mich. Ich will das Rätsel um die Sina unbedingt lösen. Damit würde ich nicht nur der Miri einen großen Gefallen tun, die von Woche zu Woche verzweifelter wirkt, auch mein Ansehen im Dorf würde unweigerlich in die Höhe schnellen und einige Mitdörfler vor Neid erblassen lassen. Ich habe also eigentlich alle Hände voll zu tun, aber seit die Friedl bei uns wohnt, sorgt sie penibel dafür, dass ich weder eine Chorprobe noch einen Abend bei den Burglbacher Landfrauen verpasse und kaum Zeit bleibt, nach der jungen Frau zu suchen.

»Walli, bisch g'richt?«

»Gleich, Friedl, ich bin gleich so weit!«, rufe ich ein Stockwerk tiefer in den Hausflur, in dem meine Freundin bereits Hufe scharrend mit einem Guglhupf aus Dinkelmehl und Lupinenüberzug in der Hand auf mich wartet und hektisch von einem Bein aufs andere tippelt. »Walli, schick di, sonscht sind mir wieda amol die Letzschten, und du weisch, was des hoißt.«

»Ich weiß, ich weiß. Dann müssen wir neben der Flatulenzia sitzen!«, entgegne ich, als mir das Lieblingssprichwort meiner Mutti in den Sinn kommt, das ich mir als Jugendliche ständig anhören musste, weil ich es wegen stylingtechnischer Mehrfachoptionen des Öfteren erst zur zweiten Stunde in die Penne geschafft habe: Wer also zuletzt kommt, den bestraft das Leben. Wie das meine Mutter aber mit mir und meinem Leben in Zusammenhang gebracht haben will, ist mir bis heute schleierhaft, schließlich ist aus mir etwas geworden, oder nicht? Trotzdem beeile ich mich, denn es ist wirklich kein Spaß, neben der Alma zu sitzen, die ihre Darmwinde einfach nicht mehr im Griff hat. Ich stülpe mir im Vorbeigehen noch schnell das olivgrüne Barett über, das meinen heutigen Armylook auf eine sehr ästhetische Weise vollendet, und gebe der Friedl ein Zeichen, um mir in die Garage zu folgen. Vor dem Vereinsheim sind natürlich schon alle Stellplätze belegt, was mich unfreiwillig dazu nötigt, meinen Mustang direkt vor dem Haupteingang zu platzieren. »Des wird eng«, meint die Friedl. Dass der verbliebene schmale Durchgang zum Haupteingang der einen oder anderen Landfrau mal wieder sauer aufstoßen wird, ist mir klar, aber so ist es eben, wenn man meine Anwesenheit wünscht.

Auf ein großes Hallo unter den Klubmitgliedern folgt auch schon der erste Punkt der Tagesordnung. »Den Burglbacher Landfrauen ist es ein Anliegen, die Gemeinde in Notzeiten ehrenamtlich, tatkräftig und mit voller Motivation zu unterstützen«, schwafelt die Oberste Einheit, Maria Mösle, und wird für diesen Stuss auch noch mit Beifall belohnt. Sie erzählt, dass sie gestern ein Hilferuf vom Bürgermeister höchstpersönlich erreicht habe und dass es auf dem Bürgeramt zurzeit akut an Fachkräften mangele. Deshalb suche man nun ein paar Freiwillige unter uns Schürzenträgerinnen, die die Abteilung des hiesigen Verkehrsamts unterstützen und die ehrenvolle Aufgabe der Gundi Hofmann übernehmen wollen, die nach fünfunddreißig Jahren ihrem Politessendasein überraschend den Rücken gekehrt hat. »Vielleicht sollte ich doch noch mal schnell umparken«, flüstere ich der Friedl zu, die mir aber nur ein »Pscht … Du bleibsch schee da« zuraunzt und mir wohl damit sagen will, dass ich meinen Rand halten soll. Der zweite Punkt an diesem Abend ist in seinem Inhalt ebenso unbedeutend wie der erste. Wen interessiert es denn, bitte schön, dass unqualifizierte Knöllchenschreiberinnen im Burglbacher Umlauf sind? Solange die mir keine Strafzettel verpassen, soll mir diese sinnlose Autofahrerschikane recht sein. Beim dritten Punkt, ich schiebe mir gerade heimlich ein Stück Buttercremetorte unter der Sitzbank in den Mund, weil Friedls gesunder Guglhupf dann doch nicht so hervorragend schmeckt, wird meine Freundin plötzlich neben mir ganz hibbelig. Wie eine überambitionierte Streberin streckt sie ihren Zeigefinger unübersehbar und aufdringlich gleich mehrmals in die Höhe und winkt der Maria zu. »Des übernehmer mir zwoi! Also die Walli und i!«, ruft sie, und die Maria kritzelt eifrig auf ihrem Notizblock herum.

»Was? Was übernehmen wir?«, sage ich schmatzend und wische mir etwas Buttercreme vom Mundwinkel. »Herrgott, Walli, hasch wieda it aufbasst, Zefix? Mir zwoi übernehmer die Pflege von d'Liselotte, bis die nuie Pflegekraft aufn Hof kut.«

»Ehm, also eigentlich … ich und Pflege? Ich kenn mich da überhaupt nicht aus, Friedl«, meine ich überfordert, und mir bleibt fast das letzte Stück Torte im Halse stecken.

»Bloß a baar Dag lang. Des kriega mir scho.«

»Also ehrlich gesagt …«, protestiere ich. »Es ist wichtig, dass jedes unserer Mitglieder sich in irgendeiner Weise ehrenamtlich engagiert. Das Schullotsenamt für das restliche Schuljahr wär sonst noch frei, Walli«, mischt sich die Mösle Maria in unsere Diskussion ein. »Pest oder Cholera«, zische ich genervt. »Gut, dann lieber die Lisl«, meine ich nach kurzer Bedenkzeit, und die Friedl strahlt. In Gedanken verfasse ich bereits meine fristlose Kündigung, während die Mösle Maria zufrieden nickt und unsere Namen in ihre Excel-Tabelle kritzelt. Worum soll ich mich denn noch alles kümmern? Letzte Woche erst musste ich gleich an drei aufeinanderfolgenden Tagen in die Stadt, weil sich die Boutiquen der Kemptener Innenstadt untereinander nicht einig wurden, wann der Startschuss zum diesjährigen Sommerschlussverkauf fällt. Meinem Bruder, dem Wigald, musste ich letzte Woche auch schon schweren Herzens absagen, weil ich mich dringend um eine neue Dunstabzugshaube kümmern musste, weil diese mit Friedls Kochwut überfordert war und nach nur vier Wochen den Geist aufgab. Zusätzlich bin ich immer noch dran, die vermisste Sina zu finden, auch wenn dafür nun noch weniger Zeit ist. Leider gibt es auch bis heute keine neuen Hinweise auf ihren Verbleib. Was nicht ist, kann aber noch werden, lautet mein Motto, und so will ich an diesem Thema unbedingt dranbleiben. Die Kripo verfolgt zwei Theorien und ist der Auffassung, die junge Frau könnte sich entweder aus Angst vor dem Dennis freiwillig abgesetzt haben und sei an einem unbekannten Ort untergetaucht. Die Suche auf offizieller Seite an der Ostsee hat jedenfalls keine neuen Erkenntnisse gebracht. Eine weitere Hypothese, der Dennis habe neben dem Xaver auch seine Ex um die Ecke gebracht, ist ihrer Ansicht nach auch noch nicht vom Tisch. Zwar hat er den Mord am Xaver gestanden und sich in allen Einzelheiten kooperativ gezeigt, trotzdem hat es den Wolfi auf der Suche nach der Sina nicht weitergebracht. Vor rund zwei Wochen gab es zum Mord am Xaver sogar eine Tathergangsnachstellung. So zeigte der

Dennis anhand vom Freirer Harald, er hatte das Opfer dargestellt, wie er dem Mesner erst einen Schlag auf den Hinterkopf verpasst, ihn anschließend gewürgt und danach den erschlafften Körper an den Strick der Kirchturmglocke gebunden hatte, um seine Tat zu vertuschen. Natürlich habe ich das alles heimlich mit dem Fernglas aus Wolfis Zimmer beobachtet. Bis heute leugnet der mutmaßliche Mörder vom Xare aber vehement, mit dem Verschwinden seiner Ex etwas zu tun zu haben. Aber wer glaubt schon einem hunzigen Meuchelmörder? Immerhin könnte es doch pures Kalkül und eine Art Taktik sein, um einer Anklage wegen Doppelmords zu entgehen. Laut dem letzten Zeitungsbericht arbeitet Dennis Kupschrats Anwalt nämlich daran, die vom Staatsanwalt geforderte Anklage auf Mord in Totschlag umzuwandeln, weil Dennis die Tat quasi im Affekt begangen und nicht von langer Hand geplant haben soll. Diese Verteidigungsstrategie stinkt doch zum Himmel, finde ich, gerade wenn später herauskommen sollte, dass er die Sina doch umgebracht hat, weil sie die Beziehung zu ihm nicht wieder aufnehmen wollte. Wäre ich der zuständige Staatsanwalt, ich würde sogar auf Heimtücke plädieren. Ganz bestimmt war der Xaver ein leichtes Opfer. Arglos wird er gewesen sein und hatte keine Ahnung, was ihm gleich widerfahren würde. Zu alledem kommt dann auch noch, dass ich immer noch nicht herausgefunden habe, welches Frauenzimmer meinem Sohn den Kopf verdreht. Seit Neuestem achtet der Wolfi sogar auf seine Linie. Ja, wirklich! Ich dachte erst, er macht Witze, als er die Friedl gebeten hat, nach zucker- und fett- nun auch noch kohlenhydratärmere Kost zuzubereiten. Doch er zieht das tatsächlich durch. Als ich mitbekommen habe, dass er seit Tagen sogar Salat mit Putenbruststreifen mampft, hat's mir fast den Vogel rausgehauen. Wo ist, bitte schön, mein Sohn hin, der sich spätabends noch regelmäßig eine Pizza in den Ofen geschoben oder eine Currywurscht in die Fritteuse geschleudert hat? Der Wolfi ist einfach nicht mehr derselbe. Neuerdings pfeift er sogar freudig Melodien von Rammstein nach, wenn er morgens nach unten kommt, und bevor er das Haus verlässt, checkt er nun jedes Mal seine Frisur und schnuppert unter seinen Achseln. Gut, einen Vorteil kann ich nicht verschweigen, der Wolfi wirkt alles in allem ausgeglichener und geht nicht mehr gleich ohne Vorwarnung wie eine Blendgranate in die Luft, wenn ich versuche, zum Allgaier-Fall etwas aus ihm herauszukitzeln. Er meint dann lediglich, dass ich doch wüsste, dass mich das alles nix anginge, und wechselt danach, besonnen wie ein Erwachsener, das Thema, ohne ein Theater zu machen. Der Gutschein für das romantische Candle-Light-Dinner, den ich in seiner Schublade gefunden hatte, ihr erinnert euch, hat für mich in einem Fiasko geendet. Noch nie war ich so nah dran, endlich herauszufinden, mit wem er heimlich Speichel tauscht und welche Frau es geschafft hat, das Leben meines Sohnes auf links zu drehen. Als der Wolfi also pünktlich das Haus mit einer halben Flasche Aftershave im Gesicht und einem neuen Hemd verließ, ich hatte mich den ganzen Tag über darauf vorbereitet, waren plötzlich meine Autoschlüssel verschwunden. Wie vom Erdboden verschluckt. Ich könnte schwören, dass sie nur Minuten vorher noch am Schlüsselbrett hingen, doch dann fehlte davon jede Spur. Die Dame aus der Taxizentrale hat sich auch mehr als unkooperativ gezeigt, als ich sie bat, mir eine ihrer Karossen, ohne Fahrer natürlich, einen ganzen Abend lang zu überlassen. Der Wolfi war längst über alle Berge und meine geplante Personenbeschattung damit ins Wasser gefallen. Sogar ein Nachtsichtgerät hatte ich mir im Vorfeld extra angeschafft. Für die Tonne! Ein Profi ist auf alle Eventualitäten vorbereitet, dachte ich mir. Naheliegend, dass ich den Wolfi im Verdacht hatte, dass er die Schlüssel heimlich gemopst hat, um mich auszubooten. Meine Theorie konnte ich im Nachhinein aber nicht beweisen, und wie ich schon erwartet habe, hat er alles abgestritten. Die Schlüssel sind dann am nächsten Tag im Kühlschrank gleich hinter der scharfen Soße und neben dem Stück Bergkäse wieder aufgetaucht, die ich am Vortag frisch gekauft hatte. Es könnte also tatsächlich sein, auch wenn es wirklich grotesk, skurril und mehr als abwegig klingt, dass ich sie dort im Stress selbst platziert habe. Man sieht, ich bin also eine vielbeschäftigte Frau und tue vor lauter Stress seltsame Dinge, und zu alledem habe ich nun auch noch eine alte Dame an der Backe, der ich, auf Deutsch gesagt, den Hintern wischen soll. No way! Noch auf dem Nachhauseweg habe ich der Friedl verklickert, dass Exkremente für mich eine unüberwindbare Hürde darstellen. Red flags leuchten da bei mir auf, egal wie ich mich zusammenreiße. Das war beim Wolfi schon so und wird auch so bleiben. Ich habe ihr dann die verschiedenen Optionen erörtert. Wenn die Friedl neben vollen Windeln nicht auch noch meine Kotze vom Teppich kratzen will, sollte sie mich von Anfang an vor solchen Aufgaben verschonen. Ich denke, mein zweites Argument, die Friedl sei dank der Babuna-Rosa mit Kackwindeln auch weitaus besser betraut als meine Wenigkeit, hat auch dazu beigetragen, dass sie meine Verweigerung am Kotdienst kommentarlos hingenommen und mit einem Kopfnicken abgesegnet hat.

Am nächsten Morgen ist es also so weit. Den ganzen gestrigen Abend über habe ich ergoogelt, wie man eine alte Dame pietätvoll pflegt beziehungsweise unterhaltungstechnisch bei Laune hält. Neben der Körperhygiene, die ja, wie vereinbart, die Friedl übernimmt, ist es natürlich auch wichtig, die Greisin geistig zu fordern, aber nicht zu überfordern. Deshalb habe ich auch meinen Plan, ihr mein altes Smartphone zu schenken und sie mit Instagram, Twitter und Co. vertraut zu machen, erst mal verworfen und am Bahnhofskiosk unter anderem drei Kreuzworträtselhefte und noch ein paar Zeitschriften, die sich ihre Leserschaft mit fraglichen und skandalös klingenden Schlagzeilen über Mitglieder europäischer Königshäuser erkaufen, besorgt. Ich bin also optimistisch, den Vormittag mit der Lisl ohne aufkommende Langeweile gut rumzubringen. Wenn alle Stricke reißen, parke ich Xavers Mutter einfach vor dem Fernseher, denke ich mir. Dank zahlreicher Mediatheken und Streamingdienste sollte der Musikantenstadl auch an einem Mittwochvormittag kein großes Problem darstellen. Als wir die Dachgeschosswohnung auf dem Allgaier-Hof betreten, bin ich aber überrascht. Der Einrichtungsstil sieht ganz und gar nicht nach einer Mitte Achtzigjährigen aus. Gelbe

Vorhänge vor dem riesigen dreieckigen Giebelfenster tauchen die großzügige Zweizimmerwohnung in ein freundliches Licht, und auch das expressionistisch gestaltete Bild über dem kleinen Esstisch, das ein Sonnenblumenfeld bei Tagesanbruch zeigt, in Verbindung mit den hellen Möbeln verleiht diesem Ort ein modernes und heimeliges Ambiente. Wahrscheinlich hatte ich mit Eiche rustikal oder Gelsenkirchener Barock gerechnet, aber nicht mit weißen Hochglanzmöbeln und einer LED-Beleuchtung hinter dem Fernseher. Der Ausblick von hier oben ist gigantisch. Sieht man einmal über die riesige Güllegrube und den angrenzenden alten Stadel hinweg, in dem die Johanna mich beim Schnüffeln erwischt hatte. Schafft man es, die zwei optischen Schandflecken zu ignorieren, hat die Lisl einen bombastischen Ausblick auf die Allgäuer Bergkette am Horizont. Der Grund der Allgaiers ist riesig. Felder, so weit das Auge reicht, die die Johanna nun ganz allein bewirtschaften muss. Da verstehe ich es, dass die Jungbäuerin mit der Pflege der Lisl zusätzlich zum Hof und der Verantwortung für ihre kleineren Geschwister dauerhaft überfordert ist. Nachdem die Friedl die Liselotte gewaschen und frisiert hat, kommt meine Expertise ins Spiel. Ich reiße die Schrankwand auf und stöbere nach einem perfekten Outfit für die alte Dame. Die Lisl ist wohl ein kleiner Klamottenmessi, stelle ich fest. »Entzückend! Nein, wie abgefahren ist das denn?« Dutzende Schätze lagern hier unter Plastikfolie, die noch original aus den Fünfzigern und Sechzigern stammen müssen. »Wow, Lisl, das alles hast du mal getragen?«, staune ich nicht schlecht, als ich ein Wahnsinnsteil herausziehe, das ich mir auch gut an mir selbst vorstellen könnte. »Was meinst du, wollen wir den Jogger gegen das hier tauschen?«, frage ich begeistert und finde auch noch das passende Schuhwerk und eine Etage höher einen absolut kompatiblen Fascinator dazu, der ihr ganz bestimmt stehen wird. Die alte Dame nimmt alles kommentarlos zur Kenntnis. Wahrscheinlich liegt das daran, dass die Mutter vom Xaver vor ein paar Jahren einen Schlaganfall erlitt und damit ihr Sprachzentrum so gut wie vollkommen lahmgelegt wurde. So hat es mir jedenfalls die Friedl erklärt. Auch wenn sie sich verbal kaum äußern kann, in ihren Augen meine ich zu erkennen, dass sie auf den gelben Petticoat mit den goldenen Knöpfen genauso scharf ist wie ich. Es kostet mich einige Anstrengung, ihr das Kostüm anzulegen. So was habe ich ja schließlich noch nie gemacht. Hut ab vor Pflegekräften, die so was tagtäglich mehrmals bewerkstelligen müssen. Nachdem die Pumps an ihren Füßen endlich haften bleiben und der Kopfschmuck auch hält, wo er hingehört, schiebe ich ihren Rollstuhl vor den Spiegel. »Rouge, Lisl?«, frage ich, klappe das silberne Döschen auf und pinsel ihre Wangen rosig. Auf die Wimperntusche verzichte ich lieber, wir wollen es ja nicht übertreiben. Roter Lippenstift geht allerdings immer, finde ich. Gut, etwas Lidschatten habe ich auch noch aufgetragen, einfach weil ich der Meinung bin, dass sie ein bisschen Farbe vertragen kann. Die Oma Lisl sieht entzückend aus, freue ich mich, während die Friedl schon seit einiger Zeit in der Küche herumwerkelt und uns etwas Schmackhaftes zaubert. Von unserem Umstyling bekommt sie daher nix mit, was mir ganz recht ist. Die Friedl hat in meinen Augen nämlich einen desaströsen Geschmack und hätte uns beiden sicherlich zu etwas Bequemeren geraten. »Et voilà«, meine ich zufrieden, als ich ihr zum Abschluss noch die rubinroten Ohrringe anklippe und ihr weißes Haar hinters Ohr schiebe. Ich glaube ein Funkeln in Lisls Gesichtsausdruck zu erkennen, was mir fast ein Tränchen in die Augen treibt. Es hat sich also herausgestellt, die alte Dame hier ist die Schwester im Geiste, die ich nie hatte, und besitzt einen exquisiten Sinn für Mode, genau wie ich. Als die Friedl zu Tisch ruft und ich die Liselotte ins Esszimmer schiebe, fallen meiner Freundin fast die Glubscher raus. »Kreuzgütiger!«, haucht sie mit der Hand vor dem Mund und starrt von der Lisl zu mir und wieder zurück. Weiter erwähnt sie vor der älteren Dame aber nix und schöpft grimmig Nudelsuppe in einen Teller und zitiert mich anschließend mit einem scharfen Blick, gefolgt von einem Kopfnicken, in die Küche nebenan. »Walli, was denksch du dir eigentlich?«

»Was meinst du, sieht die Lisl nicht hinreißend aus?«

»Nein!«

»Nein?«

»Du hasch aus ihr an Zirkusclown g'macht. Die Frau isch siebenerachtzg Johr alt, was soll des?«, blafft sie und stützt ihre Hände in die Hüften. »Ich weiß gar nicht, warum du dich so aufregst, der Lisl gefällt's.«

»Wer's glaubt. Hat's des g'sagt, oder was?«

»Sehr witzig, du weißt genau, Friedl, dass sie nicht sprechen kann. Aber in ihren Augen habe ich es gesehen, dass es ihr gefällt, und der Petticoat steht ihr doch ganz wunderbar, oder nicht? Die Lisl hat Klamotten in ihrem Schrank, da würdest du vor Neid erblassen. Du mit deinen komischen Schürzen immer«, meine ich und verlasse empört die Küche.

»Walli!«

»Pff, das Walli kannst dir sparen«, goschel ich, setze mich neben die Lisl und reiche der alten Dame, die übrigens stylingtechnisch nun auch noch hervorragend zur Wohnungsdeko passt, den Löffel. Nach dem Essen ist die Lisl sichtbar erschöpft. Während sie ein kleines Nickerchen macht, steht die Friedl wieder in der Küche und spült. Von Hand, wohlgemerkt, weil ihr Spülmaschinen nicht ganz geheuer sind und sie unseren deutschen hochtechnologisierten Weltmarktkonzernen einfach nicht vertraut. Ich schaue mich ein bisschen weiter in der Wohnung um. Alles wirkt liebevoll aufeinander abgestimmt, und die Couch würde mir tatsächlich auch gefallen. Auf einem Sideboard entdecke ich zahlreiche Fotos, die in unterschiedlichen Rahmen stecken. Neugierig betrachte ich sie. Manche Bilder sind deutlich älter als andere, was sich anhand der Outfits leicht ausmachen lässt. Da steht zum Beispiel ein Hochzeitsbild vom Xaver und der Bärbel. Das kann, den bauschigen Puffärmeln an Bärbels Brautkleid nach zu urteilen, nur aus den Achtzigerjahren stammen. Spätestens aus den Neunzigern, wenn man bedenkt, dass die Bärbel, wenn ich mich richtig erinnere, modetechnisch jetzt nicht immer ganz so up to date war. Ein Bild der drei Enkel gleich daneben weist eindeutig auf die späten Neunziger hin. Schrill bunte Blousons, gepaart mit hellblauen Jeans. Das Schwarz-Weiß-Foto, auf dem die Lisl noch als blutjunge Frau in einem schnittigen Kostüm und Sonnenbrille zu sehen ist, muss aus den frühen Fünfzigerjahren stammen. Neben ihr steht ein stattlicher junger Mann in dunklem Anzug, der mit seinen zurückgegelten Haaren dem Xaver zum Verwechseln ähnlich sieht. Das muss der Ernst sein, Liselottes längst verstorbener Ehemann und Vater vom Xare und der Luzi, denke ich mir und betrachte das Bild ganz genau, bevor ich das silberne Rähmchen an seinen Platz zurückstelle. Mein Blick fällt auf ein weiteres Foto. Das hier zeigt die Lisl mit der Sina! Ich erkenne die junge blonde Frau sofort, die innig ihre Arme um die ältere Dame gelegt hält und ihr liebevoll ein Küsschen auf die Backe drückt. Das Foto kann nicht älter als ein Jahr sein, denke ich mir und drehe es um. Als ich die Rückwand vom Rahmen löse, verrät mir der Zeitstempel, dass das Bild im Frühjahr dieses Jahres aufgenommen wurde, also gerade mal vor dreieinhalb Monaten und demzufolge nur ein paar Wochen vor dem Verschwinden der Sina entstanden sein muss. Die Johanna hatte mir in der Garage doch erzählt, dass die Sina die alte Dame loswerden wolle und versucht haben soll, den Xaver davon zu überzeugen, die Oma Lisl in ein Altersheim zu stecken, um die schöne Dachgeschosswohnung lukrativ an Urlaubsgäste vermieten zu können. Auf dem Bild sehe ich aber zwei Frauen unterschiedlichen Alters, die sich eng umschlungen herzen, wobei partout nicht erkennbar ist, dass die Jüngere die Ältere hinterlistig in die Pfanne hauen will. Das Foto verblüfft mich, die Sina muss ganz schön gerissen sein. Ich schnappe mir die Aufnahme und setze mich zur Lisl, die nach einem kleinen Nickerchen mittlerweile wieder munter zu sein scheint und sich durch eines der Käseblätter arbeitet, die ich ihr extra mitgebracht habe. Vorsichtig lege ich das Bild vor ihren Augen ab. Noch bevor ich meine Frage stellen kann, streicht die alte Dame immer wieder liebevoll über das Gesicht der jungen Frau, die sie auf dem Schnappschuss umarmt. Ich hatte wohl mit allem gerechnet, nur nicht mit dieser Reaktion. »Lisl, weißt du vielleicht, wo die Sina steckt?«, flüstere ich dicht an ihrem Ohr, weil ich vermeiden will, dass die Friedl von meiner Frage etwas mitbekommt. Die Liselotte hebt ihren Kopf und schaut mich eindringlich an. Sekundenlang starrt sie mir direkt ins Gesicht, bis sich eine Träne löst und ihr über die gerougte Backe kullert und direkt auf Prinz Charles' Visage landet. Während nun eine weitere Träne auch noch auf Camilla landet, hebt die Lisl ihren Arm und zeichnet mit einem ihrer Finger langsam einen Ring und mehrere undefinierbare Zeichen auf die Tischplatte. »Ein Kreis, und weiter?«, murmle ich und kann mit der Information nix anfangen. Immer wieder gleitet ihr Finger in denselben Bewegungen über die Tischdecke, und ich frage mich, was die alte Dame mir sagen will. Tonlos formen ihre Lippen ein Wort, das ich nicht entziffern kann. Die Lisl will mir dringend etwas mitteilen, bloß was, frage ich mich. Die grobmotorischen Handzeichen der alten Frau können doch so gut wie alles heißen. »Lisl, was soll der Kreis bedeuten? Ich versteh nur Bahnhof«, flüstere ich und spähe verstohlen zur Küche hinüber, aus der immer noch Tellerklappern und das Laufen des Spülwassers zu vernehmen sind. Schwer schnaufend zieht sie erneut einen Kreis und schlägt danach mit ihrer geballten Faust darauf.

»Lisl, herrje! Sapperlot, Walli, was hasch du jetzat scho wieda a'grichtet? Wieso weint die Lisl denn?«, will die Friedl wissen, schwingt ihr Küchentuch wie ein Butterflymesser in die Luft und wischt der alten Dame die Tränen vom Gesicht.

»Gar nix hab ich gemacht!«, entgegne ich entrüstet und ärgere mich dermaßen über meine Freundin, dass ich ihr am liebsten an die Gurgel gehen würde. Es könnte gut sein, dass ich kurz davor war, den Fall endlich zu lösen, wäre die Friedl mir nicht dazwischengegrätscht, denke ich mir. Mit einem bösen Blick in meine Richtung nimmt sie die alte Dame in den Arm, tröstet sie und gibt mir ein Zeichen, dass ich mich verkrümeln soll. Die Mutter vom Xaver weiß etwas, da bin ich mir sicher. Ich muss nur herausfinden, was es mit den Hieroglyphen auf sich hat, die die Lisl auf die Tischplatte gezeichnet hat. Eine weitere Frage kommt mir in den Sinn: Hat die alte Dame eben so emotional reagiert, weil sie die Sina so schmerzlich vermisst oder weil sie mitbekommen hat, welches falsche Spiel sie mit ihr gespielt hat? Eventuell weiß die Liselotte vielleicht sogar, wo die Freundin ihres Sohnes abgeblieben ist! Die Friedl lässt die betagte Dame nicht mehr aus den Augen. Somit habe ich keine Chance, die Lisl noch einmal auf das Thema anzusprechen. Als es an der Tür klopft, bin ich gerade dabei, den Bilderrahmen mit dem Foto der beiden Frauen zurück auf das Sideboard zu packen, und als ich das Bild der Friedl vor die Nase halte und ihr erzählen will, was die Johanna mir über die Sina berichtet hat, würgt sie mich einfach ab. Fast auf den Glockenschlag genau klopft es an der Tür. Ab vierzehn Uhr übernimmt die Luzi ihre Mama. »Hallo, ihr zwei, hallo, Mama. Oho, wie schaust du denn aus?«, begrüßt Lisls Tochter uns herzlich und drückt ihrer Mama ein Küsschen auf die Wange. »Sehr fesch! Da haben die zwei Mädels hier aber volle Arbeit geleistet«, meint die Luzi mit einem Augenzwinkern, und ich schenke der Friedl ein süffisantes und wirklich sehr zufriedenes Siegerlächeln. »Ehm … Luzi, bitte sei it bös, des war bloß a bleeds Ekschpiriment von d'Walli«, meint die Friedl rechtfertigend, als ich ihr für ihren saublöden Kommentar einen Rempler verpasse.

»Warum, das ist doch ganz wunderbar. Die Mama liebt ihre Kostüme über alles, nicht wahr, Mama?« Die Lisl hebt leicht den Kopf. Ein schiefes Lächeln blitzt über ihr Gesicht, was Luzis Aussage bestätigt. »Die Mama ist gelernte Schneiderin und hat jedes einzelne Kleid davon selbst genäht. Als sie damals meinen Papa kennengelernt hat und mit ihm auf den Hof gezogen ist, konnte sie die Kleider natürlich nur noch ganz selten tragen. Viele Anlässe, Kostüme zu tragen, gab's in der damaligen Zeit für eine Bauersfrau natürlich nicht mehr, stimmt's, Mama? Deswegen sind die auch alle noch so gut in Schuss«, meint die Luzi und streicht ihrer Mama liebevoll über die Schulter. Die Lisl hört aufmerksam zu. »Leider bleibt meistens nicht genügend Zeit, die Mama so herzurichten. Im Alltag reicht der Jogginganzug vollkommen und ist natürlich auch viel bequemer, gerade wenn sie die meiste Zeit im Rollstuhl verbringt. Aber ab und zu, warum nicht? Gefällst du dir, Mama?«, fragt die Tochter ihre Mutter und streicht ihr eine silberne Strähne aus dem Gesicht. Erneut huscht der Lisl ein zartes Lächeln über das Gesicht. Die Luzi pflichtet mir also auch bei, somit steht es zwei zu null für mich. »Das hab ich doch gerne gemacht! Morgen probieren wir das rote knielange Kleid. Das ist wirklich ein Traum«, schwärme ich und rücke den Fascinator noch einmal zurecht, der inzwischen etwas Schlagseite bekommen hat. »Das bordeauxfarbene Samtkleid meinst du?«

»Genau das!«

»Das ist ihr Lieblingskleid. Das hast du vergangenes Jahr zu Weihnachten getragen, erinnerst du dich?«, meint die Luzi, öffnet die oberste Schublade des Sideboards und zieht eine ganze Reihe weiterer Bilder heraus. »Schau mal, Walli.« Ich staune nicht schlecht, als ich neben ein paar Bildern mit der Familie auch Dutzende weitere Aufnahmen entdecke, auf denen nur die Sina und die Oma Lisl zu sehen sind.

»Haben die zwei sich denn gut verstanden?«, frage ich neugierig und reiche Lisls Tochter die Bilder zurück. »Mhm, sehr«, meint die Luzi etwas wortkarg und gibt mir ein Zeichen, ihr zu folgen. Gespannt, was Xares jüngere Schwester mir sagen will, folge ich ihr ins Treppenhaus des alten Bauernhauses. Lautlos schließt sie die Holztür. »Wir haben harte Wochen hinter uns.«

»Ja, ich weiß. Mein Beileid noch mal.«

»Danke, Walli, das weiß ich sehr zu schätzen, und danke auch, dass ihr zwei uns bis nächste Woche mit der Mama unterstützt, bis die neue Pflegerin auf den Hof kommt. Ich bin so froh, dass wir endlich jemanden gefunden haben. Die Johanna kümmert sich zwar um das meiste, was den Hof und die Versorgung der Tiere betrifft, aber für die Oma brauchen wir einfach professionelle Unterstützung. Die Bogdana ist quasi schon auf dem Weg nach Deutschland und wird sich gut um die Mama kümmern.«

»Wunderbar, schön, dass ihr jemanden gefunden habt.«

»Ja, das war gar nicht so leicht. Aber die Bogdana macht einen sehr herzlichen Eindruck und hat schon Erfahrung. Die Tickets habe ich ihr gestern per Mail geschickt, und sobald sie alle Papiere zusammen hat, kann sie nächste Woche endlich bei uns anfangen.«

»Mh, das klingt doch prima. Entlastung tut euch allen sicherlich gut.«

»Walli, warum ich dich rausgebeten habe …«

»Ja?«, meine ich neugierig.

»Die Mama hat's besonders schwer getroffen, die Sache mit dem Xaver. Wer hätte gedacht, dass er einmal vor der Mama gehen muss. Und dann ist die Sina auch noch plötzlich verschwunden. Seit das alles passiert ist, hat die Mama noch mehr abgebaut. Die ersten zwei Wochen nach dem Unglück habe ich sie kaum aus dem Bett gekriegt, und essen wollte sie auch nix mehr, deshalb hat sie auch einiges an Gewicht verloren«, meint die Luzi besorgt und schaut andächtig aus dem Fenster. »Ich würde gerne jegliche Aufregung für sie vermeiden.«

»Das verstehe ich.«

»Weißt du, die Mama kann zwar seit dem Schlaganfall nicht mehr reden und durch die halbseitige Lähmung nicht mehr eigenständig ihr Gleichgewicht halten, aber geistig ist sie eigentlich noch ziemlich fit. Deswegen hat sie die Sache mit dem Xaver natürlich auch mitbekommen. Sie weiß aber nicht, dass der Xaver umgebracht wurde. Der Dr. Brandl hat gemeint, zu ihrem Wohl könnten wir ihr von einem tragischen Unfall erzählen.«

»Mhm, ich weiß. Das hat die Friedl mir schon auf dem Weg

hierher eingebläut, dass ich da ja nix Falsches erwähne«, antworte ich bedrückt.

»Danke für eure Rücksicht«, meint sie traurig und lehnt sich dabei an die verstaubte antike Nähmaschine, die noch mit einem mechanischen Fußpedal angetrieben wird. »Weißt du, Walli, der Xaver war ja immer da, und die Sina hat sich auch rührend um die Mama gekümmert. So hat die Mama gleich zwei Menschen auf einmal verloren, die sie gernhatte. Ich bin zwar auch regelmäßig auf dem Hof, aber das meiste haben schon die beiden erledigt.«

»Die Sina und der Xaver, meinst du?«

»Ja, den Großteil hat die Sina übernommen, weil der Xaver ja viel mit dem Hof beschäftigt war. Aber wenn die Sina nicht bei den Pferden war, hat man sie eigentlich immer mit der Oma angetroffen. Die beiden waren einfach ein Herz und eine Seele.«

»Wirklich?«, meine ich überrascht und weiß mittlerweile gar nicht mehr, was ich glauben soll. Die Johanna hatte kein gutes Haar an der Lebensgefährtin ihres Vaters gelassen. Weder die Miriam noch die Sabrina, mit der ich gestern Abend noch einmal telefoniert habe, konnten die haarsträubenden Geschichten über die neue Frau an Xavers Seite recht glauben. »Die Sina hat viel Zeit mit der Mama verbracht. Ich denke, vielleicht weil sie keine eigene Familie hatte. Sie hat zwar nie viel über ihre Vergangenheit erzählt, aber wie ich mitbekommen habe, ist die Sina zeitweise bei ihrer Oma aufgewachsen, bis diese dann irgendwann gestorben ist. Danach ist sie im Heim gelandet, weil ihre Mutter sich nicht um sie kümmern konnte. Vielleicht hat meine Mutter die Sina irgendwie an ihre eigene Oma erinnert«, meint die Luzi und zupft das Häkeldeckchen zurecht, das neben der Maschine auf dem Tisch liegt.

»Verstehe. Ehrlich gesagt bin ich ein bisschen verwirrt.«

»Warum?«

»Die Johanna hat mir erzählt, dass die Sina nur hinter dem Geld deines Bruders her gewesen sei und dass sie ihn von vorn bis hinten ausgenutzt habe. Anscheinend wollte sie sogar, dass der Xaver sein Milchvieh wegtut und den Hof in einen Ferienhof ummodelt.«

»Also das höre ich jetzt zum ersten Mal«, meint die Luzi verblüfft und schaut mich irritiert an.

»Mochtest du die Sina?«

Xares Schwester blickt erneut einen Moment lang aus dem Fenster, bis sie mir auf meine Frage eine Antwort gibt. »Ja … Ich mochte sie. Ich kann nichts Schlechtes über sie sagen. Anfangs, als wir von dem Altersunterschied erfahren haben, waren wir natürlich nicht begeistert. Die Sina ist ja kaum älter als meine Nichte. Der Dirk und ich haben oft darüber diskutiert, warum mein Bruder sich ausgerechnet in ein so junges Ding verguckt hat. Irgendwie passte das gar nicht zu meinem Bruder, und ich hatte einfach die Sorge, dass es sich nur um ein kurzes Abenteuer handeln könnte. Nach der Bärbel … Die Sina war die erste Frau, die der Xaver wieder in sein Leben gelassen hat. Mein Mann hat dann aber irgendwann gemeint, dass man sich eben nicht aussuchen kann, in wen man sich verliebt. Wo die Liebe hinfällt, gell.«

»Das stimmt, da hat der Dirk schon recht«, meine ich und

lehne mich gegen die dunkle Holzvertäfelung neben der Tür. »Aber als wir sie dann endlich kennengelernt haben, waren meine Bedenken schnell verflogen. Die Sina hat auf mich schon einen sehr erwachsenen Eindruck gemacht. Obwohl sie ja noch ziemlich jung ist, hat sie meinen Bruder mit den zwei Kleineren unterstützt und fleißig mit angepackt. Die Johanna ist ja schon groß, die kommt sehr gut allein zurecht, aber für die Theresa und den Theo war die Sina ein Geschenk des Himmels. Und als ich gesehen habe, wie liebevoll sie sich auch um die Oma kümmert, war meine anfängliche Skepsis verflogen. Die Sina und die Oma waren ja kaum mehr zu trennen. Richtig aufgeblüht ist meine Mama, als die Sina bei meinem Bruder eingezogen ist.«

»Interessant.«

»Ja, die beiden haben sich ohne viele Worte verstanden.«

»Aber wieso erzählt die Johanna denn dann solche Schauermärchen?«

»Das weiß ich nicht«, antwortet die Luzi ratlos, als zwei Stockwerke tiefer plötzlich eine Tür knallt.

»Theresa? Theo? Seid ihr das?«, ruft die Luzi und schaut auf die Uhr. Eine Antwort bekommen wir nicht.

»Ich bin ein bisschen spät und muss für die Kids noch was zu essen machen. Also, Walli, ich geh dann mal wieder rein. Danke für eure Hilfe noch mal, und dann sehen wir uns morgen?«

»Ja, wir sind da.«

»Wär's okay, wenn ich ein paar Minuten später komm? Inventur«, meint die Luzi und verdreht die Augen.

»Null Problemo, Luzi. Mach dir keinen Stress, die Friedl und ich haben alles im Griff und bleiben so lange, bis du kommst.«

»Danke, das ist lieb von euch.«

»Bis morgen, Luzi.«

Als ich mit der Friedl im Schlepptau im Wagen sitze und Richtung Burglbach fahre, wechseln wir kaum ein Wort. Die Friedl ist wohl immer noch eingeschnappt, weil der Pokal mit zwei zu null eindeutig an mich ging. Aber damit muss sie leben. Für den nächsten Tag habe ich mir fest vorgenommen, noch einmal die Lisl zur Sina zu befragen. Auch wenn die Luzi mir deutlich gemacht hat, dass es für ihre Mutter besser ist, sie nicht an das Thema zu erinnern, so muss ich doch dringend herausfinden, was mir die alte Dame sagen wollte. Egal wie oft ich auch darüber nachdenke, ich komm einfach nicht drauf, was die primitiven Handzeichen bedeuten sollten. Ein Kreis und wirre Striche, die kreuz und quer über die Tischplatte gingen. Sobald die Luft rein ist – Friedl hat morgen vor, in der Waschküche für Klarschiff zu sorgen –, bin ich am Zug.

Kurz nach Sonnenaufgang sitze ich bereits übel gelaunt vor meinem laktosefreien Cappuccino ohne Milchschaumberg und rühre griesgrämig in der schwarzen Tunke herum. »Morga, Walli, was isch dir denn heut scho für a Laus über d'Leba gloffa?«, meint die Friedl und stapft im Nachthemd rüber zum Wasserkocher an mir vorbei. »Hast du etwa meine Milch …«, blaffe ich und schwenke mit der leeren Milchtüte vor ihrem Gesicht herum. Die Friedl leugnet, etwas mit dem Milchklau zu tun zu haben, und setzt unbeeindruckt von meiner Anschuldigung Wasser auf. »Wieso bist du eigentlich noch nicht angezogen? Wir müssen doch gleich los.«

»Ah, des hätt i jetzt fascht vergesser, dir z'saga«, meint sie, auf einem Stück Schinken herumkauend, und erzählt mir, dass die Johanna sie gestern Abend noch angerufen habe und meinte, dass Lisls neue Pflegerin bereits heute Vormittag aus Bratislava anreisen und unsere Hilfe deshalb nicht mehr gebraucht würde. »Wie bitte? Aber die Luzi hat doch gemeint … Außerdem wollten wir beide doch das rote Kleid …«

»Was woiß denn i. Dis isch dis, was d'Johanna mir g'sagt hot, und fertig«, meint die Friedl und gibt sich wohl allen Ernstes damit zufrieden.

In mir brodelt es. »Weißt du was, der Johanna glaub ich mittlerweile gar nix mehr, die hat mir einen richtigen Schmarrn erzählt«, platzt es förmlich aus mir heraus.

»Was meinsch du?«

»Ein paar Tage nach dem Mord am Xaver war ich schon mal auf dem Hof.«

»Lass mi rata: zum Schnüffla, ha i recht?«

»Teilweise!«

»Walli!«

»Ja, Friedl, du brauchst gar nicht sauer zu sein. Seit letztem

Jahr hab ich fast alle deine und Wolfis Auflagen erfüllt. Und damit ist jetzt Schluss, verstanden?«

»Also des isch ja …«

»Hör mir zu, Friedl. Ich bin Mitglied im Burglbacher Kirchenchor, und auch bei den Landfrauen bin ich offiziell dabei, nicht wahr?«

»Scho, ja.«

»Friedl, das war eine rhetorische Frage, auf die ich keine Antwort erwarte, weil ich weiß, dass du weißt … Ach, egal. Ich bin sogar mit dir zum Vereinstreffen zum Erhalt der Allgäuer Mundart nach Hinterstein, das wirklich am Rand vom Nirgendwo irgendwo in Hinterdupfing liegt, gefahren, und selbst du hast im Anschluss gemeint, dass die alle nicht ganz knusper waren.«

»Ja, aba …«

»Nix aber. Lass mich ausreden. Hab ich mit meinen kleinen Ermittlungen denn irgendwem geschadet?«

»Äh …?«

»Nö, Friedl, das hab ich nicht, also mach dich endlich mal locker. Außerdem war ich in erster Linie auf dem Allgaierhof, um etwas für die Beerdigung vom Xaver beizusteuern und mein Beileid zu überbringen.«

»Gib's doch zu, du wolltsch dir Informationer erkaufa!«

»Jetzt reicht's mir aber gleich mit dir. Der Wolfi und du, ihr solltet froh sein, dass ich mich in Dinge einmische und versuche, die Wahrheit herauszufinden. Hätte der Dennis sich nicht gestellt, ich hätte den Kerl im Nullkommanix dingfest gemacht, weil ich ihm schon auf der Spur war. Juckt es dich als gute Christin denn überhaupt nicht, was mit der Sina passiert ist? Wo ist denn da, bitte schön, deine Nächstenliebe, hä?«

»Also Walli, jetzat gehsch aber langsam z'weit! Was hat denn mei Glaube mit der Sina z'tun?«, mault sie.

»Ich glaub schon lang nicht mehr dran, dass die Sina aus Angst vor ihrem Ex, diesem Blödmann, einfach untergetaucht ist. Und wenn er es nicht war, ist dafür jemand anders verantwortlich. Du hast doch die Lisl gestern gesehen: Die alte Frau ist todtraurig und vermisst nicht nur ihren Sohn, sondern auch die Sina. Die Luzi hat mir erzählt, dass die beiden ein Herz und eine Seele waren. Was ganz klar belegt, dass die Johanna absoluten Müll verzapft.«

»Ja, und genau des isch der Punkt, Walli. Halt di aus dena ihrer Sacha oifach raus. Des soll'n die untranand klärer, und lass den Wolfi sei Arbeit macha. Der find' die Sina schon no. Du kasch von Glück schwätza, dass der Dennis im Knascht hockt. Hätsch du den Kerle g'funda, bevor der sich g'stellt hot, wer woiß denn, was der mir dir dua hätt! Noamal rett i di it, des sag i dir.«

»Friedl, ich weiß, dass du mir schon zweimal die Haut gerettet hast, dafür bin ich dir auch dankbar, aber hier geht's um eine junge Frau, die seit Wochen spurlos verschwunden ist und deren Quasistieftochter ganz offensichtlich munter Lügengeschichten im Dorf verbreitet. Natürlich kann ich verstehen, dass die Johanna der Sina indirekt die Schuld an allem gibt. Immerhin war es Sinas Ex-Freund, der ihren Vater auf dem Gewissen hat, aber niemand, wirklich überhaupt niemand, der näher mit der Sina zu tun hatte, könnte sich vorstellen, dass sie nur an Xares Besitz interessiert war. Die Miri nicht. Die Luzi nicht. Selbst ihre ehemalige Arbeitskollegin, die Sabrina, hat gemeint, die Sina war immer freundlich und hilfsbereit und hat sich um jeden Patienten mehr gekümmert, als eigentlich nötig gewesen wäre.«

»So wie um d'Xaver, meinsch wohl?«

»Friedl, also echt! Keiner traut der jungen Frau zu, dass sie den Xaver nur finanziell ausbeuten wollte und geplant hat, die pflegebedürftige Oma ins Altersheim abzuschieben. Hier S-T-I-N-K-T etwas gewaltig, und zwar bis zum Himmel!«, maule ich und könnte mich über meine Freundin, die einfach mal wieder ihre Scheuklappen aufsetzt, maßlos ärgern.

»Du glaubsch doch wohl it, dass die Fehl vom Xare damit was z'dun hot.«

»Friedl, ich weiß jedenfalls, dass die Johanna lügt, und ich will wissen, warum.« Als die Friedl genervt nach oben verschwindet, um sich anzuziehen, habe ich eine Idee.

Gerade als ich aus der Tür schlüpfen will, um zum Hof der Allgaiers zu fahren, klingelt das Haustelefon. Verdammt und zugenäht, ich bin eigentlich schon weg. »Friedl, gehst du ran?«, schreie ich, doch eine Antwort kommt nicht. Es muss wohl meine unbändige Neugier sein, die mich zum Hörer treibt. Eilig nehme ich ab. »Ja, bitte?«

»Frau Schimmel, sind Sie das?«

»Wer denn sonst?«

»Ehm, ja, weil … Ach, egal. Gut, dass ich Sie erreiche.«

»Worum geht's, ich bin auf dem Sprung.«

»Hier spricht die Elfi, Frau Schimmel.«

Für lange Ratespiele habe ich jetzt keine Zeit. »Welche Elfi denn, wenn ich fragen darf?«

»Na, die Pflegeleiterin vom Wigald. Aus der Wohngruppe, Frau Schimmel. Ihr Bruder sitzt bereits seit über einer Stunde unten im Foyer und wartet schon ganz gespannt auf seinen Ausflug. Er hat sogar sein Frühstück heute Morgen sausen lassen, um pünktlich fertig zu sein.«

»Kreuzgütiger! Den Wigald, den hab ich ja ganz vergessen.« Ein Seufzer schellt durch die Leitung.

»Schon wieder? Wie oft …«

»Frau Elfi«, schneide ich ihr das Wort ab. »Es tut mir wirklich leid, aber heute ist es äußerst schlecht. Der Wigald muss zurück in seine Wohngruppe. Ich habe etwas Dringendes …«

»Aber Frau Schimmel, der Wigald freut sich seit einer Woche auf den Ausflug. Er redet seit Tagen von nichts anderem mehr.«

Mist, wie konnte ich nur meinen eigenen Bruder vergessen, denke ich und schiele zum Kalender hinüber, auf dem für den heutigen Tag ein rotes W dick und fett eingezeichnet und extra noch mit einem Kringel unübersehbar markiert ist. »Ja, aber heute …«

»Sie wollten doch gemeinsam am Duracher Flughafen den Flugzeugen beim Starten und Landen zusehen, richtig?«

»Ja … Das stimmt schon, aber noch mal, heute ist's ganz schlecht. Kann ich ihn denn nicht vielleicht morgen …«

»Nein, morgen basteln wir … ehm … Osternester aus Pappmaché.«

»Osternester im Juli?«

Die Elfi übergeht meine Frage und faselt unbeirrt weiter. »Der Wigald hat sich sogar extra seine Propellermütze aufgesetzt, um die Windrichtung bestimmen zu können«, sagt die Pflegerin und setzt noch ein unnachgiebiges »Bis wann kann ich also mit Ihnen rechnen?« obendrauf.

Als ich auf das Gelände der Wohneinrichtung schieße, erwische ich dummerweise mit dem rechten vorderen Kotflügel eine der unzähligen Mülltonnen, die aufgereiht wie Zinnsoldaten seitlich neben dem Eingangstor stehen. Verdammt und zugenäht. Wie beim Domino fällt nun eine nach der anderen wankend um und erzeugt dabei einen Mordslärm, dass auch der schwerhörigste Hausbewohner nun wach sein dürfte. Bevor ich zurücksetzen kann, sehe ich schon, wie der neugierige Hausmeister seinen Kopf aus dem Kellerfenster steckt und auf den Innenhof schielt. »Mist. Der Zinngruber«, murmle ich hektisch und gebe erneut Gas. Der Zinngruber Alfred ist der Urenkel der alten Zinngruberin, der Ältesten bei uns im Dorf, und, bei Gott, ein elendiger Säckel. Also er. Es ist kein halbes Jahr her, da hatte ich schon einmal auf eine sehr unangenehme Weise Bekanntschaft mit dem Alfred alias Alfi gemacht. Als ich den Wigald damals für einen Ausflug abholen wollte, ich war leider wieder einmal etwas spät dran, habe ich versehentlich beim Ausparken ein Stück seines makellosen Rasens mit den durchdrehenden Hinterreifen meines Wagens touchiert. »Das kann mit dreihundertzwanzig PS unterm Hintern schon mal passieren«, habe ich mich erklärt, und der Alfi hat, trotz meiner plausiblen Erläuterung, daraufhin einen riesigen Terz veranstaltet. Natürlich habe ich mich für mein Missgeschick aufrichtig entschuldigt und ihm meinen Lösungsvorschlag, in das nun gepflügte Rasenstück ein paar bunte Tulpenzwiebeln zu pflanzen, vorgetragen. Davon wollte der unfreundliche Hausmeister aber nix wissen und hat mir stattdessen seinen Spaten in die Hand gedrückt und mich angehalten, alles wieder in Ordnung zu bringen. »Gartenarbeit und ich sind zwei Paar Schuhe«, habe ich ihm daraufhin erklärt, aber auch davon wollte er nix hören. Gut, am Schluss habe ich dann unabsichtlich mit dem Spaten die Hauptkabelleitung vom Wohnheim durchlöchert, und so war's am Abend nix mehr mit Bayern gegen die Hertha, was mir natürlich leid für ihn tat, aber wer nicht hören will, muss eben fühlen, hat meine Mama schon immer gesagt. Als ich nun im Rückspiegel sehe, wie der Zinngruber mit erhobenen Händen die Kellertreppe nach oben stürmt, drücke ich den Kickdown-Schalter. Der Wagen beschleunigt, und mit einem gekonnten Manöver schlittere ich direkt vor den Eingangsbereich der Einrichtung. Eilig winke ich meinen Bruder herbei, der mich schon entdeckt hat und freudestrahlend mit seiner bunten Propellerkappe auf mich zueilt. »Einsteigen, los!«, rufe ich und öffne von innen die Beifahrertür. Als der Wigald sich neben mich auf den Sitz fallen lässt, brausen wir los. Gerade noch rechtzeitig, bevor der

Alfred uns erwischt. »Sorry fürs Zuspätkommen, Wigald. War keine Absicht.«

Der Wigald nickt und grinst schief. Als ich auf die Hauptstraße biege und kurz Gas gebe, applaudiert mein Bruder und gibt gurgelnde Geräusche von sich. Schon seit der Kindheit hat der Wigald ein Faible für Geschwindigkeit, Flugzeuge und alles, was funkelt und glänzt. Besonders das Letztere hat es ihm angetan. Wie eine diebische Elster hat mein Bruder schon im Kleinkindalter damit angefangen, alles zu klauen, was auch nur im Ansatz metallisch glänzt und nicht niet- und nagelfest ist. So war die Münzsammlung meines Vaters stets in einem kleinen Safe unter der Eckbank diebessicher verbarrikadiert und auch der Schmuck meiner Mutter ganz weit oben im Schrank versteckt, wo der kleine Wigald nicht hinkam. Einmal, erinnere ich mich, da muss mein Bruder so um die zwölf gewesen sein, kam er eines Tages mit einem riesigen Alurohr nach Hause, von dem niemand so genau wusste, woher er es hatte. Er schleppte das elendig lange Teil in sein Zimmer und polierte es ab da stundenlang auf Hochglanz. Erst nachdem mein Vater am Folgetag einen Artikel in der Zeitung gelesen hatte, dass in Kempten die Öfen des städtischen Krematoriums stillstehen würden, weil ein etwa drei Meter langes Abgasrohr des Verbrennungsofens an deren Fassade abmontiert und geklaut worden war, war allen klar, wer da am Werk gewesen war. Um keinen Ärger zu bekommen, montierte mein Vater in einer Nacht- und Nebelaktion unbemerkt das silberne Abzugsrohr wieder an die Außenseite des Brennofens, und so konnte schon am nächsten Tag die Leichenbrutzlerei ihre Arbeit wieder aufnehmen. Mir würden noch Dutzende solcher Geschichten einfallen, bei denen mein Bruder uns ganz schön in die Bredouille gebracht hat.

Als wir auf das Flughafengelände mit dem kleinen Tower am Rand biegen, sehe ich die pure Freude im Gesicht meines Bruders aufblitzen. Allein das ist den ganzen Stress schon wert, denke ich mir und beobachte ihn liebevoll. Mit aufgeblähten Backen ahmt er das Geräusch eines abhebenden Flugzeugs nach und drückt seine Nase so fest gegen die Beifahrerscheibe, dass ich nachher wieder alles putzen kann. Der Wigald und die Lisl haben etwas gemein. Mein Bruder redet nicht, aber im Geräuscheimitieren ist er ein wahrer Meister. So kann er schon seit Kindertagen einen pfeifenden Teekessel oder das Bollern einer qualmenden Dampflock täuschend echt nachahmen. Auch Tiergeräusche gehören zu seinem Repertoire, und als ich einmal mit ihm im Kino eine Tierdokumentation angeschaut habe, habe ich das auch sehr schnell bereut. Am nächsten Morgen, noch vor Tagesanbruch, hat er nämlich damit begonnen, das röhrende Gebrüll des Löwenhäuptlings aus dem Kinofilm nachzuahmen, woraufhin das halbe Dorf wach war. Dass er wie die Lisl nicht redet, ist zwar schade, unserer Verbindung tut das aber keinen Abbruch. Wir beide verstehen uns auch ohne Worte. »Zwanzig Minuten, Wigald«, sage ich streng, und als ein Leichtflugzeug auf die Startbahn biegt und kurz drauf abhebt, funkeln die Augen meines Bruders wie kleine Diamanten. Zwei weitere Segelflieger starten innerhalb meiner zeitlich gesetzten Frist, was mein Bruder summend untermalt. Gott sei Dank! Denn wäre tote Hose auf dem Flugplatz gewesen, ich hätte mir an drei Fingern ausrechnen können, unter welchem Protest ich den Wigald zurück ins Auto hätte bugsieren müssen. Mit dem Versprechen einer großen Kugel Vanilleeis mit Zuckerperlen und Streuseln obendrauf steigt er sogar freiwillig ein.

»Achtung! Da tropft's!«, warne ich und kann gerade noch mit einer Serviette das Rinnsal aus geschmolzenem Milcheis aufhalten, bevor es über die Gangschaltung in die Ritze der Handbremse läuft. »Mensch, Wigald, du musst schon ein bisschen besser aufpassen! Schleck mal da«, maßregle ich meinen Bruder, als ich abgelenkt einen Schlenker reinhaue und wir um ein Haar im Graben landen. »Puh, das ist ja gerade noch mal gut gegangen.« Ich seufze erleichtert, als der Wagen kurz vor der Einfahrt zum Allgaier-Hof auf dem Grünstreifen abrupt zum Stehen kommt. Während mir der Schreck noch in den Gliedern sitzt, leckt der Wigald sich genüsslich das zerlaufene Eis von den Fingern, als wäre nix passiert. »Mensch, Wigald, jetzt hätten wir fast einen Unfall gebaut«, maule ich und muss mich erst einmal sammeln. Als mein Blick über die Straße zum Bauernhof der Allgaiers schweift, mache ich eine seltsame Entdeckung. Xares alter Volvo, an dessen Anhängerkupplung ein dunkelroter Pferdeanhänger mit aufgeklappter Ladefläche hängt, steht quer im Innenhof. Als mein Bruder plötzlich wiehernde und schnaubende Geräusche von sich gibt und mit dem Finger an die Beifahrerscheibe klopft, beuge ich mich etwas nach vorn und entdecke Sinas pechschwarzen Hengst, der an einem Führstrick von der Koppel geführt wird. Was hat das zu bedeuten? Ist das die Sina, die ihren Diavolo abholt, frage ich mich verblüfft und lehne mich noch ein Stück nach vorn, um einen besseren Blick auf das Gelände zu haben. Das wäre ja eine Riesensensation. Neugierig steige ich aus dem Wagen und stelle mich seitlich hinter die alte Tanne am Straßenrand, um das Schauspiel näher beobachten zu können. Leider kann ich nur die Beine der Person erkennen, die mit dem Diavolo den schmalen Feldweg heraufkommt und Richtung Anhänger läuft. Der Oberkörper wird komplett von dem riesigen Kopf des Rappen verdeckt, wobei ich mir ziemlich sicher bin, dass in den dunklen Stiefeln definitiv schlanke Frauenbeine stecken. Hat die Sina sich tatsächlich die ganze Zeit über irgendwo versteckt gehalten, um nun ihre Tiere zu holen und sich dann erneut aus dem Staub zu machen, frage ich mich, als das Ross mit der Dreizackblesse auf der Stirn nur ein paar Meter vor dem Anhänger abrupt die Bremse reinhaut und stehen bleibt. Zu meiner Überraschung tritt nicht die Sina, sondern die Johanna hinter dem Tier hervor. Johanna? Was hat sie denn mit Sinas Pferd vor, frage ich mich, als die Jungbäuerin den Führstrick auf Spannung bringt und dann plötzlich und ohne Vorwarnung am Seil reißt. Diavolo wiehert und scharrt protestierend mit den Vorderhufen. »Lauf, du elendiges Mistvieh!«, brüllt sie und zerrt erneut am Strick. Dass das Pferd Angst hat, sieht doch ein Blinder mit Krückstock, denke ich mir und bezweifle, dass es ein Einfaches sein wird, den Hengst ohne Weiteres in den Hänger zu bugsieren. Als der Diavolo sich auch Momente später immer noch sträubt, sich einen Schritt näher auf den Anhänger zuzubewegen, stemmt sie sich mit ihrem ganzen Gewicht nach hinten und versucht das Tier mit Zug nach vorn zu treiben. Sinas Pferd legt die Ohren an und beginnt mit den Hinterhufen nervös von links nach rechts zu tänzeln. Der Rappe ist riesengroß, Xavers älteste Tochter im Gegensatz dazu ein Zwerg, was sie aber anscheinend nicht davon abhält, den Hengst entschlossen in den Hänger zwingen zu wollen. Als sie eine Gerte zieht und damit auf die Flanke des Tiers eindrischt, wiehert der Rappe abermals erschrocken und steigt, wodurch die Johanna mit der Hand am Führstrick nach oben gerissen wird und ins Straucheln gerät. Um ein Haar hätte er sie erwischt, denke ich mir. Als die junge Frau einen Stein vom Boden greift und diesen dem ängstlichen Tier wütend zwischen die Beine schleudert, reißt der Rappe sich endgültig los und prescht davon. Die Johanna ist eine elendige Tierquälerin, muss ich bestürzt feststellen. Einer Bäuerin, zu deren Hauptaufgabe es gehört, sich gut um ihre Tiere zu kümmern, hätte ich so etwas niemals zugetraut. Das ist ein Skandal. Die bekommt eine Anzeige, definitiv. Als ich über die Straße stürmen will, um sie zur Rede zu stellen, schwingt sie sich auf ihren Traktor und verfolgt das Tier auf seiner Flucht. »Wigald, du bleibst hier sitzen! Es dauert nicht lange. Ich bin gleich zurück«, befehle ich meinem Bruder mit erhobenem Zeigefinger, bevor ich mich auf den Weg über die Straße mache und auf den Bauernhof zulaufe. Von Johannas Trecker ist weder etwas zu sehen noch zu hören, als ich am Eingang des alten Bauernhauses ankomme. Ich drehe den Knauf, und die Tür springt auf. Im Flur ist es still. Nachdem ich im Obergeschoss ankomme, klopfe ich, bevor ich eintrete. Schließlich ist die Pflegerin neu auf dem Hof und hat sicherlich nicht gleich am ersten Tag mit Besuch gerechnet. Hier oben unterm Dach staut sich ganz schön die Hitze, stelle ich fest und wische mir den Schweiß von der Stirn. Als sich auch nach mehrmaligem Klopfen die Tür nicht öffnet, drücke ich vorsichtig die Klinke nach unten und schiebe die Holztür zu Lisls Wohnung auf. »Fräulein Bogdana? Lisl? Wer zu Hause?«, rufe ich und stecke meinen Kopf ein Stück weit durch den Türspalt. Das Wohn- und angrenzende Esszimmer sind leer. Ebenso die Küche. »Hallo?« Vielleicht sind die beiden gleich zum Arzt gefahren, überlege ich, als ich ein leises Rascheln aus dem Schlafzimmer vernehme. In der Wohnung herrschen Temperaturen, das ist ja kaum auszuhalten, denke ich mir und fächere mir notdürftig etwas Luft zu. Ich laufe den kleinen Gang entlang und bemerke, dass die Vorhänge im Schlafzimmer noch immer komplett zugezogen sind. Als ich das Licht anknipse, entdecke ich die Liselotte, die noch im Nachthemd in ihrem Bett liegt und, vom plötzlich aufleuchtenden Licht geblendet, schlagartig ihre Augen zukneift. Schnell lösche ich das Licht und ziehe die Gardinen nur einen Spalt zur Seite, dass sie sich langsam an die Helligkeit gewöhnen kann. »Lisl! Aber warum liegst du denn immer noch im Bett, und warum bist du ganz allein?«

Ausdruckslos schaut mich die alte Dame mit ihrem zerzausten Haar an. »Wo ist denn die Bogdana?«, frage ich und weiß bereits, dass ich nicht mit einer Antwort zu rechnen brauche. »Die Johanna hat gemeint, deine neue Pflegerin würde heute schon anfangen«, meine ich, während ich die alte Dame in ihrem Bett langsam aufrichte. Die Seniorin schwitzt, gleichzeitig sind ihre Lippen spröde und ausgetrocknet. Kein Wunder, in der Dachgeschosswohnung staut sich die Hitze wie in einem

Backofen. »Du hast bestimmt Durst, Lisl, nicht wahr?« Als ich mir die Schnabeltasse vom Nachttisch schnappe, ist diese leer. Mein Bauchgefühl verrät mir, dass ich mit meiner Annahme richtiglag. Langsam wird's mir aber echt zu bunt mit diesem bäuerlichen Frauenzimmer. Die Tochter vom Xare ist nicht nur eine elendige Tierquälerin, anscheinend leidet sie auch ganz offensichtlich unter dem Baron-Münchhausen-Syndrom und kümmert sich nicht einmal anständig um ihre pflegebedürftige Oma. Bei diesen sommerlichen Temperaturen muss man gut darauf achtgeben, dass besonders ältere Menschen nicht ganz schnell dehydrieren. Wenn ich die Johanna in die Finger bekomme, ist der Teufel los, so viel kann ich schon mal verraten. Nachdem ich den Becher in der Küche frisch aufgefüllt habe, trinkt die Lisl alles in einem Zug aus. Ich öffne die Fenster im Wohn- und Schlafzimmer und sorge so für etwas Durchzug. Während die alte Dame hungrig an einer Banane knabbert, die ich in der Küche gefunden habe, rufe ich bei der Luzi an, weil ich wissen will, was hier los ist. Leider springt nur die Mailbox an, was mich nicht davon abhält, Lisls Tochter aufs Band zu quatschen, in welchem Zustand ich ihre Mutter gerade vorgefunden habe. Nachdem ich der Liselotte eine Katzenwäsche verpasst und sie in ein sommerliches Blumenkleid gesteckt habe, das rote wäre heute definitiv zu warm gewesen, schiebe ich sie zum Esstisch. Ich weiß, dass die Luzi mich gebeten hat, die Sina vor der Oma nicht mehr zu erwähnen, mein Gefühl aber sagt mir, dass die Seniorin etwas weiß. Lisls Reaktion, nachdem ich ihr gestern das Bild der jungen Frau gezeigt habe, hat mich nicht mehr losgelassen. Immer wieder hatte die alte Dame mit dem Finger einen Kreis und viele kleine Striche in die Luft gezeichnet, doch ich habe nicht kapiert, was das zu bedeuten hat. Sie wollte mir dringend etwas mitteilen, das habe ich in ihrem Blick erkannt. Erneut lege ich das Bild von ihr und der Sina vor ihr ab. Daneben lege ich ein Stück Papier und einen dicken Buntstift, den ich extra mitgebracht habe. Es dauert keine zehn Sekunden, da erlebe ich ein Déjà-vu. Wieder streicht sie liebevoll über das Gesicht der hübschen jungen Frau, die sie das letzte Mal vor Wochen gesehen hat. Erst rinnt eine, dann eine weitere und dann noch eine Träne über ihr faltiges Gesicht. »Lisl, zeig mir, wo die Sina steckt«, flüstere ich und lege ihr den Stift in die Hand.

Als ein röhrendes Löwengebrüll sich in einem Echo über die Allgäuer Wiesen und Felder bis in die Dachgeschosswohnung der Oma Lisl zieht, schrecke ich hoch. »Wigald!«, rufe ich alarmiert und renne ans Fenster. Mit erhobenen Händen steht mein Bruder zwischen der stinkenden Güllegrube und dem alten Stadel am anderen Ende des Innenhofs und schreit sich die Seele aus dem Leib. Was ist hier los, und wie kommt der Wigald überhaupt hierher? Ich hatte ihm doch unmissverständlich gesagt, er müsse im Auto bleiben, Himmelherrgott. »Wigald!«, schreie ich besorgt. Als er nicht aufhört, stürme ich aus der Dachwohnung. Ich nehme gleich zwei, drei Stufen auf einmal und fliege förmlich in wenigen Sekunden die zwei Stockwerke hinab. Auf der vorletzten Stufe komme ich in dem schmalen Treppenhaus ins Trudeln und knalle von innen gegen die Haustür. Mittlerweile ist das Raubtiergebrüll meines Bruders in das Kreischen eines Steinadlers übergangen. Die spitzen Schreie treiben mir einen eiskalten Schauer über den Buckel, als ich die Tür aufreiße und über den Innenhof sause. Mein Bruder steht immer noch wie vom Donner gerührt mit erhobenen Händen und seiner drehenden Propellermütze auf dem Kopf wie angewurzelt da und starrt gebannt und regungslos in Richtung des alten Schuppens. Was genau er dabei taxiert, kann ich nicht sehen, weil der dunkelrote Pferdeanhänger mir die Sicht versperrt. Ich bin etwas erleichtert, auf den ersten Blick bemerke ich keine sichtbaren Verletzungen. »Wigald, hör auf zu brüllen, ich bin doch da. Hab ich nicht eigentlich gesagt, du sollst im Wagen bleiben und auf mich warten? Was ist denn nur los mit d…«, rufe ich gegen seine andauernden Vogelschreie an, als ich plötzlich im Augenwinkel erblicke, worauf mein Bruder gebannt starrt. Acht riesige Stahlzinken, dick wie Zaunpfähle und scharf wie frisch angespitzte Buntstifte, die nebeneinander aufgereiht an einer Stahlkonstruktion befestigt sind, drohen meinen Bruder bestialisch zu durchbohren. Hinter dem Steuer der laufenden Maschine hockt die Johanna, die mit hochrotem Kopf wütend auf den Wigald herunterstiert. »Wigald, komm da weg!«, rufe ich erschrocken und wedle ihn hektisch mit einer Handgeste zu mir herüber.

»Stopp, du bleibst, wo du bist! Und dir würde ich raten, so was zu lassen, wenn dir sein Leben lieb ist!«, schreit die Johanna hysterisch aus dem Seitenfenster des scheppernden Ungetüms. Mehrmals hintereinander gibt sie Gas und lässt den Motor des Traktors dabei bedrohlich aufheulen. Ähnlich wie ein Stier, der hufscharrend seinen Angriff ankündigt. Mein Bruder ist aber alles andere als ein furchtloser Torero, der es mit dem fünfhundertachtzig PS starken Stahlkoloss aufnehmen könnte. Aufgrund seiner Einschränkungen wäre er ein leichtes Opfer und der Spielball zwischen mir und der Wahnsinnigen hier. »Bist du völlig übergeschnappt? Was soll das? Stell den Motor ab, das ist doch nur mein Bruder.«

»Ist mir wurst, wessen Bruder das ist. Auf meinem Grundstück hat niemand was verloren, und der da hat hier herumgeschnüffelt, genauso wie du.«

»Ich?«

»Ja, du, wer denn sonst?«

»Was hab ich denn, bitte schön, ge…«

»Frag doch nicht so blöd. Ich hab dich doch in der Garage erwischt, als du in meinen Sachen gewühlt hast, oder willst du das etwa leugnen? Das ist Hausfriedensbruch!«

»Ich hab in gar nix gewühlt, und mein Bruder hat hier sicher auch nicht herumgeschnüffelt.«

»Natürlich, ich hab's genau gesehen, und jetzt halt endlich dein Maul, du blöde alte Schachtel!«

»Ich hoffe sehr, dass das mit der alten Schachtel gerade nur ein verbaler Ausrutscher war, Fräulein!«, tobe ich empört, »… und zum letzten Mal, einfach herumgeschnüffelt hat hier niemand. Offensichtlich musst du ja was zu verbergen haben, wenn du hier so einen Aufstand veranstaltest. Ich sag es jetzt zum letzten Mal: Stell den Motor ab«, drohe ich ihr mit erhobenem Zeigefinger. Da ich ihr kräfte- und PS-technisch im

Moment deutlich unterlegen bin, fällt mir in meiner Rage gar nicht auf, dass sie meinen Bruder mit einer überdimensionalen Mistgabel terrorisiert. »Ich hab genau gehört, was du der Luzi gestern im Treppenhaus erzählt hast. Denkst du allen Ernstes, dass ich bescheuert bin und nicht weiß, was du vorhast? Und obwohl ich der Friedl gesagt habe, dass ihr nicht zu kommen braucht, besitzt du die Frechheit, hier aufzutauchen, und schleppst diesen Deppen hier an?«

»Lass meinen Bruder aus dem Spiel, der kann überhaupt nichts dafür, und apropos deine Oma! Was fällt dir eigentlich ein, die arme alte Frau bei so einer Affenhitze da oben in ihrem Bett versauern zu …«

»Halt jetzt endlich den Rand, sonst mach ich das Gleiche mit ihm, was ich mit der anderen Nervensäge gemacht hab!«, brüllt die völlig Gestörte aus dem Fahrerhaus ihrer Landmaschine heraus, und ich habe keine Ahnung, wovon sie redet. »Meinst du etwa, ich habe nicht mitbekommen, wie die Miri dir die Ohren vollgeplärrt und dich angestachelt hat, nach ihrer Freundin, diesem dummen Miststück, zu suchen, hä?«

»Die Sina, meinst du?«

»Natürlich, wen denn sonst?«, gibt sie zu und bricht in hysterisches Gelächter aus, das selbst das Dröhnen des Motors gellend übertönt. Die feuermelderroten Backen, der eigenartige stiere Blick und nun auch noch das komische Lachen, das gar nicht zum Ernst der Lage passt, verraten mir, dass die junge Frau völlig übergeschnappt sein muss. »Fast alle im Dorf haben mich vor dir gewarnt!«

»Vor mir?«

»Unterbrich mich nicht ständig! Ich soll dich im Auge behalten, haben die gesagt!«

»Wer sind denn die?«, schnauze ich wütend, ohne mir von der durchgeknallten Bauerstochter den Mund auch nur im Ansatz verbieten zu lassen.

»Sei endlich still, sonst mach ich Schweizer Käse aus ihm!«, zetert sie fuchsteufelswild und gibt erneut Gas. Die schweren Reifen setzen sich in Gang und somit auch die scharfen Spitzen der eisernen Mistgabel, die dem Wigald gefährlich nah kommen.

Mein Bruder, dessen Schreie vom Kreischen eines Steinadlers nun zum Sound eines grunzenden und quiekenden Mastschweins, das unmittelbar vor der Schlachtung steht, übergegangen sind, blickt panisch zu mir herüber und reißt seine Hände noch ein Stück höher in die Luft. Erst jetzt bemerke ich, dass er etwas fest in seinen Händen umklammert hält, was ich irgendwo schon einmal gesehen habe. Das orange schimmernde Teil reflektiert im Licht und blendet mich für einen kurzen Moment. Da fällt es mir wie Schuppen von den Augen: die Scherbe aus der Garage! Das Stück eines zerbrochenen Rücklichts! Plötzlich gibt die wahnsinnige Bäuerin Vollgas. Die riesigen schwarzen Reifen des Bulldozers drehen durch. Sämtliches loses Bodenwerk wird vom Schotterweg in die Luft katapultiert und sorgt für eine gigantische Staubwolke. Kiesel spickt durch die Luft. Noch bevor das Fuhrwerk mit den tödlichen Zinken an der Front auf meinen Bruder zurast, macht dieser instinktiv einen Satz nach hinten und stößt gegen die halbhohe Brüstung der Güllegrube. »Halt! Wigald, nicht …!«, brülle ich panisch und sprinte los. Mein Bruder gerät ins Taumeln und rudert hilflos mit seinen Armen umher. Die Mauer des Odelbottichs ist nicht einmal hüfthoch, sollte er in die Jauchegrube fallen, die Folgen wären fatal. Johannas Traktor heult auf und rast los. Wie ein besessener Footballspieler auf der Jagd nach einem Touchdown nehme ich mein Ziel ins Visier und stürme auf meinen Bruder zu. In der letzten Sekunde ramme ich mit voller Wucht gegen seinen Körper und schleudere ihn aus der Gefahrenzone auf die andere Seite der Grube. Noch als wir durch die Luft fliegen, sehe ich, wie die schwere Maschine mit der Johanna an Bord über die Rampe der Jauchegrube katapultiert wird und vornüber in ihr Verderben rast. Erst jetzt nehme ich den bestialischen Gestank wahr, der sich in meine Lungen frisst. Noch an Ort und Stelle muss ich mich übergeben.

# EPILOG

»Himmelherrgott noch mal, ich habe dir doch bereits alles mindestens schon fünfmal erzählt! Ich hab nicht den ganzen Tag Zeit. In einer Stunde beginnt die Generalprobe für meinen Auftritt in der Kirche morgen«, maule ich und hämmere auf den Tisch des kleinen Vernehmungszimmers, in dem ich, als schnöde Zeugenaussage getarnt, von meinem Sohn seit mehr als zwei Stunden verhört werde und mir vorkomme, als wäre ich die Tatverdächtige hier. Bin ich froh, dass meine hinterlassenen Spuren beim Einbruch in Sillys Pension Edelweiß nicht auswertbar waren, sonst würde ich sicher noch länger hier sitzen und verhört werden, denn der Wolfi scheint nicht zu kapieren, dass ich bis zuletzt keine Ahnung davon hatte, dass die Johanna die Freundin ihres Vaters mit einem Knüppel hinterrücks erschlagen und anschließend samt ihrem Wagen in der heimischen Güllegrube versenkt hat. Warum sie das getan hat, dazu schweigt die junge Frau beharrlich. Vermutet wird, dass die Johanna von der Änderung in Xavers Lebensversicherungspolice erfahren hat. Auch haben Dennis' Telefonnachweise ergeben, dass der junge Mann kurz vor Sinas Verschwinden noch in Stralsund war, er kommt also für den Mord an seiner Ex nicht infrage. Er gab im Verhör zu Protokoll, an besagtem Tag gegen Nachmittag seine Ex-Freundin angerufen und sie bekniet zu haben, zu ihm zurückzukehren. Sina habe ihm daraufhin mitgeteilt, dass sie und der Xaver ein Kind erwarteten und beabsichtigten, so schnell wie möglich zu heiraten. Nach der Obduktion stand allerdings fest, dass die junge Frau über die angebliche Schwangerschaft gelogen haben muss. Wahrscheinlich um ihren Ex-Freund ein für alle Mal endlich loszuwerden. Was sie dabei nicht ahnte, die Johanna muss das Gespräch heimlich belauscht haben. Aus Sorge, ihr vom Vater versprochenes Erbe, also der Hof, könnte ihr durch die erneute Heirat ihres Vaters durch die Lappen gehen, hat sie zum Nächstbesten gegriffen und ihre angehende Stiefmutter mit einem Holzscheit hinterrücks erschlagen, in den Kofferraum ihres Wagens gepackt und sie in der selben Nacht noch in der hofeigenen Güllegrube versenkt. Die Liselotte muss das alles mitangesehen haben. Auf dem Zettel, den ich der alten Frau vorgelegt hatte, als ich plötzlich zu Wigalds Rettung eilen musste, war im Nachhinein nämlich die krakelige Zeichnung der Jauchegrube zu sehen. Die arme Liselotte. Ebenfalls kaum zu fassen dabei ist, dass Dennis die angebliche Schwangerschaft und anstehende Hochzeit überhaupt nicht als Grund sah, endlich von seiner Ex-Freundin abzulassen. Die Neuigkeiten haben ihn nur noch mehr in die Eifersucht getrieben und ihn rotsehen lassen. Kurz nach dem Telefonat beschloss der junge Mann, ins Allgäu zu fahren und seinem Nebenbuhler einen gehörigen Denkzettel zu verpassen. Er hatte keine Ahnung, dass seine große Liebe zu diesem Zeitpunkt bereits das Zeitliche gesegnet und in der stinkenden Hofgrube ihr vorläufiges Grab gefunden hatte. Unfassbar, dass so was Schreckliches im beschaulichen Burglbach passieren konnte. Zwei Morde innerhalb weniger Stunden, von zwei unterschiedlichen Tätern an einem Paar begangen. Hollywood hätte die Geschichte nicht tragischer schreiben können.

»Noch mal von vorn, Mama. Wie bist du darauf gekommen, dass die Johanna ihre Stiefmutter in spe auf dem Gewissen hat?«

»Spreche ich Chinesisch, oder was? Ich habe doch gesagt, dass ich keine Ahnung hatte.«

»Aber warum bist du dann überhaupt noch mal auf den Hof der Allgaiers gefahren, und warum hattest du den Onkel Wigald dabei?«

»Wolfgang Adalbert Schimmel, stell dich nicht dussliger an, als du eh schon bist«, donnere ich. »Noch einmal: Ich hatte vor, nach der Liselotte zu sehen, nachdem mir die kurzfristige Absage von der Johanna, die Bogdana würde nun doch schon viel früher anreisen, irgendwie eigenartig vorkam. Und dann, ja, dann hat mich diese Erika vom Wohnheim angerufen und darauf bestanden, dass ich den geplanten Ausflug zum Duracher Flughafen mit dem Wigald nicht länger aufschieben kann. Dass das alles in einem dermaßenen Schlamassel endet, hätte ich niemals für möglich gehalten, das musst du mir glauben, also hör endlich auf, mir die Schuld in die Schuhe schieben zu wollen.«

»Ach, du würdest also behaupten, dass du überhaupt keine Schuld daran trägst, dass dein Bruder um ein Haar aufgespießt und zu Schaschlik verarbeitet worden wäre?«, meint der Wolfi sarkastisch.

»Nein, nein und nochmals nein! Ich hatte dem Wigald gesagt, er solle im Wagen sitzen bleiben und sein Eis zu Ende schlecken, während ich nach der Liselotte sehe. Wie hätte ich auch ahnen können, dass dein Onkel ausgerechnet vor der Güllegrube ein paar funkelnde Scherben entdeckt, die von Sinas Wagenrücklicht stammen? Du könntest dich ruhig ein bisschen dankbarer zeigen, immerhin konntet ihr so den Fall überhaupt erst lösen! Wolfgang, hör auf, so demonstrativ nach Luft zu schnappen. Wäre die Johanna mit ihrem Traktor nicht in die Odelgrube gerast und hätte den Ford Fiesta mit ihrer Frontgabel aufgespießt, ihr hättet die junge Frau nie und nimmer gefunden.«

»Sicherlich nicht niemals, eventuell nur ein bisschen später, wenn die Güllegrube sich im Herbst geleert hätte«, kontert er, und wir beide wissen genau, dass er selbst nicht daran glaubt, was er da redet.

»Gute Polizeiarbeit braucht eben ihre Zeit.«

»So ein Blödsinn, hätte der Dennis sich nicht freiwillig gestellt, ihr würdet immer noch im Dunkeln tappen, wer den Xaver auf dem Gewissen hat. Mach dir doch nix vor. Selbst die Johanna hat dich an der Nase herumgeführt und dir einen

Zettel präsentiert, den sie nachweislich selbst geschrieben und mit dem sie dir vorgegaukelt hat, die Sina wäre aus freien Stücken untergetaucht. Gib's zu, du hast ihr ihre Lügengeschichte abgekauft.«

»Und wenn schon. Früher oder später wäre ich schon noch drauf gekommen«, mosert er.

»Früher oder später!«, äffe ich meinen Sohn nach, als es an der Tür klopft und der Siebzehnrübl zur Tür hereinspäht. Auch das noch!

»Wolfi, die deinige wär jetzt da!«, meint er und wirft mir einen verächtlichen Blick zu.

»Danke, Thorsten. Wir sind hier eh gleich fertig. Richte ihr bitte aus, dass ich komme«, antwortet der Wolfi mit einem verschmitzten Lächeln auf den Lippen.

»Wer ist da?«, frage ich verdattert.

»Meine Freundin, Mama! Auch du weißt bei Weitem nicht alles«, meint er mit einem frechen Grinsen im Gesicht, als er das Bürozimmer verlässt und mich eiskalt und ahnungslos sitzen lässt.

# REZEPT:
# FRIEDLS LEGENDÄRE ALLGÄUER KÄSSPÄTZLE

| | |
|---|---|
| Für den Teig: | 500 g Mehl (Type 405 oder Spätzlemehl) |
| | 1 TL Salz |
| | 6 Eier (Größe M) |
| | 200 ml Mineralwasser (mit Kohlensäure) |
| | 2 Gemüsezwiebeln (ca. 500 g) |
| | 3 EL Butter |
| | ½ Bd. Schnittlauch |
| | 150 g Emmentaler (45 % Fett i. Tr.) |
| | 100 g Bergkäse (45 % Fett i. Tr.) |
| | 50 g Romadurkäse (40 % Fett i. Tr.) |
| | Etwas frisch gemahlenen Pfeffer |

Für den Teig Mehl und Salz in einer großen Schüssel mischen. Eier zugeben, mit einem Kochlöffel glatt rühren. Mit dem Mineralwasser zu einem zähflüssigen Teig rühren. Teig mit dem Kochlöffel ca. 5 Minuten schlagen, bis er Blasen wirft. Mit einem Geschirrtuch abdecken und 10–15 Minuten ruhen lassen.

In der Zwischenzeit die Zwiebeln abziehen, halbieren und in feine Streifen schneiden. Butter in einer großen Pfanne erhitzen, Zwiebeln zugeben und ca. 3–4 Minuten glasig dünsten. Zucker zugeben und ca. 5 Minuten karamellisieren. Backofen auf Ober- und Unterhitze 120 Grad (Umluft 100 Grad) vorheizen. Vier ofenfeste Formen (Ø ca. 15 cm) mit Butter einfetten.

Schnittlauch waschen, abtropfen lassen und in feine Ringe schneiden. Käse von Rinden befreien, grob reiben und mischen. Salzwasser in einem großen Topf zum Kochen bringen, Spätzlehobel mit etwas kaltem Wasser befeuchten und auf den Topf setzen. Ein Viertel des Teiges auf den Hobel geben und ins siedende Wasser reiben.
Wenn die Spätzle an die Oberfläche steigen, ca. eine Minute ziehen lassen. Spätzle abschöpfen und auf die vorbereiteten Formen verteilen. Ein Viertel der Käsemischung gleichmäßig darauf verteilen. Im vorgeheizten Ofen warm stellen. Diese Schritte dreimal wiederholen. Wenn der Käse geschmolzen ist, Spätzle aus dem Ofen nehmen. Mit Röstzwiebeln, Schnittlauch und Pfeffer servieren.

**»An Guata!«, wünschen euch Friedl, Walli und Co.**